死者との邂逅

西欧文学は〈死〉をどうとらえたか

道家英穂 Hideo Doke

作品社

死者との邂逅——西欧文学は〈死〉をどうとらえたか

目次

▼は引用等の出典についての註を示す。
▽はその他に本文に対する補足説明があることを示す。

序

アイルランド、コーク州出身の詩人で英文学者のバーナード・オドナヒューに「テル・コナートゥス（三たび試みて）」というラテン語のタイトルの詩がある（詩集『どこでもない所』一九九九年[▽1]）。長年にわたって相手の存在を意識することなく、平凡な生活を送ってきた姉弟の死別をテーマとし、抑制のきいた語り口ゆえに高い抒情性をもった作品だ。

六十年近く、二人だけで酪農を営んできた姉と弟がいた。姉は最近、背中に痛みを覚えるようになり、次第にそれが重い牛乳缶を持ち上げるときのいつもの痛みとは違うものだとわかってくる。迷った挙げ句に医者に行ったときはもう手遅れで、化学療法を施すにも遅すぎた。それでもそのことを弟に話せずにいる。ある晩、テレビを見ていると、激痛に襲われ、あえぎながら立ち上がるも、腰を抱えてしまう。「手を貸そうか」と弟は言って、一歩あゆみよるが、姉は「だいじょうぶ」と答えて、寝室に行こうと階段を手探りする。

三たび、そんなふうに、弟は手を差し伸べようとした。
だけど、そんなしぐさに慣れていなかったので、

三たびとも手は下ろされて元の位置に戻り、
そのまま脇から動かなかった。

姉の葬式がすむと、弟は無気力になって仕事をしなくなってしまう。近所の人は牧草地に草がはびこるのを見て、彼はいま何を思っているのだろうと憐れむ。そのときの彼の心にあるのは、長年、姉との実生活を影のようにしか思ってこなかったが、あの晩こそ、その惰性を断ち切って、姉をしっかり抱きとめてやることもできたのに、という後悔の念だった。

この詩のタイトルがラテン語になっているのは、右の引用が、古代ローマの詩人ウェルギリウスの叙事詩『アエネーイス』（前一世紀）の一節を踏まえて書かれているからである。叙事詩の主人公アエネーアスが妻を亡くす場面のよく知られた表現をタイトルに据えることによって、その場面とこの詩が鮮やかに対比され、ここに描かれた状況が際だつしくみになっている。

トロイアの英雄アエネーアスは、トロイアがギリシア軍によって陥落したため、一族の者を引き連れ、命からがら都を逃れるが、途中で妻のクレウーサとはぐれてしまう。単身、トロイアの都に引き返して必死になって妻を捜し求めていると突然、すでに命を落としたクレウーサが亡霊となって現れる。恐ろしさに息をのむアエネーアスに、彼女は優しく声をかけ、これは神々の意志によって起きたことなのですと告げる。また、アエネーアスの輝かしい将来を予言し、さらに、自分は生きてギリシアの奴隷とならずに済んだのだから、泣くのをやめるようにと諭《さと》し、私たち二人の息子を大切にして下さいと言う。そしてなおも涙を流しながら語りかけようとするアエネーアスを残して消えていく――「三たびその場で私は妻の首のまわりに腕をかけようと試みた。が、三たびその抱擁はむなしくて、霊は私の手をするりと抜けてしまった。まるでかすかな風か羽の生えた夢のように」(第二巻、七九二―四行)。

アエネーアスは、突然の妻の死を受け入れられず、妻への熱愛にかられて三たび妻をかき抱こうとする。オドナヒューの「テル・コナートゥス」では、その箇所を踏まえた一節に「だけど、そんなしぐさに慣れていなかったので」の一行を挿入し、相手に愛情をうまく伝えられなかったさまを描く。弟の姉に対するぎこちなさが、アエネーアスの妻に対するしぐさの雄弁さと著しい対照をなしている。『アエネーイス』への引喩《アリュージョン》は最後のところにもみられ、微風か消えゆく夢のようにはかない存在となった妻をまだ生身の人間であるかのように錯覚したアエネーアスに対比される形で、長い間、姉との実生活を影のようにしかとらえてこなかった弟の後悔が述べられている。このように、(おそらくはアイルランドの)田舎《いなか》で、結婚もせず、共に酪農を営んだ姉弟の死別に、英雄叙事詩の主人公と妻との劇的な死別が重ね合わされることで、寡黙な農夫の悲しみは一層際だたされるのである。

「テル・コナートゥス」は地味な農村を舞台にしているが、「化学療法」、「テレビ」という語が使われていることから時代は現代であることがわかる。『アエネーイス』の死別は悲痛だが、クレウーサは死後、悲惨と混乱に満ちたこの世を超越した霊となり、嘆くことをやめるようにと、優しく夫に声を掛ける。だが現代を舞台にする「テル・コナートゥス」では、死んだ姉が弟に語りかけることはない。現代の死別がこの詩のテーマであり、そのことも『アエネーイス』との対比によって示されている。

　実はアエネーアスが妻を抱擁しようとするくだりは、古代ギリシアの叙事詩人、ホメロスの『オデュッセイア』（前八世紀）を模倣したものである。冥界を訪れた主人公オデュッセウスは母の霊に出会うが、このとき初めて自分のトロイア遠征中に母が死んでいたことを知って悲しみ、その霊を三度抱きしめようとする。が、三度とも母の霊は彼の手を抜け、そのたびに彼の心の痛みは増す（第十一巻、二〇四―八行）。『アエネーイス』にも冥界下りのエピソードがあり、アエネーアスは父の霊と対面するが、ここでも同じ動作が繰り返され、それが妻を抱こうとした場面と全く同じ言い回しで表現されている（第六巻、七〇〇―二行）。しかし妻クレウーサとの別れの場面、そしてオデュッセウスと母の再会の場面と異なり、冥界でもエリュシオン（極楽）の住人となっている父とアエネーアスの再会では、喜びと悲しみがないまぜになっている。さらに中世イタリアの詩人ダンテは『神曲』（十四世紀）においてウェルギリウスの導きで地獄・煉獄を旅するが、煉獄の島で旧友カゼッラに出会ったとき、懐かしさのあまり、やはり三度抱擁しようとして三度とも失敗する。すでに肉体のくびきを脱し、これから煉獄での浄罪を経て天国に行くことを約束されているカゼッラは、ほほえんで、ダンテにやめるようにと優しく言う（「煉獄篇」第二歌七六―八七行）。

　つまりウェルギリウスはホメロスの、ダンテはウェルギリウスの影響を受け、同じ動作を自らの作品に取り入れながら文脈を変えることで、先人の死生観を修正し、自らの時代の新たな死生観を呈示してきたのである。そして「テル・コナートゥス」は、小品ながら、この叙事詩の系譜に連なることで、現代の死生観を端的に表現した詩である。古代・中世の偉大な叙事詩に見られる感動的な死別と再会の場面を暗示しながら、現代においてはもはや、生きて肉体を備えた者同士でしかコミュニケーションは成り立たないことを示している。

本書は、西欧文学史に残る作品に繰り返し描かれてきた、死別の場面や、死者と思いがけず再会する場面に着目し、そこを中心に、作品に表された死生観を先行作品との違いや時代思潮との関連において時代順に考察したものである。

古代や中世の文学作品には、主人公が生きたままあの世を訪れて、死別した肉親や恋人と再会するエピソードや、死んだ肉親が亡霊となって主人公の前に姿を現す話があり、そこには悲喜こもごもの感情が表される。近代以降、来世を具体的に描く作品は文学史の表舞台から姿を消すが、現代になっても、故人が夢に出てきたり、ふとしたきっかけで故人の生前の思い出がありありとよみがえるなどの形で「再会」は描かれ続ける。そして興味深いのは、各時代の詩人や作家たちがそうした「再会」の場面を描くにあたり、過去の同種の場面を意識し、それを踏まえながら変更を加えていること、それによって過去の時代の死生観を修正し、自らの時代の新しい死生観を呈示していることである。ウェルギリウスはホメロスを、ダンテはウェルギリウスを意識して死者との邂逅を描いた。二十世紀の小説家ヴァージニア・ウルフは『灯台へ』で、ラムジー氏が夫人と死別する場面を描くとき『アエネーイス』を意識していたものと思われる。同様に、ディケンズは亡霊の登場する『クリスマス・キャロル』（十九世紀）において『ハムレット』（十七世紀）の亡霊を意識しており、ジョイスは『ユリシーズ』（二十世紀）で、主人公ブルームが友人の葬儀に参列するエピソードを述べるにあたって『オデュッセイア』、『アエネーイス』、『ハムレット』を踏まえている。それゆえ、古代から現代に至る、これらの作品の関連する箇所を比較することによって、それぞれの作品に表されている死生観、ひいてはそれぞれの時代の死生観が浮き彫りにされるのである。

「西欧文学は〈死〉をどうとらえたか」という副題をつけ、古代から現代までを扱っているが、本書は死生観の歴史を網羅してはいない。著名な文学作品をいくつかとりあげ、その死生観に関わる箇所を比較しつつ論じたものである。ただ、飛び飛びではあっても小さな明かりを灯すことで、死生観の移り変わりの大まかな道筋を示すことができていたら、筆者としては幸いである。

第一部

古代・中世——来世のリアリティー

第一章　冥界への旅
――『オデュッセイア』と『アエネーイス』

1　ホメロス『オデュッセイア』

冥府ハデスへの旅

古代ギリシアの詩人ホメロスの作とされる叙事詩『オデュッセイア』（前八世紀）では、トロイア戦争を戦い終えたギリシアの英雄オデュッセウスが、故郷イタケに戻るまでに経験する、不思議な冒険の数々が歌われる。その冒険のひとつに、冥府ハデスを訪れる話がある（第十一巻）。オデュッセウスは魔法をあやつる女神キルケの指示に従い、盲目の予言者テイレシアスの霊に会って自分の将来の運命を教えてもらうために、生きたまま冥界に行く。このエピソードに、我々は当時の死生観をうかがうことができる。ただホメロスの叙事詩は長い口承文学の伝統の上に成り立っているため、思想的に首尾一貫してはおらず、テクストにはその時代における新旧の相矛盾する考え方が共存する形で現れてくる。[1]

無価値な死後世界

ホメロスによれば、冥界は西の果て、地を取り巻いている大洋オケアノスのかなたにあり、闇に包まれている。[2]オデュッセウスの一行がキルケに教えられた場所に着き、黒い羊を生《い》け贄《にえ》に捧げ、その黒い血が流れると、死者たちの霊が集まってくる。彼らは恐ろしい叫び声をあげながらやってきてひしめきあうので、オデュッセウスは恐怖におののく。

『オデュッセイア』の世界では、来世は存在し、そこで死者たちは生前の人格を保っている。だがそこは闇に包まれ、喜びも楽しみもないところだ。オデュッセウスはこの冥界でさまざまな人物の霊と出会い、知己と再会する。オデュッセウスに将来の運命を教えるテイレシアスは、死んでも予言の力を持つことを許されている特別な存在だが、冥界をなんの喜びもないところと言い、なぜ日の光を後にしてわざわざこんなところに来たのか、とオデュッセウスに呼びかけている。ここではかつての英雄たちも見るも無残な姿をさらしている。アガメムノンはオデュッセウスの姿を認めると声をあげて泣き、オデュッセウスに抱きつこうとするのだが、もはやそうするだけの力は残されていない。そして彼は、妻の裏切りによって非業の死を遂げた身の上を語り聞かせる。冥界で権勢をふるっているはずのアキレウスもテイレシアスと同様に「なんの感覚もない骸《むくろ》、はかなくなった人間の幻にすぎぬ者たちの住む場所」である冥界になぜわざわざやって来たのかと尋ねる。オデュ

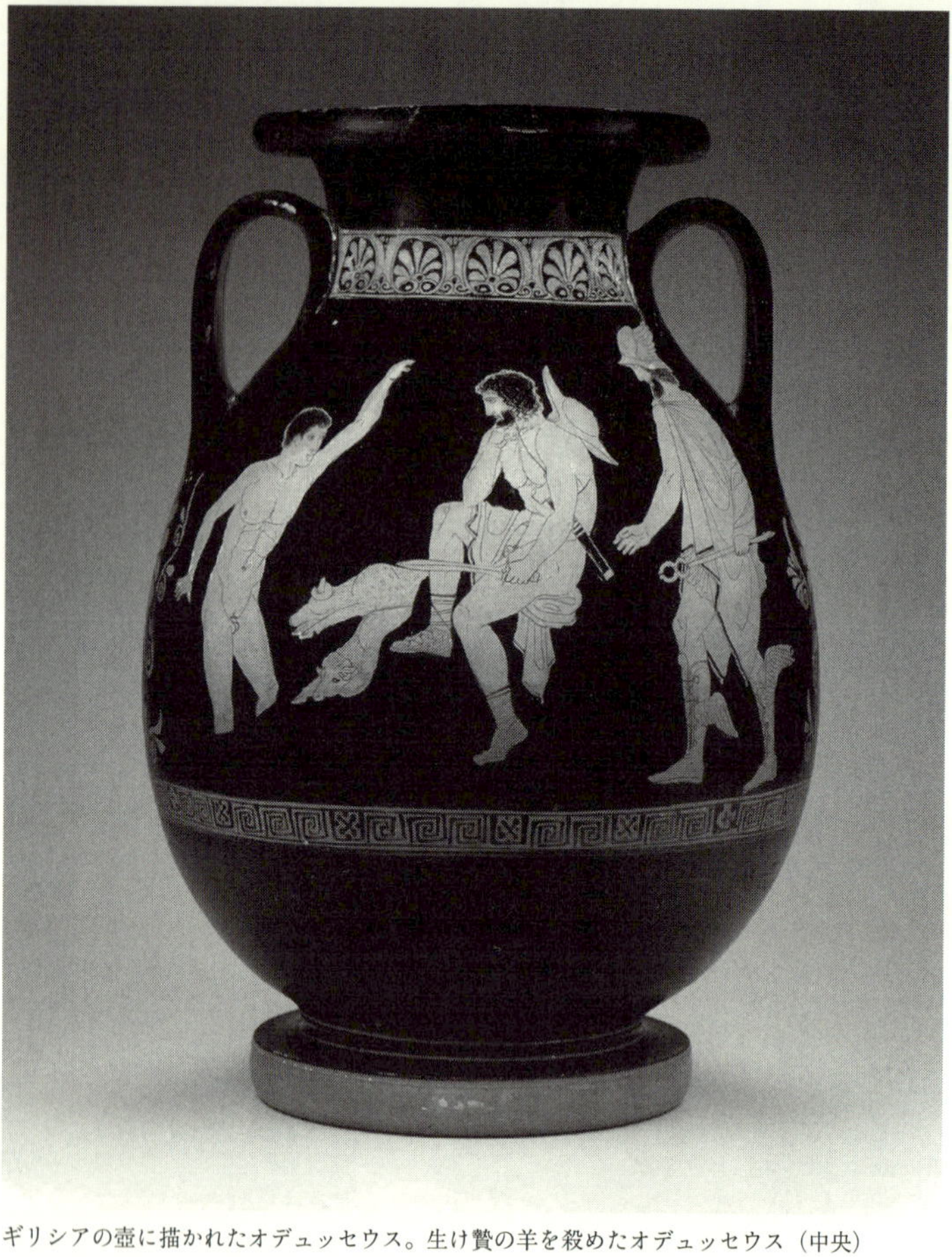

ギリシアの壺に描かれたオデュッセウス。生け贄の羊を殺めたオデュッセウス（中央）が，死んで間もない部下エンペノルの霊（左）と会う。右に冥界の案内役のヘルメスが描かれているが，『オデュッセイア』第11巻の冥界への旅にヘルメスは登場しない。紀元前440年頃，ボストン美術館。

ッセウスはわけを話し、その上で「アキレウス、あなたより幸せな者はかつてなかったし、今後もそれは変わるまい。以前、あなたが生きていた時は、われらアルゴス人《びと》（ギリシア人）は神のごとくにあなたをうやまい、そして今この冥界にあっては、あなたは死者の間に君臨し権勢を誇っているではないか。さればアキレウスよ、死んだとて嘆いてはいけない」と言う。だがアキレウスは次のように答える。

勇名高きオデュッセウスよ、私の死に気休めを言うのはやめてくれ。世を去った死人全員の王となって君臨するよりも、むしろ地上に在って、どこかの、土地の割当ても受けられず、資産も乏しい男にでも雇われて仕えたい気持ちだ。（四八八―九一行）

このように『オデュッセイア』における来世は、喜びも楽しみもない闇の世界で、死後の生は影にすぎない。また死者の運命は基本的には皆同じであり、生前の行いによって罰せられたり、特権的に恩恵が与えられたりすることはない。テイレシアスには特別な知力が、アキレウスには王の地位が授けられているものの、それらに何らかの価値があるわけではなく、いずれの死者も空しい存在になっている。

数々の出会いのなかでもとりわけペーソスにあふれているのが、亡き母アンティクレイアとの対面である。この有名な場面は「序」で述べたように、ウェルギリウスが模倣したことから、ウェルギリウスを経由して中世のダンテに、さらにはヴァージニア・ウルフやジョイスらの現代作家にまで影響を及ぼすことになる。アンティクレイアは、オデュッセウスがトロイアに向けて出立した時にはまだ生きていたので、彼はここ冥界で母の姿を見て初めてその死を知ることになる。母は息子の姿を認めると、どうして生きている身でありながら、この暗い闇の世界に降りてきたのかと声をかける。そして故郷の家族の消息を彼に告げ、自身は息子を待ちわびるつらさゆえに絶命したことを話す。それを聞いてオデュッセウスはアンティクレイアを抱擁しようとする――

私は心の内で、世を去った母の霊をこの腕に抱きたいと思い、抱こうと心が逸《はや》るままに、三たび母に駆け寄ったが、三たびとも母は影か夢にも似て、私の手をふわりと抜けてしまう。そのたびに私の胸は、ますます痛みを増すばかり（……）（二〇四―八行）

なぜ逃げるのか、あなたは母の霊ではなく、冥界の王妃ペルセポネイアが私をもっと嘆き悲しませようと遣わした幻なのか、とオデュッセウスは尋ねる。アンティクレイアはこれが人間に課せられた定めであるとして、ひとたび死ねば肉体は滅び、「魂は夢の如《ごと》く飛び去って、ひらひらと虚空を舞うばかり」だと言う。

因果応報の新しい死生観

この冥界において例外的に、生前の行いに応じて罰せられているのが、ティティュオス、タンタロス、シシュポスの三人である。ティティュオスは二羽の禿鷲《はげわし》に、はらわたまで首をつっこまれて肝臓をついばまれている。タンタロスは沼の中に首までつかっているのだが、喉が渇くので水を飲もうとすると水が干上がってしまい、頭上にはさまざまな果実が枝もたわわに垂れ下がっているのに、手を伸ばして取ろうとすると風が枝をはね上げてしまう。シシュポスは大きな岩を丘の頂きに押し上げるという仕事を課せられているが、もう少しで頂上という時に必ず岩は転げ落ちてしまう。[▽3]このうちティテュオスについては、レト女神を陵辱しようとした罪に対する罰であると述べられている。他の二人については本文に言及はないが、ギリシア神話では、タンタロスは神々の食卓に招かれてその秘密を人間にもらした、神々の酒ネクタルと神々の食べ物アムブロシアを人間に食べさせた、もしくはわが子を殺して料理し神々に供したと伝えられ、シシュポスは奸計によって神々をだまし、死をまぬがれようとしたと言われている。つまりこの三人はそれぞれ性、食、死に関し、人間の分を超えて神々に挑戦したという大罪を犯し、特別に劫罰《ごうばつ》を受けているのである。この三人についての神話は、もともと神々と人間との間で保たれるべき秩序という観点から生まれたものと考えられ、来世観と直接結びつくものではなかった、とスールヴィヌー・インウッドは指摘する。しかし『オデュッセイア』においてその刑罰の場が冥界の中に位置づけられると、死者の運命は同じという従来の観念とは異なる、因果応報の死生観として成り立ち、それまでの死生観と共存することになる。この新たな死生観は、ここでは神々と人間の間にある、越えてはならぬ境界線を越えた者に例外的に適用されているが、時代が下るにつれて適用範囲が拡大していくことになる。[▼4]

エリュシオン（極楽）の観念の萌芽

一方、『オデュッセイア』の別の巻には、死後に特別な恩恵に与《あずか》る人間がいることが述べられている。人間は、不老不死を享受する神々とは決定的に異なって、どんなに偉大な英雄であろうとも死をまぬがれることはできず、みな冥界に行かねばならない、というのが『オデュッセイア』に見られる基本的な死生観であった。ところがそれとは裏腹に、神々に選ばれた特別な人だけが行くことのできるエリュシオンの野という極楽が存在する。第四巻で、スパルタの王メネラオスは、海の翁《おきな》プロテウスから次のように言われた、と語る。

ゼウスの寵を受けるメネラオス王よ、そなたは馬を養うアルゴスで、一生を終え定命を果たすさだめにはなっておらぬ。神々はそなたを、遥かなる世界の涯《はて》、エリュシオンの野に送るであろう。金髪のラダマンテュスの住むところ、人間にとってここよりも安楽に生活を営むことのできる場所は他にはない。雪はなく激しい嵐も吹かず雨も降らぬ。外洋《オケアノス》は人間に爽やかな涼気を恵むべく、高らかに鳴りつつ吹きわたる西風《ゼピュロス》の息吹を送ってくる。それもそなたがヘレネを妻とし、神々からすればゼウスの婿君ということだからじゃ。（五六一―九行）

エリュシオンの野への言及はこれのみで、第十一巻の冥界のように詳しく語られることはない。スールヴィヌー・インウッドによれば、この極楽の存在も新しく出てきた考え方で、『オデュッセイア』が完成を見た前八世紀になって作られた観念であろうと推測されており、まだそのイメージが未発達である。しかしホメロス以降になると、エリュシオンの観念は発展を遂げ、やがて特別な者だけではなく普通の人々も死後に望みをつなぐところとして広まっていくのである。▽5

『オデュッセイア』に基本的な死生観は、死後の世界は存在するものの、死は否定的にとらえられ、生前の行いに関わりなく死者は等しく空しい存在となる、というものである。だが神話的罪人については因果応報の考え方がなされ、また冥府ハデスとは別個に極楽（エリュシオン）への言及もある。次に見る『アエネーイス』では、来世を影の世界とする死生観が継承されながらも、『オデュッセイア』に萌芽的に見られた観念が確固とした位置を占め、新旧の考え方の混在という矛盾は解消されたかのように思われる。だが、そこにはまた別の矛盾やあいまいさが生じている。

2　ウェルギリウス『アエネーイス』

アエネーアスの冥界下り

古代ローマの詩人ウェルギリウス（前七〇―前一九年）は、ホメロスから強い影響を受けながら、叙事詩『アエネーイス』を書いた。この作品の主人公アエネーアスは、ギリシアの敵、トロイアの英雄である。トロイアが陥落して、国を追われたアエネーアスの一行は、辛酸をなめながら地中海をさまようが、ローマ建国の使命を担って、やがて定めの地であるイタリアにたどり着く。そこで先住民と戦い、最後は一騎打ちでいくさに勝利を収める。この『アエネーイス』にも、その中ほどの第六巻に冥界下りのエピソードがあり、そこには『オデュッセイア』の影響と共に、新しい独自の死生観が見られる。浄罪と輪廻転生の考え方が見られることや、冥界のなかにエリュシオン（極楽）とタルタロス（地獄）が存在することがその特徴と言えよう。タルタロスはホメロスの『イリアス』（第八巻一三―六行）にすでに言及があり、そこではゼウスに逆らった神々が落とされる牢獄とされているが、『アエネーイス』では、罪を犯した人間が死後に送られる地獄である。

冥界下りは、アエネーアスが亡き父アンキーセスに会う目的でなされる。旅の途上、シチリアで亡くなったアンキーセスが、その後アエネーアスの夢に現れ、イタリアに着いたら、アポロンに仕える巫女シビュラの案内で冥界のなか、エリュシオンにいる自分を訪ねるよう告げたからである（第五巻七三一―六行）。

長い航海と冒険を経てイタリア半島に着いたアエネーアスは、今日のナポリに近いクーマエにシビュラを訪ねる。そして彼女のいいつけに従って、放置されていた仲間の遺体を捜し出して手厚く葬り、冥界の王妃プロセルピナ（ペルセポネイア）に捧げる黄金の小枝を見つけ、冥界での通行手形となるこの枝を携えてシビュラと共に冥界に向かう。オデュッセウスの場合は冥界への行き方をキルケに教わるものの、実際に行くときには導き手を必要としてはいなかった。ところが『オデュッセイア』第二十四巻では、求婚者たち（オデュッセウスの留守中、その妻ペネロペに求婚し、オデュッセウスに殺された者たち）の霊がヘルメスによって冥界へと導かれている。この部分はホメロスによる

アンドレア・デル・カスターニョ「クーマエのシビュラ」。1450年頃，フィレンツェ：ウッフィツィ美術館。

ものではなく、前六世紀頃の加筆と思われ、ギリシアではこの頃ヘルメスに死後世界への導き手としての役割が賦与《ふよ》されたものと推測されているのだが、[6]ウェルギリウスはそれと同じ役割をシビュラに担わせている。

『アエネーイス』では冥界は地下にある。その入り口は、アウェルヌスという湖のほとり、鬱蒼《うっそう》とした森に覆われた、岩のごつごつとした洞窟である。そこからは毒気が空に向かって噴き出しているので、鳥もその上空を安全に飛ぶことはできないという。生け贄の儀式を執り行ってから冥界の入り口に進んでいくと、そこには「嘆き」、「病」、「恐怖」、「戦争」、「不和」等、諸悪の寓意的化身、ケンタウロスやスキュラ、ハルピュイアといった怪物たちが陣取っている。その先にはステュクス川があり、恐ろしい形相をした渡し守カロンが死者たちを対岸に渡している。大勢の死者が我先に舟に乗せてもらおうと川岸に群がり手を伸ばしているが、きちんと埋葬されていない者は百年待たねばならない。アエネーアスとシビュラはカロンに黄金の小枝を示し、特別に渡してもらう。対岸に着くと今度は、三つの頭をもつ獰猛《どうもう》な冥界の番犬ケルベロスが待ちかまえている。が、シビュラが特別なえさを与えて眠らせ、ようやく二人は冥界の内部に入ることができる。ここにでてくる怪物たちは、みなギリシア・ローマ神話のキャラクターだが、次章で論ずるダンテの『神曲』でも、カロンとケルベロスはほぼ同じ役割で、ハルピュイアは新たな役割を担って登場することになる。

ディードとの再会

さて冥界はタルタロス（地獄）、エリュシオン（極楽）、中間の地域の三つに分かれている。アエ

クロード・ロラン「アエネーアスの出発のあるカルタゴの眺め」。後ろ姿のディードが港の方を指さし，アエネーアスに話しかけている。1676年，ハンブルク美術館。

ネーアスが最初に入ったのは中間の地域である。そこでアエネーアスはまず幼《おさ》な児《ご》たちの泣き声を耳にする。彼らは人生の第一歩を踏みだそうという時に命を奪われ、母親の胸から引き離されて、ここで大声をあげて泣いているのである。その次に濡れ衣によって処刑された者たち、さらに自殺者たちが続く。死者たちの行き先を決めるのは『オデュッセイア』にも審問官として登場するミノスである。その先には「悲嘆の野」が広がり、そこの天人花に覆われた奥まった小道には、愛に身を滅ぼした者たちが潜んでいる。ここでアエネーアスは思いがけずディードに出会う。ディードはアエネーアスの船がシチリアからイタリアに向かう途中、嵐にあって北アフリカに漂着した際、一行を迎え入れたカルタゴの女王である。夫シュカエウス亡き後、独り身を守ってきたが、アエネーアスに巡り会って、彼を熱烈に恋するようになる。しかし王国建設の使命をもつアエネーアスはディードを捨てて出帆してしまい、残された彼女はアエネーアスから贈られた剣の上に伏して命を絶ったのだった（第一巻・第四巻）。今では雲間に昇る新月のようにおぼろな存在となったディードの姿を、アエネーアスは他の霊たちのなかに見つけて涙を流し、いとしさから声をかける。「不幸なディードよ、それではあなたが剣を取って最期を遂げ、この世を去ったとの知らせは本当であったのか、ああ、私があなたの死の原因だったのか」と彼は嘆く（四五六—八行）。そして、私があなたの国を発ったのは、神々の命令にやむなく従ったのであり、本意ではなかった、私が去ることでこれほどの悲しみをあなたに与えるとは思いもよらなかったと弁明し、どうか立ち去らないでくれと懇願する。だが怒りに目を光らせていたディードは視線をそむけて地面を見つめたままで、アエネーアスの言葉にほだされることはない。そしてひと言も口をきかぬまま森のなかに去っていくが、そこではかつての夫シュカエウスが優しく彼女を受け止めてくれている。それでもアエネーアスはディードの不幸な運命に衝撃を受け、目に涙を浮かべてその後ろ姿を見守りつつ、心から彼女を憐れむのである。後述するように、『神曲』におけるパオロとフランチェスカの悲恋のエピソード、地上楽園でのダンテとベアトリーチェの再会の場面には、アエネーアスとディードの恋が意識されている。

かつての英雄の無残な姿、タルタロス（地獄）の情景

アエネーアスは歩みを進め、〔中間領域の〕最果ての地にたどり着く。そこには他から離れて武勲の誉れ高い英雄たちがいる。そのなかでトロイア王プリアモスの王子デイポブスは、全身傷だらけ、手も顔も引き裂かれ、耳と小鼻を削ぎ落とされたおぞましい姿をしている。彼は『オデュッセイア』のアガメムノンと同じく、妻の裏切りによって非業の死を遂げたのだが、その事の顚末を語り、『オデュッセイア』の霊たちがオデュッセウスに聞いたように、なぜ生きたまま「この日のささぬ陰気な住処《すみか》、混乱した場所」（五三四行）を訪れたのかとアエネーアスに尋ねる。そして「よりましな運命を享受せよ」（五四六行）と言い残して去っていく。

そこから道は二手に分かれ、アエネーアスとシビュラは冥界の王ディースの都とエリュシオンのある右手に進むことになるが、左手の崖下には炎の川に囲まれたタルタロス（地獄）の城壁といかめしい門が見える。アエネーアスはなかの様子をシビュラから聞くことになる。そこでは（『オデュッセイア』ではエリュシオンにいた）ラダマンテュスが罪を裁き、復讐の女神ティシポネがむちを振るっている。さまざまな罪人が紹介されるが、ティテュオスは、肝臓を禿鷲についばまれるという罰を受けている。肝臓はついばまれるとすぐに再生し、この刑罰には終わりがない。イクシーオンとピリトウスの上には黒い岩が今にも落ちかかろうとしている。目の前には豪華な食事が並んでいるが、手を伸ばそうとすると復讐の女神が雷のような声でどなりつける。またテーセウスは、永遠に椅子に坐らされている。さらに大きな岩を絶えず転がしている者や、車輪に縛りつけられた者も

いる。[7]彼らの犯した罪も、不倫、裏切り、収賄、近親相姦とさまざまである。『オデュッセイア』で言及された、神々の領域を侵す神話的罪人たちに加え、ここでは一般的な罪も裁かれているのが特徴的だ。因果応報の死生観が定着したことがうかがえる。彼らの罪状とその刑罰を語り尽くすことは、百の舌、百の口、鋼の声があっても不可能であるとシビュラは言う。

シビュラがタルタロスについての話を終えると、二人は道を急いでディースの城門に達し、そこで黄金の小枝を捧げる。

エリュシオン（極楽）での三たびの抱擁の試み

ようやくアエネーアスは、父アンキーセスのいるエリュシオンに到達する。そこは明るい光に包まれていて、その場所だけの太陽と星々がある。霊たちはそこで格闘技をしたり、歌ったり踊ったりしている。トロイア人の祖先たち、祖国のために戦って負傷した人々、神官や予言者らがいる。緑なす谷間にいたアンキーセスは、近づいてくる息子の姿を認めると歓喜にあふれて両手を差し出し、頬に涙を伝わせながら声をかける。彼にはアエネーアスが来るとわかっていたのだが、実際に対面すると、本当に私はおまえを目の前にしておまえと話しているのか、と喜びを隠しきれない。そして、ここに来るまでにおまえはどれほどの長い苦難の道のりを経てきたことだろうかと言う。これに対しアエネーアスは、あなたの幻影が私をここに導いてくれたのです、と答え、父を抱擁しようとする。

「（……）父上、どうか、どうか手をとらせて下さい。
私の抱擁をかわしたりなさらないで下さい」
話しながらとめどない涙が彼の頬を濡らしていった。
三たびその場で彼は父の首のまわりに腕をかけようと試みた。
が、三たびその抱擁はむなしくて、霊は彼の手をするりとぬけてしまった。
まるでかすかな風か羽の生えた夢のように。

（六九七—七〇二行）

第二巻の、トロイア陥落の折に、はぐれた妻が亡霊となって出現する場面（「序」参照）と全く同じ動作が繰り返され、それが全く同じ言い回しで表現されている。オデュッセウスが母親の霊に対面した場面の描写が、ここにも同じように取り入れられているのである。冥界での肉親との再会という点では、こちらの方が『オデュッセイア』の該当箇所に直接対応していると言えるだろう。この三つの場面を比較すると、『オデュッセイア』では、母がすでに死んでいたことを知ったオデュッセウスの悲しみと、死者の存在のはかなさが、冥界が空虚な世界であることを強調していた。『アエネーイス』第二巻のアエネーアスとクレウーサの死別も悲痛だが、クレウーサの亡霊は夫の悲しみを無益であると言い、涙を流すのをやめるよう諭《さと》す。彼女自身は死によって混乱に満ちたこの世の苦難や恥辱をまぬがれており、『オデュッセイア』ほど死が否定的にとらえられていない。この二つの場面では、いずれも抱擁の試みが別れ際になされていたが、『アエネーイス』第六巻ではそれが出会いの時に行われている。ここでアエネーアスは、今やエリュシオン（極楽）の住人となった父との再会を果たしたのである。しかし抱擁の試みも空しく父を抱きとめられなかったことで、父はもはや別世界の存在であるとアエネーアスは痛感し、彼は再会の喜びと同時に断絶の悲しみをも味わうことになる。

死と再生のしくみ

次にアエネーアスは、忘却の川レーテを目にする。谷あいの奥に森があり、風にそよぐ茂みを通って流れる川が見える。そこには数限りない種族の霊たちが飛び交い、さながら晴れた夏の日に、一面の野で羽音をたてて花に群がるみつばちのようである。アンキーセスは、そこに集まっているのはもう一度現世に生まれ変わる霊たちで、彼らは再生する前にそのレーテ川の水を飲んで憂いを払い、前世のことを忘れるのだと言う。これに対しアエネーアスは、それではふたたび鈍重な肉体に戻ってしまう霊魂もあるのか、なぜ彼らはこれほどまでに命への忌まわしい欲望を抱くのかと尋ねる。アンキーセスはアエネーアスに死と再生のしくみを話す。

その説明によると、宇宙にはある精神が浸透していて、そこから人間や動物の生命が作られるという。生命力は火の如きもので、その起源は天上的だが、人間はこの世では肉体の牢獄に閉じこめられ、恐怖や欲望、悲しみや喜びの虜《とりこ》となる。生前に染みついた悪は死んでも容易にぬぐい去ることはできないものなので、吊るされて風に吹きさらされたり、巨大な渦巻きによって洗われたり、火に焼かれたりして浄化しなくてはならない。それが済むとエリュシオンに送られ、長い間滞在したのち、アンキーセスを含む少数の者は、完全に罪を浄《きよ》めて、火の如く純粋な精気になる。他の多くの者はレーテ川畔に集められ、その水を飲んでは地上に戻っていく。ここに見られる「世界霊魂」、肉体を牢獄とする考え方、浄罪と輪廻転生の思想にはストア派、オルペウス教、プラトン哲学、ピタゴラスなどの影響が指摘されている。▼8

「両手いっぱいの百合をくれ」

最後にアンキーセスは、これから地上に生まれ出て、アエネーアスの後を継ぎ、偉大なローマ帝国を築き上げていく英雄たちを示す。アエネーアスの晩年の息子シルウィウス以下のアルバ・ロンガの王たちに続いて、ローマを創建したロムルスに話がおよぶと、作者ウェルギリウスの時の皇帝アウグストゥスへと飛び、この両者が大いにほめ称えられる。ついでこの二人の間に位置する、王政期と共和政期の偉人たちが次々と姿を現し、紹介されていく。アンキーセスの長い説明を聞いていたアエネーアスは、ふと容姿端麗で、きらめく武具を身につけながら、悲しげな面持ちで目を伏せて歩いている若者に目をとめる。それは、アウグストゥス帝の後継者と嘱望されながら、紀元前二十三年、若くして世を去ったマルケルスであった。作者ウェルギリウスはアンキーセスの口を借りて、当時ローマ市民に大きな衝撃と悲しみを与えたマルケルスの死を悼《いた》み、「両手いっぱいの百合をくれ（'manibus date lilia plenis'）。輝く花を散華《さんげ》して、わが末裔の霊に、せめてこうした供物を捧げ、はかない務めを果たしたい」と言う（八八三―六行）。驚くべきことに、この追悼の言葉は『神曲』において、地上楽園でベアトリーチェを迎える祝福の言葉に変貌することになる。

『アエネーイス』の来世の特徴

『アエネーイス』では、冥界はタルタロス（地獄）・エリュシオン（極楽）・中間領域の三つに分けられ、『オデュッセイア』よりその情景描写が詳しくかつリアルになっている。特に『オデュッセイア』において冥界とは区別され、特別な人だけが行く場所であったエリュシオンが冥界の一部に組み込まれ、浄罪を済ませた霊は皆そこに行くとしている点に大きな違いがあると言えるだろう。死後の生は基本的に無意味であるとする『オデュッセイア』と異なり、浄罪の場である『アエネーイス』の冥界は、中世の煉獄を思わせる。しかし天国行きを約束されている煉獄とは違って、この冥界の霊の多くはエリュシオンを経て現世に生まれ変わる運命にあり、それをアエネーアスは、ふたたび鈍重な肉体に戻ること、と否定的にとらえている。これに対してアンキーセスら少数の者は完全に罪を浄めることになるが、その後は火の如く純粋な精気と化して、個人の人格は失われてしまうようである。▽9

一方、アエネーアスがエリュシオンで出会うのは、さまざまな罪を浄め終えた霊たちというより、最初からそこに来るだけの資格をもった人々のように思われるし、タルタロスにいる罪人のなかで、特にティテュオスのような神話的罪人は永遠の刑罰を受けていて、釈放の見込みはなさそうである。アンキーセスが語る冥界のしくみと、実際に描かれる情景には齟齬が生じている。▼10

以上見てきたように、アエネーアスの冥界の旅は、入り口のおどろおどろしい光景に始まり、ディードとの悲しい再会、無残な姿のデイポブスとの出会い、シビュラの語る恐ろしいタルタロスの情景と続く。その後、美しいエリュシオンでの喜びと悲しみがないまぜになったアンキーセスとの再会、現世への再生を求め霊たちがレーテ川に群がる様子が描かれ、最後に輝かしいローマの未来がアンキーセスによって語られるも、夭折するマルケルスへの追悼で結ばれている。全体的には、暗く悲しいイメージが勝っていて、冥界はやはり影の世界であるとの印象を与える。

冥界の旅を終えたアエネーアスとシビュラは眠りの門を通って地上に戻る。眠りの門には二つあり、ひとつは本物の亡霊なら容易に抜けられる角の門、もうひとつは霊たちが偽りの夢を地上に送る象牙の門。アエネーアスが通ったのは象牙の門である。この謎めいた一節には、さまざまな解釈が試みられている。アエネーアスは生身の人間なので角の門は通れないという単純な解釈がある一方、作者ウェルギリウスが自ら描いた冥界の実在性に懐疑的であったことを示唆しているという解釈や、反対に、現世が仮象の世界であることを示しているとの解釈もあり、決着を見ていない。[11]『アエネーイス』に描かれた、この来世への旅は、のちにダンテに大きなヒントを与え、『神曲』においてはそれが桁違いのスケールで展開され、かつ決定的な変更が加えられることになる。

第二章　救いに至る旅
――『神曲』

1　来世を巡礼するダンテ自身の旅

ダンテ（一二六五―一三二一年）は、ホメロスやウェルギリウスに並ぶ偉大な叙事詩人とされるが、『神曲』（一三〇七―二一年）は古代の英雄叙事詩とは大きく異なっている。『神曲』の思想的基盤をなすのは中世西ヨーロッパのキリスト教的宇宙観・死生観である。ダンテは古典古代の文学、わけても『アエネーイス』を強く意識して『神曲』を書いたが、そこには叙事詩の伝統を受け継ごうとすると共に、キリスト教の立場から古代ギリシア・ローマの世界観を修正しようとする意図を見てとることができる。また『オデュッセイア』や『アエネーイス』においての来世への旅は、主人公が経験するさまざまな冒険のなかのひとつのエピソードに過ぎなかった。これに対し、『神曲』は全篇が来世への旅の記録である。『神曲』は叙事詩であると同時に「幻視文

ドメニコ・ディ・ミケリーノ「『神曲』の詩人ダンテ」。ダンテの生誕200年を記念してかかれた作品。ダンテが開いているのは「地獄篇」の冒頭。1465年，フィレンツェ：サンタ・マリア・デル・フィオーレ大聖堂。

学」の系譜にも属していると言える。この名称は、実体のない幻を描いた作り話のような印象を与えかねないが、英語のvisionに当たるラテン語visioneの訳語で、来世に行ってその様子を見聞きしてきたという体験談を指し、中世において非常に人気のあるジャンルであった。だが、そのほとんどは素朴な説話の域を出ていない[1]。幻視文学として見た場合、全部で一万四千行を超える『神曲』はスケールの上で並はずれており、内容の深さにおいても全く類例のない作品と言える。

　ダンテによれば来世は地獄、煉獄、天国から成り、現世と同じ宇宙空間にある。その宇宙観はプト

『神曲』の宇宙

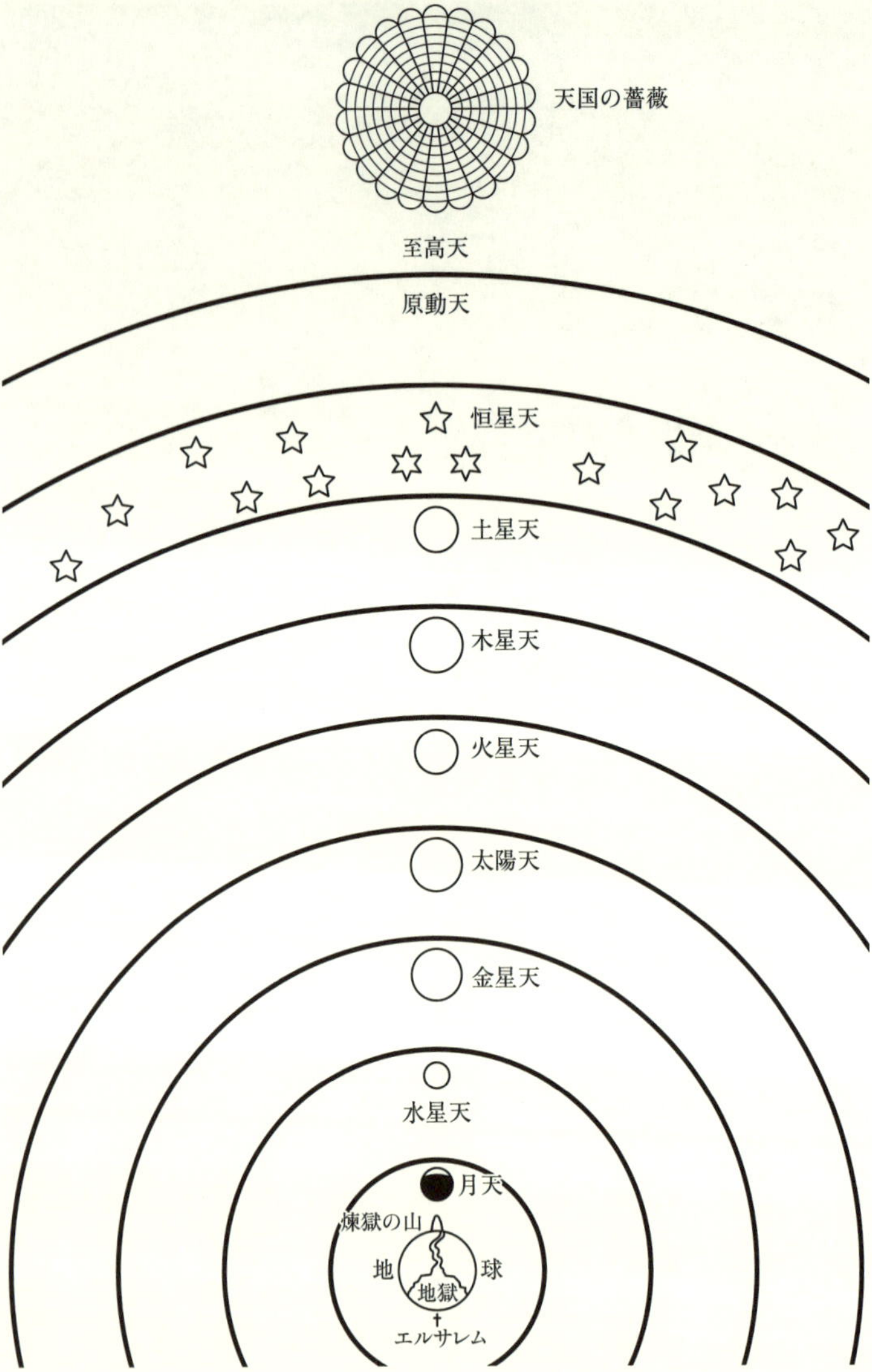

レマイオスの天動説に基づいており、地球が宇宙の中心に位置する。そして地獄は地下に、煉獄は（当時まだよく知られていなかった）南半球に、天国は空の上にある。地獄には地球の中心に至るまで九つの圏があり、深くなればなるほど、より重い罪を犯した者がより苛酷な刑罰によって裁かれている。十二世紀にカトリック世界で形成された概念である煉獄は、地獄行きを免れた死者が罪を浄める場で、一般には地下にあると考えられていたが、ダンテはこれを地球上でのエルサレムの対極に位置づけた。煉獄はそこにある島に高い山としてそびえ、麓《ふもと》に二つの台地、煉獄の山自体に七段の台地がある。死者たちはそれぞれの台地で罪を浄《きよ》めながら山を登っていき、頂上の地上楽園（エデンの園）に到達するとその後、天国に昇ることが許されるのである。天国は、月天から原動天まで九つの層に分かれ、その上に至高天がある。

来世への旅をしたのはダンテ自身である。ダンテは人生のなかば、三十五歳のときに迷妄に陥り、暗い森のなかにいることに気づく。その恐ろしい谷間の森を抜けて丘の麓にたどりつくと、日の光が丘の稜線を包んでいるのに落ち着きを得て、丘の斜面を歩き出す。ところが急な登りにさしかかるや、豹、ライオン、雌狼が次々と現れ、行く手をさえぎるので、彼は恐怖のあまり立ちすくんでしまう。

そこにウェルギリウスの霊が現れる。天国にいる聖母マリアと聖ルチーア、そして夭折した、ダンテの憧れの女性ベアトリーチェがダンテの窮状を憐れみ、救いの手を差し伸べたのである。ベアトリーチェに乞われ、ダンテの導き手となることを引き受けたウェルギリウスは、彼を地獄と煉獄の世界へ連れていって、そこで正義が実現されているさまを見せる。そして地上楽園に着いたダンテはベアトリーチェと再会し、今度は彼女に導かれて天国を昇ってゆき、ついには神を見るに至る。

このように、『神曲』は単なる来世の見聞録ではない。それは、ダンテ自身の救済の記録でもあるのだ。地獄でのダンテは、おそろしい刑罰の観察者である。だが煉獄ではダンテ自身、霊たちとは異なる形で自身の罪を浄めていく。煉獄の七つの台地は、それぞれ高慢、嫉妬、憤怒、怠惰、貪欲（と浪費）、暴食、好色の罪を浄める場だが、ダンテは初めに、このキリスト教の七つの大罪を意味する七つのPの文字を天使によって額に刻まれ、上に登るにつれてそれをひとつひとつ消していってもらう（好色の罪だけは霊たちと同様、炎をくぐって浄めることを求められる）。さらに天国は光に満ちていて、その光は上に行けば行くほど強くなるのだが、ダンテは何度も目の眩《くら》む思いをしながら、それに負けないだけの視力をつけてゆき、最後には神を見ることが可能になるのである。

2　地獄のしくみと神の秩序

『神曲』の来世は中世カトリックの死生観を反映しており、ギリシア・ローマ神話に依拠する『アエネーイス』の冥界とは根本的に異なる。ところが『神曲』の地獄には驚くほど『アエネーイス』と共通する要素が見られ、ギリシア・ローマ神話のキャラクターが多く登場する。作者ダンテの意図は、来世が神の秩序のもと、理にかなった世界を形成しているさまを示すことにあったが、地獄の描写には『アエネーイス』が大胆に取り入れられている。

『神曲』の地獄と『アエネーイス』の冥界

ウェルギリウスに導かれて、ダンテは地獄の門をくぐる（「地獄篇」第三歌）。読者はそこで、『アエネーイス』第六巻に描かれた冥界と、似て非なる光景を目にすることになる。作者ダンテは『アエネーイス』の書き直しをすることで、来世の「真の」姿を示そうとしているのだ。門をくぐると、ため息や泣き声や悲鳴が響いている。そこにいるのは、誉れもなくそしりもなく虚しい生涯を送ったために、天国からも地獄からも拒絶されたみじめな連中である。ダンテがその先に目をやるとアケロン川が見え、そこに大勢の亡者たちがいる。二人が川岸に着くと、ちょうどカロンが舟をこいでやってきて大声でどなる。▽2『アエネーイス』では、死者は誰もがカロンの舟によって川を渡ることになっており、みな我先に舟に乗ろうとしていたが、『神曲』で川を渡るのは地獄行きの罪人たちだけだ。ひとたびこの川を渡ると、もう二度と天を仰ぐ希望はない。亡者たちは大声で泣きつつも、神の正義に駆り立てられて川を渡ろうとしている。カロンは、ダンテが生きており、またいずれ救われる運命にあるのを見てとって舟に乗せようとしないが、ウェルギリウスからダンテの地獄巡りは神意によるものであることを告げられ、黙従を強いられる。

地獄の第一圏は、キリスト教の洗礼を受けていないために救われることがなかった者が行くリンボ（辺獄）で、そこには古代の有名な偉人たちが住んでいる（第四歌）。ウェルギリウスもここの住人であるが、ベアトリーチェの要請を受け、特別に許されてダンテの案内役を務めているのである。当然ながら『アエネーイス』の冥界にリンボは存在しない。しかし地獄でありながらリンボには、光が射し緑なすさわやかな草原があって、有徳の人々の霊が集っており、『アエネーイス』のエリュシオン（極楽）を思わせる。[3] ダンテはここで、ホメロス、オウィディウスといった偉大な詩人たち、アエネーアス、ヘクトル、カエサルら、伝説上歴史上の英雄、ソクラテス、プラトン、アリストテレスその他の哲学者を見かける。

第二圏に降りると、入り口に審問官のミノスが待ちかまえている（第五歌）。『アエネーイス』ではミノスが冥界の入り口で死者の行き先を決め、ラダマンテュスがタルタロス（地獄）で罪を裁いていたが、『神曲』のミノスにはこの両者が重ね合わされている。加えて『神曲』のミノスは長い尾をもった怪物として描かれ、亡者の行き先が地獄の第何圏であるべきかを判断すると、その数の分だけ尾を亡者の体に巻きつけるというユニークな仕方で審判を下している。ミノスはダンテを見ると怒気を含んだ声をあげるが、ウェルギリウスがカロンに言ったのと同じ言葉を繰り返し、道を空けさせる。

この第二圏では、愛欲の罪を犯した者たちが激しい風で痛めつけられている。ダンテはここで、不倫を犯したパオロとフランチェスカの霊に声をかけ、フランチェスカから悲恋のいきさつを聞く。ここにはディードもいる。彼女は亡き夫シュカエウスへの操《みさお》を誓いながら、アエネーアスと恋に落ちた罪で裁かれているのである。

地獄の第三圏では暴食の罪が裁かれており、ケルベロスが三つの喉から犬のように吠えたて、亡者に爪をたてて皮をはぎ、八つ裂きにしている（第六歌）。ケルベロスは、ダンテとウェルギリウスを見つけると、牙をむいて全身を震わせる。『アエネーイス』ではシュビラが、催眠成分のある団

ボッティチェッリ『神曲』の挿絵。地獄。

子でケルベロスを眠らせるのだが、『神曲』ではウェルギリウスが、土をつかんでケルベロスの口のなかに投げ入れる。するとちょうど餌を欲しがっていて吠えたてていた犬が、餌を与えられると食べることに熱中しておとなしくなるように、ケルベロスも静かになったという。『神曲』では、土を貪《むさぼ》り食うケルベロスのあさましさが強調され、暴食者たちを痛めつけるのにふさわしい存在になっている。

以上、『神曲』「地獄篇」の初めの方を見てきたが、ここから『神曲』の地獄は『アエネーイス』の冥界を換骨奪胎したものであることがわかる。さまざまな変更や新たな意匠を加えてはいるものの、その一方で、カロン、ミノス、ケルベロスといった異教の神話のキャラクターが同じ役割のまま登場するのには瞠目させられる。ダンテは『アエネーイス』の冥界全体を、キリスト教の地獄に位置づけようとする意図を持っていたものと思われる。『アエネーイス』の冥界はすべて地下の世界で、タルタロス、エリュシオン、中間の地域に分かれていた。アエネーアスはこのうち、タルタロスには直接入ることができず、シビュラからなかの様子を聞いた。これに対し『神曲』では、地獄の入り口が『アエネーイス』の冥界全体への入り口に対応していると考えられ、『アエネーイス』のエリュシオンは地獄の第一圏のリンボに、「悲嘆の野」は第二圏に対応する。タルタロスに相当する恐ろしい刑罰の場は第三圏から第九圏までに当たり、ダンテはウェルギリウスの案内で自らそこへ降りていって「地獄篇」第六歌以降でその様子を詳しく語る。タルタロスとは別の場所であったディースの都は、『神曲』では地獄の第六圏以下の下層部を形成している。あとで触れるように、地上楽園や天国の描写にも『アエネーイス』の影響は見られるが、『アエネーイス』に描かれた来世は、実は全体が地獄に相当していたことを作者ダンテは示そうとしているのだ。では、そこには具体的にどのような特徴があるのだろうか。「地獄篇」第十三歌の「自殺者の森」のエピソードを見てみよう。

因果応報の合理的世界

自殺した者についての扱いは『アエネーイス』と『神曲』で大きく異なっている。『アエネーイス』によると、冥界のミノスのそばに悲しみに沈んだ者たちがいて、彼らは「罪もないのに、自分に手を下し、光を嫌って命を投げ出した」のだという。彼らは今だったらどんな貧しさや労苦にも耐えて、地上にいることを望んだであろうが、定めによって、「まわりを九重に取り囲むステュクス川に閉じこめられている」とある（第六巻、四三四―九行）。ここの記述はあいまいで、「罪がない」というのが自殺者一般を指すのか、善良であったにもかかわらず自殺した者という意味なのかはっきりしない。いずれにしろ「九重に取り囲むステュクス川に閉じこめられている」というのはすでに彼岸に渡ってしまったことを強調した表現で、特別に隔離されているという意味ではなく、[▽4]自殺した彼らがいるのは冥界の中間地域であってタルタロスではない。

　これに対し、キリスト教では自殺は重い罪と見なされ、『神曲』において自殺者は地獄の下層、第七圏の第二区域に落とされている（第十三歌）。そこは不気味な森である。木々の葉は黒ずみ、枝は節くれだってよじれており、実はつかずに毒のあるとげが生えている。ここに醜悪なハルピュイアが巣くっている。『神曲』の本文（一〇―四行）で言及されているように、ハルピュイアは、アエネーアスらがギリシアのストロバデス島にたどり着いたとき、群れをなして飛来して一行の食事の席を排泄物で汚し、不吉な予言をして彼らを島から追い出した怪鳥で、鳥の体に人間の処女の頭をもっている。また冥界の入り口でも他の怪物と共に陣取っていた（『アエネーイス』第三巻、二〇九―七七行、第六巻、二八九行）。そのハルピュイアが、『神曲』では地獄で不気味な森の木にとまり、悲しげな鳴き声をあげている。

　この森ではそれとは別に、至るところから悲痛な叫びが聞こえてくるが、声の主は誰ひとりとして見えない。ダンテが困惑していると、どれでもよいから小枝を一本折ってみろ、とウェルギリウスが言う。

ギュスターヴ・ドレ『神曲』の挿絵。自殺者。1861年。

そこで私は手を少し伸ばして、
大きな茨の木から小枝を手折った。
するとその幹が叫んだ、「なぜ私
を折る」
あふれ出た血で黒ずむと、
幹はまた叫んだ、「なぜ私を引き
裂く
おまえには憐憫《れんびん》の情が少しもない
のか」
（三一―六行）

自殺者は木に変えられていたのだ。ダンテが折った小枝からも、ちょうど生木の一端が燃えるともう一方の端からじゅうじゅうと熱気が漏れるように、言葉と血が一緒に噴き出し、彼は思わず枝をとり落としてしまう。ウェルギリウスは木に向かって詫び、もしダンテが私の詩のなかで読んだことを最初から信ずることができるのなら、手を出すこともなかったろうが、あまりにも信じがたいであろうことなのでつい私がそそのかしてしまった、と言う。つまりこの箇所も『アエネーイス』に典拠があるのだ。アエネーアスがディードに語る自らの放浪の物語のなかに、バルカン半島のトラキアに上陸した際、母であるウェヌス（ヴィーナス――アエネーアスは女神と人間の間に生まれた子である）やその他の神々を祭るために祭壇を築こうと、そばにあった塚の木を引き抜こうとする場面がある。

たまたますぐ近くに塚があり、その天辺《てっぺん》には、ミズキの茂みと槍のように逆立った枝を密生させたギンバイカが生えていた。

私は近づき、葉の茂った枝で祭壇の覆いを作ろうと、

青々とした茂みを地面から引き抜こうとした。

そこで恐ろしい、語るも不思議な出来事を目にすることになる。

というのも私が根を引きちぎって抜いた最初の木から

黒い血のしずくがしたたり、血糊が

大地にしみをつけたのだ。悪寒で手足が震え、

恐怖で血が凍る。

続けてもう一度、別の木からしなやかな枝を引き裂いて

深く隠された原因を探ろうとした。

すると二本目の木の樹皮からも黒々とした血が流れ出る。

(……)
だがいっそうの力をこめて三本目の枝に飛びかかり、
あらがう砂地に膝をついて格闘したとき
――これを言うべきか、言わざるべきか――哀れな呻《うめ》き声が
塚の底から聞こえ、私に応える声を耳にする。
「なぜこの惨めな男を引き裂くのだ、アエネーアスよ。慎《つつし》め、
私はすでに埋葬されているのだ。おまえの信心深い手を汚さぬようにせよ」
(第三巻、二二一―二三、三七―四二行)

声の主はポリュドールス、トロイア王プリアモスの末息子である。プリアモスはトロイアが包囲されたとき、ポリュドールスに財宝を持たせて、密《ひそ》かにトラキア王に託すが、王はトロイアの形勢不利と見るや、裏切ってポリュドールスを殺し、その財宝を自分のものにしてしまったのである。アエネーアスは、このいきさつをディードに語ると「黄金への忌まわしい渇望よ、おまえは人の心をどんなことにも向けてしまうのか」と嘆く(五七―八行)。

『神曲』のウェルギリウスの霊は、ダンテがこの『アエネーイス』の一節をしっかり学んでいれば枝を折りはしなかったろうが、彼にそこまでの理解力はないと見て、わからせるために手を出させたのだと言ったのである。ウェルギリウスを師として、ダンテは来世のしくみを学習していく。だが実は作者ダンテは巧妙に『アエネーイス』を書き変えているのだ。

ポリュドールスのエピソードは、冥界ではなく現世での出来事である。死者が地中の墓のなかで生き続けるというこの話は、一種の怪談であって、『アエネーイス』第六巻の冥界下りの話とは全く別個に存在している。ダンテはこのエピソードを地獄に合うようにアレンジしてそこに組み入れ、矛盾を解消しようとしている▽5。またポリュドールスのエピソードでは、黄金に目が眩んだトラキア王の非情が難ぜられるものの、痛い目にあっているのは被害者のポリュドールスの方である。これに対し、『神曲』に描かれる永遠の世界にはそのような不条理はない。『神曲』の亡者は自殺という罪を犯したために、地獄で木に変えられ、その葉をハルピュイアからついばまれるという罰を受けている。木が血を流すという猟奇的な発想を『アエネーイス』から引き継ぎながら、『神曲』は、神の秩序のもとにあって、因果応報の理にかなった世界のしくみを呈示しようとしている。自殺をはっきり罪ととらえる考え方に加えて、これが中世の人ダンテの死生観のひとつの特徴と言えるだろう。

パオロとフランチェスカの悲恋と神の摂理

「なぜ私を引き裂く。おまえには憐憫の情が少しもないのか」とダンテを責める自殺者（ピエラ・デッラ・ヴィーニャ）に対し、ウェルギリウスは謝罪する。これは彼がダンテにさせた小枝を折るという行為が、定めの刑罰を超えたことだったからであって、無慈悲であることを詫びたのではない。同情は神の裁きを否定することにつながるからだ。「地獄篇」第二十歌では、ウェルギリウスは亡者たちを哀れむダンテを叱責する。ダンテは、亡者たちが頭をうしろまえにすげかえられ、流す涙が尻を伝うのを見ると、耐えかねて岩に身をもたせて泣く。これをウェルギリウスは厳しくとがめ、「ここでは情を殺すことが、情を生かすことになる。神の裁きを見て同情する者以上の不信心者がいようか」と言う（二八―三〇行）。神の定めは絶対的でかつ合理的であり、そこに感情を差し挟む余地はなく、またそうしてはいけないのである。

だが実際には、地獄巡りの他の箇所でもダンテは亡者たちに同情しているし、ダンテのみならず、読者にも亡者への共感を呼び起こす場面こそ詩的に優れた箇所と言える。特にパオロとフランチェスカの悲恋（第五歌）と、ウゴリーノ伯が子供たちと共に塔に幽閉されて餓死した体験を語るエピソード（第三十三歌）は有名で、上田敏はこの二つを「神曲地獄界の二絶唱」と呼んだ[6]。ここではパオロとフランチェスカの悲恋をとりあげて、このエピソードが神の秩序からはみだす要素をはらみながらも同時にそれを補強する役割を担っていることを示したい。

すでに述べたように、地獄の第二圏で、ダンテは不倫の罪で罰せられているパオロとフランチェスカの霊に声をかける。この二人はダンテと同時代の実在の人物で、フランチェスカは、ダンテがラヴェンナで寄寓していたグイド・ノヴェッロの伯母に当たる[7]。彼女はラヴェンナの城主の娘。一二七五年頃、リミニの城主で凶暴な性格のジャンチョットと政略結婚させられるが、その弟パオロと恋仲になってしまう。そして密会の現場をジャンチョットに取り押さえられ、その場で二人とも殺された。『神曲』のなかでフランチェスカはダンテに向かって、今も変わらぬパオロへの愛とジャンチョットへの恨みを告白する。そして、自分とパオロがどのようにしてお互いの思いを知るようになったのかを話す。それはある日二人で何の気なしに、アーサー王伝説の、騎士ランスロット

郵便はがき

料金受取人払郵便

麹町支店承認

6747

差出有効期間
平成29年1月
9日まで

切手を貼らずに
お出しください

102-8790

102

[受取人]
東京都千代田区
飯田橋2—7—4

株式会社 作品社
営業部読者係　行

【書籍ご購入お申し込み欄】

お問い合わせ　作品社営業部
TEL 03(3262)9753／FAX03(3262)97

小社へ直接ご注文の場合は、このはがきでお申し込み下さい。宅急便でご自宅までお届けいたしま
送料は冊数に関係なく300円(ただしご購入の金額が1500円以上の場合は無料)、手数料は一律23
です。お申し込みから一週間前後で宅配いたします。書籍代金(税込)、送料、手数料は、お届け
お支払い下さい。

書名	定価	円
書名	定価	円
書名	定価	円
お名前	TEL　(　　)	
ご住所 〒		

リガナ
名前

男・女　　　　歳

住所
〒

メール
ドレス

職業

購入図書名

●本書をお求めになった書店名

●ご購読の新聞・雑誌名

●本書を何でお知りになりましたか。

イ　店頭で

ロ　友人・知人の推薦

ハ　広告をみて（　　　　　　　）

ニ　書評・紹介記事をみて（　　　　　　）

ホ　その他（　　　　　　　　　）

●本書についてのご感想をお聞かせください。

購入ありがとうございました。このカードによる皆様のご意見は、今後の出版の貴重な資
として生かしていきたいと存じます。また、ご記入いただいたご住所、Eメールアドレス
、小社の出版物のご案内をさしあげることがあります。上記以外の目的で、お客様の個人
報を使用することはありません。

が王妃ギニヴィアと道ならぬ恋に陥る物語を読んでいるときであった。読みながら何度か視線が合って、二人は顔色を失ったが、思い焦がれた王妃のほほえみにランスロットが口づけするくだりを読んだ瞬間、情欲に負けてしまう。パオロは「打ち震えつつ」フランチェスカに口づけする。「その日私たちはもう先を読みませんでした」とフランチェスカは言う（一三六―八行）。ダンテは憐憫の情に打たれ、気を失ってしまう。

ウゴリーノ伯のエピソードもそうだが、ここで語られるのは、現世での出来事である。気絶するまでにダンテの心を揺さぶり、また読者の共感を得てきたのが現世の不倫の話であるなら、『神曲』が描こうとしている永遠の神の秩序の世界は、冷徹で味気ないものということにならないだろうか。愛を貫いた結果、地獄に落とされていることが、読者の憐れみを誘うのであるから、現代的な見方をすると、来世の厳しい裁きが現世の悲劇を引き立てる道具立てとして使われているとも言えるだろう。

その一方、『神曲』全体の構図においてこの物語には別の意味も付与されていると考えられる。先に触れたように、二人がいるのは愛欲の罪を犯した者が落とされる地獄の第二圏で、ここにはディードもいる。彼女は「恋のために自害し、シュカエウスの遺灰に対する操を破った」（六一―二行）と紹介されている。これは『アエネーイス』のなかのディードの言葉「シュカエウスの遺灰に誓った操を私は守らなかった」（第四巻、五五二行）を受けている。ディードは自殺しているので、より深い地獄の第七圏で木に変えられていてしかるべきなのだが、作者ダンテは彼女の罪の本質を愛欲と見た。そのためディードは、亡夫に対し不貞行為を働いたかどによりここで裁かれているのである。そしてダンテの呼びかけに応じて、パオロとフランチェスカが「ディードのいる一群を離れてやってきた」（八五行）とあることから、フランチェスカとディードが同じ罪を犯したことが強調され、ここで読者は『アエネーイス』の冥界の「悲嘆の野」でのアエネーアスとディードの再会の場面を想起させられる▼8。

アエネーアスは「悲嘆の野」で思いがけずディードと再会し、自分のせいで彼女が不幸な最期を遂げたことに心を痛めるが、ディードの恨みは消えない。『神曲』で、そのディードと同じ場所にいるパオロとフランチェスカは、互いの愛を全《まっと》うし永遠に愛し合っている。だが肉欲に負け、不倫を犯した二人は永遠に地獄にとどまり続ける。ダンテはフランチェスカの身の上話を聞いて気を失うほど同情するが、いかに同情に値するとしてもパオロとフランチェスカの愛は罪深い愛欲であって、そこに救いはない。そしてダンテはアエネーアスと異なり、ここではあくまで第三者である。ダンテが『神曲』において愛の当事者となるのは、夭折したベアトリーチェとのちに地上楽園で再会する時だ。神々しいベアトリーチェを前にし、ダンテは己の過ちに対する悔恨の思いにさいなまれて気絶してしまうが、その後彼女によって天国に導かれる。

パオロとフランチェスカのエピソードは、現実に起きた悲劇として、単に読者の共感を得る目的で語られているのではない。この二人は、ディードの同類としてダンテとベアトリーチェに対比されている。パオロとフランチェスカの罪に落ちる愛とは対照的に、ダンテのベアトリーチェへの愛、ベアトリーチェがダンテに与える愛は救いをもたらす愛なのである。次のセクションでは、「煉獄篇」で語られる重要な出会いの場面、ダンテと旧友カゼッラの再会、古代ローマ詩人スタティウスとウェルギリウスの出会い、そしてダンテとベアトリーチェの再会を取り上げ、『神曲』における「救い」のテーマについて考察する。

3　出会いと救い

喜びにあふれた三たびの抱擁の試み

地獄の最下層からトンネルを通って、南半球にある煉獄の島に出たダンテとウェルギリウスが岸辺にいると、死者たちの霊魂が天使を船頭とする舟に乗ってやってくる。そのなかにはダンテの旧友カゼッラがいた。

そのなかのひとりが、たいそう親しげに
私を抱きしめようと進み出てくるのを見、
つられて私も同じようにした。
ああ、姿は見えても空《うつ》ろな霊よ！
三たび私は彼の背中で手を組んだが、
そのたびに手はこの胸に戻ってきた。
驚いた表情が私に浮かんだのであろう、

霊はほほえんで後ろにさがった、
それについて私は前に歩み出る。
私にやめるようにと彼は優しく言った。
そのとき誰であるかがわかり、私は彼に
しばらく立ち止まって話をしてくれるよう頼んだ。
彼は答えた、「朽ちる肉体の衣をまとっていたとき、
君に親しみを感じていたが、そこから解放された今も同じだ。
だから立ち止まろう。だがなぜここを旅しているのだ」

（「煉獄篇」第二歌、七六—九〇行）

オデュッセウスが母の霊に対してし、アエネーアスが妻と父の霊に対してしたのと同じ動作がここでも行われている。だがここに涙はない。カゼッラはほほえむのである。ダンテは霊を「空ろ」と言うが、カゼッラは「朽ちる肉体の衣」から「解放された」と言う。彼はすでに肉体のくびきを解かれ、これから天国に至る煉獄の山道を登っていこうとしている。そしてダンテはカゼッラの問いに対し、「今いる場所にもう一度戻ってくるために、この旅をしている」と答える（九一—二行）。つまり生き身のままでの彼の旅の目的は、神の摂理を学んで、死後に救いを得るためであると言っているのである。『オデュッセイア』、『アエネーイス』の場合と異なり、出会った二人は共に希望に満ちている。このエピソードは、地獄を抜け出たダンテがこれから巡る世界が、古代の叙事詩に描かれた、影の世界としての冥界とは全く異なるところであることを示している。

救いを得られぬウェルギリウス

肉体をもたないことを忘れて抱擁しようとする動作は、「煉獄篇」第二十一歌のスタティウスとウェルギリウスの出会いの場面でも起こる。霊たちが腹ばいになって貪欲と浪費の罪を浄める煉獄第五の台地をウェルギリウスとダンテが進んでいくと、ちょうどひとりの霊が浄化を終えて立ち上がり、二人に追いついてくる。ウェルギリウスの質問で、その霊が紀元一世紀のローマの詩人スタティウスであることが明らかになる。スタティウスは相手がウェルギリウスであるとも知らず、『アエネーイス』によって詩への情熱をかき立てられたと熱烈にこの作品を称讃し、もし現世でウェルギリウスと同じ時代に生きることができたのだったら、煉獄から出るのがもう一年延びてもかまわなかったと言う。ウェルギリウスはダンテに黙っているよう目くばせするが、ダンテはスタティウスの言葉についい顔をほころばせてしまう。なぜほほえんだのかと尋ねられ、ダンテがどうにも困っていると、ウェルギリウスは「話すがよい」と言う。ダンテはスタティウスに、今、目の前にいる方こそウェルギリウスその人であると明かす。

早くも彼（スタティウス）は身をかがめ、
　わが師の両足を抱こうとしていた、しかしあの方はおっしゃった、
「兄弟よ、そうはするな、君は影だ、君が見ている私も影だ」
彼は立ち上がった、「これで私のあなたに対する

敬愛の情がどれほどのものか、おわかりいただけましょう。
私たちが空ろな身であることも忘れ、
影を実体のあるものとして、振る舞ってしまったのです」

（第二十一歌、一三〇―六行）

ウェルギリウスと同時代に生きることのなかったスタティウスは、今、初めて憧れていた先人と相まみえることができたのである。このエピソードは、スタティウスのウェルギリウスに対する尊敬の念の強さ、ウェルギリウスに会えた感動の大きさを示している。だがウェルギリウスは、ただ肉体を持たぬ者同士では抱擁できないことを指摘したのではない。現世においていかに偉大な詩人であったとしても、彼は今、リンボ（辺獄）の住人であり、スタティウスと違って救われることはない。己の分をわきまえているウェルギリウスは、スタティウスから恭順の態度を示されることを断ったのである。

第六の台地に通じる石段を登りながら、ウェルギリウスはスタティウスに親愛の情を伝える（第二十二歌）。スタティウスは、「おお、黄金への忌まわしい渇望よ、おまえは人の欲求をどんなことにも向けてしまうのか」という『アエネーイス』のポリュドールスのエピソードにある一節（先に引用したくだりだが、ラテン語の原文とは若干異なっている）を読んで、浪費癖を悔い改めたことを語る。さらに、ウェルギリウスによって詩的霊感を得た（パルナッソスの洞窟の水を飲んだ）ばかりでなく、彼によって信仰に導かれたと打ち明ける。

あなたが初めて、
パルナッソスの洞窟の水を飲むように、私を送りだしてくれました。
そしてあなたが初めて私に神への道を照らし出してくれました。
あなたは背後に燈火を掲げて夜道を行く人のようで、
己を益することはなかったが、
後から来る者たちを啓発してくれたのです、
あなたは言いました、「時代は一新される、
正義と人類の原初の時が帰り来て、
天上より新しき子孫が降る」
あなたゆえに私は詩人となり、あなたゆえにキリスト者となったのです。

（第二十二歌、六四―七三行）

七〇―二行のウェルギリウスの言葉は『第四牧歌』五―七行で、ダンテは原文に少し手を加えてイタリア語に直している。『第四牧歌』でウェルギリウスは、黄金時代をふたたび実現させる新しい子孫の降臨を歌ったが、それが中世ではキリストの受肉を予言したものと解されていた。実のところスタティウスがキリスト教徒になったという史実は伝わっておらず、彼がウェルギリウスを読んで改宗したというのは作者ダンテの創作と思われる。ダンテは、異教徒ながら偉大な詩人でかつ預言者という、中世におけるウェルギリウス像を、スタティウスという一詩人への影響という形で

象徴的に示したのだ。[9]

生前のウェルギリウスは、『第四牧歌』によって後進の者たちを救いへと導きながら、自らの予言の意味を悟らぬまま他界した。また『アエネーイス』第六巻で来世の消息を伝えたが、それは中世のダンテの世界観から見ると、主に地獄に相当するところであった。『アエネーイス』の冥界は、浄罪の場であって煉獄的な要素が見られ、またエリュシオン（極楽）は、リンボ（辺獄）と同時に地上楽園を思わせる場所と言えるが、ウェルギリウスは神の住処《すみか》である天国の存在を知らず、その消息を述べることはなかった。キリスト以前の人であったために改宗の機会を得られなかった彼は、彼岸の世界にあっても、ダンテを地上楽園までは連れていくことはできるが、自身は天国に昇ることができない。

ダンテは地上楽園で、レーテ川の対岸に姿を現したベアトリーチェと対面すると、その神々しさに圧倒され、怖い思いをした幼児が母親に駆け寄るように、ウェルギリウスに助けを求めて後ろを振り返る。しかし、そのときすでに彼の姿はない。

だがウェルギリウスは私たちを残してすでに姿を消していた。
この上なく優しい父ウェルギリウス、
私が救いを求め、身を委ねてきたウェルギリウスは。　（第三十歌、四九—五一行）

ホランダーによれば、この一節にはウェルギリウスの『第四農耕詩』で語られるオルペウスとエウリディケの物語で、瀕死のオルペウスが失われた妻エウリディケの名を呼び、彼女の名が三回繰り返される箇所（五二五―七行）が踏まえられているという[10]。愛妻を亡くしたオルペウスは冥界を訪ね、妻エウリディケを取り戻して地上に向かう。だが、後からついてくる妻の方を決して振り返らないという、冥界の王妃プロセルピナとの約束を、もう少しで地上に出るところで破ったために、エウリディケはふたたび冥界に消えてしまう。オルペウスはその後も妻のことを忘れられず、そのために他の女たちの嫉妬をかって八つ裂きにされる。だがもぎとられた彼の首は、なおも妻の名を呼び続けるのである。異教の冥界下りの神話を語る悲劇的な一節を余韻として響かせながら、ウェルギリウスは退場していた。ここではオルペウスとエウリディケが、ダンテとウェルギリウスに対比される。オルペウスが振り返ったためにエウリディケは彼から引き離されて冥界に消えてしまうが、ウェルギリウスもダンテが振り返ったときにはリンボに戻るべく姿を消している。

ところで、『第四農耕詩』は表題からも察せられるように、全体として見れば悲劇的な作品ではない。オルペウスの話は、みつばちの群が絶滅の危機に瀕している原因として語られ、この詩の結末は、牛を生《い》け贄《にえ》に捧げオルペウスの霊を慰めた結果、牛の死体からみつばちが大量発生するというある種のハッピーエンドになっている。ダンテは『第四農耕詩』全体の筋立てとは無関係に、全く「救い」のないオルペウスのエピソードのなかの特に悲痛な一節を選んで、ウェルギリウスを送り出す場面に使っている。そのことによってダンテが「救いを求め、身を委ねてきたウェルギリウス」自身は救われないことが示されている。

ウェルギリウスの退場により、この瞬間、ダンテの導き手が、ウェルギリウスからベアトリーチェに交代したことが示されている。ダンテとウェルギリウスの別れは、オルペウスとエウリディケの別れになぞらえられるが、一方、ダンテとベアトリーチェは、この二人と好対照をなしている。オルペウスは冥界でエウリディケと再会するが、結局彼女を永遠に失うことになり、それでも妻を愛し続けたために惨殺されてしまう。これに対し、亡くなったベアトリーチェを思い続けたダンテは、彼女と再会して天国へ導かれることになるのである。ウェルギリウスが退場するとベアトリーチェは初めて口を開き、「ダンテ、ウェルギリウスがいなくなったからといってまだ泣いてはいけません」と声をかける（第三十歌、五五―六行）。『神曲』全篇中で、ダンテの名が出てくるのはただこの一箇所のみである。これまで「この上なく優しい父」と慕い、たった今も母親にすがる幼児のように頼ろうとしたウェルギリウスから、ここでダンテは自立する。そしてベアトリーチェと対面する。その重要な転換点でダンテの名がベアトリーチェによって呼ばれるのである。彼女の言葉にダンテが振り返ると、ベアトリーチェは対岸から彼の方に目を向けて名乗る――「よくご覧なさい、私は、私はベアトリーチェです」（七三行）。

引喩《アリュージョン》に満ちたベアトリーチェとの再会の場面

『神曲』に描かれた数ある邂逅のなかでもクライマックスと言えるのが、この地上楽園でのベアトリーチェとの再会である。「煉獄篇」第二十九歌以下で語られるその場面には、聖書やウェルギリウスの作品、ダンテ自身の『新生』、さらに『神曲』「地獄篇」のパオロとフランチェスカのエピソードなど、さまざまな作品に対する直接、間接の引喩《アリュージョン》が見られる。それによって、ベアトリーチェによるダンテの救済が強調される。

地上楽園に着いたダンテのもとへ、ベアトリーチェは祭りのパレードの女王のように随員を伴って、霊獣グリュプスが引く車に乗ってやってくる。行列が止まると、随員のひとりがベアトリーチェを迎える言葉として、'*Veni, sponsa, de Libano*'（花嫁よ、レバノンより来たれ）とラテン語訳聖書の「雅歌」の一節（四の八）を三たび声高らかに歌い、他の者も唱和する（第三十歌一〇—一二行）。ダンテとベアトリーチェの出会いの場でのこの引喩《アリュージョン》は、二人の霊的な結婚を暗示していると考えられる。後述するように、ボッカッチョの「オリンピア」、ガウェイン詩人の『真珠』にも、「雅歌」の同じ箇所への言及がある。いずれも、処女のうちに世を去った女性は天国でキリストの花嫁になる、という文脈で用いられており、伝統的にそのような考え方があったものと思われる。ここでは男女が入れ替わり、聖なる女性ベアトリーチェとの婚礼でダンテは宗教的な至福を得ることになる。

次に最後の審判の時に喇叭《らっぱ》に合わせて、祝福された人々が墓から起きあがりハレルヤを歌うように、百を数える天使たちが車の上に立ち現れ、みなが'*Benedictus qui venis!*'（きたる者に祝福あれ）と叫ぶ（一九行）。これはエルサレムに入城するイエスに向かって人々が言った、福音書のなかの言葉から採ったものである。


そして群衆は、イエスの前を行く者も後に従う者も叫んだ。

「ダビデの子に、ホサナ。

主の御名《みな》によってきたる者に、祝福あれ。

いと高きところに、ホサナ」

（「マタイによる福音書」二十一の九[11]）

「きたる者に、祝福あれ」の次の行、「いと高きところに、ホサナ」という言葉は、現世におけるダンテのベアトリーチェへの恋愛体験を綴《つづ》った『新生』において、ダンテがベアトリーチェの死を予感する場面に出てくる（二十三章[12]）。ベアトリーチェが父親を亡くして嘆き悲しんでいるという話を聞いたダンテは、その彼女もいつかは死なねばならないのだという思いにとらわれ、心乱れて幻影を見る。ひとりの友人が現れ、「まだ君は知らないのか、君の称讃してやまぬ女性はこの世を去ったのだよ」と言ったように感じられる。ダンテが涙にくれていると、小さな純白の雲となったベアトリーチェが、大勢の天使たちに伴われて昇天していくのが見える。天使たちは栄光に満ちた歌を歌っているようだったが、そのなかで唯一ダンテが聞き取れた言葉が*'Osanna in excelsis'*（いと高きところにホサナ）だったという。ダンテが見た幻影において、ベアトリーチェを「いと高きところに」導き、ダンテから引き離していった天使たちが、ここ地上楽園で、同じイエスのエルサレム入城の場面の一節を叫びながら、彼女をダンテの前に迎え入れようとしている。

　そして『神曲』の天使たちは花をまき散らしながら言う――*'Manibus, oh, date lilia plenis!'*（おお、両手いっぱいの百合をくれ）（第三十歌、二一行）。これは『アエネーイス』第六巻にある、マルケルスを悼《いた》む言葉である。将来を嘱望されながら、若くして世を去り、ウェルギリウスの時代のローマ市民に衝撃と悲しみを与えたマルケルスは、『アエネーイス』ではエリュシオン（極楽）におり、まだ現世に生まれ出る前の身でありながら、すでに悲しげな面持ちをしている。息子アエネーアスを迎えたアンキーセスは、最後にこれから地上に生まれ出てローマの国を築き上げていく英雄たちを紹介していくが、夭折する運命にあるマルケルスの登場で、彼の誇らしげな口調は一転、嘆きに変わる。その悲しみの言葉が今、ベアトリーチェを迎える祝福の言葉として使われているのだ。ベアトリーチェも夭折して、若き日のダンテを深く悲しませた。だが彼女は、死を経ることによって永遠に祝福された存在となっている。

天使たちがたくさんの花をまくので霞《かすみ》がかかったようになったそのなかから、ベアトリーチェが姿を現す。生前のベアトリーチェの面前でダンテの心が「打ち震え、圧倒されて茫然となる」ことがなくなってから長い月日が経っていたが、かつての愛がよみがえり、彼女の神秘的な魅力がダンテの心を貫く（三四―九行）。幼児が母親に駆け寄るように、ダンテは振り返って、ウェルギリウスに言う（だがその時ウェルギリウスはすでに姿を消している）。

幼児は怖かったり苦しかったりするとき
　母親のもとに駆け寄るが、その期待をもって
　私は左に振り返り
ウェルギリウスに言った、「全身の血が震えて、
　静まっている血は一滴たりともありません。
　昔の炎の痕跡を感じます」

（第三十歌、四三―八行）

「地獄篇」第五歌のフランチェスカの身の上話で、パオロは「打ち震えつつ」フランチェスカに口づけをした。それは罪の意識から来る震えであり、二人はこの瞬間、愛ゆえに罪に堕ちた。これに対しダンテはベアトリーチェを前にすると、かつても今も憧憬の念に打たれて震えるのである。「昔の炎の痕跡」とは『新生』で語られる若き日のダンテのベアトリーチェへの愛に言及したものだが、この表現自体は『アエネーイス』で、ディードが妹のアンナに、アエネーアスを好きになってしまったことを打ち明けるところから採っている。ディードは夫亡き後、二度と結婚しないと決意したのに、アエネーアスに出会って、かつてシュカエウスに抱いたのと同じ恋愛感情「昔の炎の痕跡」(第四巻二三行)をよみがえらせてしまう。ディードはこれを亡き夫への裏切りととらえ、おおいに思い悩む。ダンテがウェルギリウスに言う短い言葉のなかで、パオロのフランチェスカに対する、そしてディードのアエネーアスに対する許されざる愛と、ダンテのベアトリーチェへの愛が対比される。[13] それは救いに至る愛である。

ベアトリーチェは、ダンテが死後、ふたたびこの地上楽園を経て天国に行き、その住人になることを告げる。

ほんのしばらく、あなたはこの森に滞在するでしょう。
それから私とともに、永遠にローマの民となるでしょう。
キリストがその民である、あのローマです。

(第三十二歌、一〇〇―二行)

アエネーアスは、ディードを捨ててイタリア半島に向かい、使命であるローマ建国を果たした。ダンテは来世の旅で見たことを世の人々に伝えるという使命をベアトリーチェから授かり、彼女に導かれて天国に向かうが、そこはダンテが死後にその市民となることが約束されたキリストの住むローマなのである。

ベアトリーチェに対する官能的な愛の痕跡

ベアトリーチェと再会したダンテは「全身の血が震えて、静まっている血は一滴たりとも」なく「昔の炎（fiamma）の痕跡」を感じたと言う。今述べたようにこの表現は『アエネーイス』のディードの台詞《せりふ》から採ったものだが、ダンテ自身の「昔の炎」とはいかなる恋愛感情だったのだろうか。また『新生』でのベアトリーチェのイメージと『神曲』のそれとの間には、どのような関連があるのだろうか。

『神曲』に登場するベアトリーチェは、ウェルギリウスに代わってダンテを天国に導く特別な存在である。そもそもダンテが来世を旅することになったのは、人生の途上で道に迷ったのを、至高天にいる聖母マリア、聖ルチーア、そしてベアトリーチェが憐れんで救いの手を差し伸べたからであった。ダンテとの関わりにおいてのみ世に知られるベアトリーチェだが、『神曲』では聖女の仲間入りを果たしている。

『新生』では現世でのベアトリーチェが描かれるが、そこでも神秘的な存在である。ダンテはベアトリーチェを数字の九と結びつけている。最初の出会いを九歳、彼女から初めて会釈された時をその九年後のある日の第九時（午後三時）とし（第二、三章）、また亡くなった日もアラビア暦やシリア暦を持ちだして九と関連づけている。九の平方根は三であり、三は他のいかなる数の助けも借りずに、それ自らで九を作る。これはそれ自ら神の奇蹟をなす、父と子と聖霊の三位一体を表すという（第二十九章）。

ダンテによれば、多くの人々がベアトリーチェを見て「彼女は女ではない、天の最も美しい天使のひとりだ」とか「彼女はひとつの奇蹟である。かくもすばらしい御業《みわざ》をなし給う主に称讃あれ」と称えたという（第二十六章）。それを受けてダンテは、彼女のことを次のように詩に歌う――

私の淑女が人に会釈をするときは、
いとも優美でいとも慎ましく見えるので、
すべての舌は震えつつ黙ってしまい、
目も彼女を見ることができなくなってしまう。

彼女は讃美の声を聞きながら、
謙遜をやさしく身にまとって歩く。
それはあたかも奇蹟を示すために、
天上から地上に降りてきた者のようだった。

（第二十六章の最初のソネット、一―八行）

ここでのベアトリーチェは、天使のような存在でありながら生身の女性でもある。アウエルバッハは論文『フィグーラ』において、『新生』での現世のベアトリーチェは、『神曲』の来世のベアトリーチェのフィグーラ（予型・ひな型）だと言う。『新生』のベアトリーチェは、ダンテの記述に従えば、実際にダンテの前に現れ、ダンテに会釈し、その後（ダンテが別の女性を愛しているふりをしたために）挨拶を控えるようになり、そして若いうちに死んだ地上の女性であった。同時に彼女は、最初に現れた時からダンテにとっては、天から送られて来た奇蹟であり、神の真理を体現する存在で、その本質は『神曲』で成就している。ここでアウエルバッハは、旧約聖書の出来事が新約聖書の出来事を予示していたとする、古代および中世キリスト教の予型論的歴史観を『新生』と『神曲』に援用している。この論法は少々強引だが、『新生』と『神曲』でのベアトリーチェ像の違いとつながりの説明には一定の説得力がある。▼14

だがダンテのベアトリーチェへの憧れは、純粋に宗教的な崇敬の念だけだったとは言いきれない。「全身の血が震えて」感じた「昔の炎（fiamma）の痕跡」という『神曲』の表現を手がかりに『新生』の記述を検討すると、意外な官能性が浮かび上がってくるのである。

初めてベアトリーチェを見た九歳の時、ダンテはその瞬間に「心（心臓）の一番奥の部屋に住んでいた生命の霊が激しく震え始め、脈拍の一番弱い部位でも恐ろしいまでに感じられた」という（『新生』第二章）。十八歳の時、初めてベアトリーチェから会釈されたダンテは「天の至福」（la beatitudine）の極地を見た気がするが、その後、家に帰って不思議な幻影を見る。部屋のなかに「火」のような色の雲が見えたかと思うと、恐ろしげだが上機嫌な愛神が現れ、その腕には、赤い布に軽く包まれた裸のベアトリーチェが眠っている。愛神は、片手に燃えさかるダンテの心臓を持っており、ベアトリーチェを起こすとその心臓を食べさせる。その後しばらくすると愛神は激しく泣き始め、ベアトリーチェを抱いて天に昇っていった。ダンテはこの幻影の意味を解き明かそうと、自らの体験を詩にして、友人たちに送る。多くの返答が寄せられるが、正しく判断できた者はいなかった。だが今ではその意味は誰の目にも明らかだと言う（第三章）。

今となって明らかになっているのは、ベアトリーチェがもはやこの世にいないということであり、この夢は彼女の死を予告したものだと解釈できる。だがそうだとすると、夢の前半部分は不要である。のちにダンテがベアトリーチェの死を予感するところでは、白い雲となって昇天するベアトリーチェの幻影が宗教性を帯びている（第二十三章）のに対し、この幻影は官能的で被虐的でさえあって、『新生』全体のなかで異色のエピソードである。一方、九歳の時の激しい胸の高鳴りも、この夢の燃える心臓のイメージと通じるところがあり、十八歳でダンテが体験した感情の萌芽と言えるのかもしれない。ここで注目したいのは、ベアトリーチェの服の色である。九歳の時、彼女は「上品で控えめな赤い（sanguigno）色」の服を着ていたという。赤という色は「愛」、「慈悲」を表すとされ、それはキリストが人類のために十字架上で血を流したことからきている。ここでは赤を表す単語のなかでも特に、「血の色」という意味のsanguignoという単語が使われている。しかしこの言葉は宗教的な連想を伴うと同時に、あるいはむしろそれ以上にダンテの心臓の激しい鼓動ともつながっていると言える。十八歳でダンテに挨拶をしたとき、ベアトリーチェは純白の衣装をまとっていた。白は「信仰」を意味する。だがダンテの夢のベアトリーチェは、裸で赤い

（sanguigno）布に包まれ、燃えるダンテの心臓を食べるのである。単にベアトリーチェに心を奪われたことの寓意的表現にしてはあまりに生々しいイメージである。このように『新生』の初めの方では、第三章の不思議な幻影のゆえに、ベアトリーチェに対して聖なるイメージと官能的なイメージが共存している。

炎のイメージは、第十一章にも出てくる。ベアトリーチェに挨拶を拒否されたダンテは、ここで彼女の会釈が自分にとっていかなる意味をもっていたかを述べる。いつでもどこでも、彼女と出くわすとダンテはそのすばらしい挨拶を期待するが、そのとき彼の心には「慈愛の炎（fiamma）」が灯り、自分に危害を加えたどんな者も許せる気になったという。ここでのダンテの心の炎は、昇華されたものとなっている。

「全身の血が震えて、静まっている血は一滴たりともありません。昔の炎の痕跡を感じます」という『神曲』のダンテの台詞を『新生』の関連箇所と比べてみると、炎（fiamma）という同じ単語が使われているのは第十一章であり、第三章では火（fuoco）という言葉が用いられている。ただ『神曲』の fiamma は『アエネーイス』の *flamma* の訳語であって、『新生』の fiamma を直接指しているとは言えない。むしろ、血の沸き立つイメージは第三章や第二章に近いと言える。十年ぶりにベアトリーチェと再会したダンテは、かつての激しい情熱を、その痕跡だけだとしてもよみがえらせている。『新生』においてすでに、聖女にも等しい存在として描かれたベアトリーチェは、『神曲』では天国の住人であり、そこに現世の女性のなまめかしさはない。だがそのベアトリーチェに対するダンテの愛の根底には性的な情動があったと言うことができ、それを彼は否定しようとしない。

ダンテは、ベアトリーチェの死後、他の女性に惹かれたことに罪悪感を感じたと『新生』で述べているが、聖なる女性に対してエロティックな幻影を見たことを恥じる様子はなく、それどころかその体験を詩に書いて友人たちに解釈を求めているのである。[15]

地上楽園でベアトリーチェと再会したダンテは、罪の記憶を消すレーテ川の水を飲む前にベアトリーチェの叱責を受け、懺悔する(「煉獄篇」第三十一歌)。ここでベアトリーチェが非難するのは、彼女の死後ダンテが現世の他の女性に目移りしたことである。ダンテは煉獄第七の台地で、霊たちと同様、炎をくぐって好色の罪を浄めさせられているが、ベアトリーチェの叱責から、彼の好色の罪とは肉体的欲望そのものよりは「移り気」にあったと考えられる。本書第三章で述べるようにボッカッチョは、ダンテのベアトリーチェへの思いは純粋で、性的な要素は全くなかったと『ダンテ礼讃論』で主張しているが、ダンテにおいては、性愛と聖なる愛はつながっていて、両者の間に葛藤はなかったものと思われる。[16]

4　天国と楽園の風景

ダンテは地上楽園でベアトリーチェと再会し、彼女に導かれて天国を巡る。『神曲』の天国とは、どのようなところなのだろうか。そこは、地上楽園とはどう異なっているのか。『神曲』「天国篇」は「地獄篇」、「煉獄篇」と異なり、神学上の抽象的な議論が増えて概ね晦渋《かいじゅう》だ。ところが最後の至高天に至ると、描写が思いのほか具体的になる。至高天の風景は、地上楽園の風景と共に非常に美しいが、それぞれに特徴がある。地上楽園の風景が寓意的《アレゴリカル》なのに対し、至高天の風景は象徴的《シンボリック》であると言える。またダンテは、そのどちらも実際に見たことを強調する。このことを、現代の読者はどうとらえたらよいのだろうか。まずは、地上楽園の風景の寓意性と実在性について考えてみたい。

『神曲』の地上楽園の寓意性

煉獄の山を登り終わって、頂上の地上楽園（エデンの園）に着いたダンテは、「地獄篇」冒頭の迷妄の森とは全く異なる美しい森のなかを行き、小川に行き当たる。川向こうに、地上楽園での案内役を務めるマテルダという女性が現れる。マテルダはダンテに、黄金時代とその至福の状態を詩に詠《よ》んだ古代の詩人たちがパルナッソスで夢みたのはおそらくこの地のことだったのでしょう、と言う（「煉獄篇」第二十八歌、一三九―四一行）。黄金時代とは、ギリシア・ローマ神話にある概念で、人類誕生直後にあったが、その後失われた理想の時代を指す。オウィディウスの『変身物語』（前一世紀）によれば、黄金時代は常春で、西風《ゼピュロス》が花々を微風で愛撫し、作物は自ずと実り、乳の川や神酒《ネクタル》の川が流れ、樫の木から蜜がしたたっていたという（第一巻一〇七―一二行）[17]。人類はかつて理想郷の至福を享受していたがそれを失った、とする点でユダヤ・キリスト教の楽園神話と共通していることから、黄金時代のイメージはやがてキリスト教の地上楽園（エデンの園）の概念の内に組み込まれていく。マテルダは、ギリシア・ローマの詩人たちもこの地上楽園のことを、黄金時代という形で不正確ながら理解していたと言っているのである。

ギリシア・ローマ神話にはまた、すでに述べたエリュシオンなる概念がある。それは死後の極楽ともいうべき場所であった。ただ黄金時代と同様、神聖さよりその心地良さが強調されていて、キリスト教の天国よりむしろ地上楽園に近いイメージをもっている。おそらくはその影響から、中世には地上楽園も死後の世界の一部と考えられるようになった。

マテルダは、ダンテの前を流れているのがレーテ川で、それは永遠に枯れることのない泉を水源としていること、この泉からはもう一本反対方向に川が流れていて、それはエウノエという名であることを話す。ギリシア・ローマ神話では、レーテ川はその水を飲むことで前世の記憶をなくすところとされ、『アエネーイス』でもエリュシオンを流れていた。それが『神曲』では、罪の記憶を消す力をもつとされている。一方エウノエとは、ギリシア語の「よく記憶された」という意味の言葉に基づく作者ダンテの造語である。『神曲』独自のエウノエ川は、その水を飲むとあらゆる善行の記憶がよみがえるという。そしてダンテはあとで、マテルダによりこの二つの川の水を飲ませてもらい、天国に昇る準備をすることになる。

旧約聖書の「創世記」（二の一〇—四）によれば、エデンの園にはひとつの川から分かれた四つの川、ピション、ギホン、チグリス、ユーフラテスが流れていたが、ここではそれがレーテ川とエウノエ川に置き換えられている。作者ダンテはここでも『アエネーイス』を取り入れて、その書き直しを行っている。ダンテが『アエネーイス』のエリュシオンをリンボ（辺獄）に対応させようとしたことは既に述べたが、彼はレーテ川だけは敢《あ》えて地上楽園に位置づけてその機能を変え、さらにエウノエ川という新たな川を考案してつけ加えた。それによって、死者はエリュシオンでレーテ川

ボッティチェッリ『神曲』の挿絵。地上楽園のパレード。

の水を飲んだ後、ふたたび地上に戻るとする『アエネーイス』の死生観を否定し、煉獄から地上楽園を経て天国の救いに至る新たな死生観を呈示しようとしている。

レーテ川を間に挟んで、マテルダとダンテが川上に向かって歩いていくと、まんなかの車にベアトリーチェが乗った、不思議な行列が出現する（第二十九歌）。まず、満月よりも明るい炎が燃えさかる七本の燭台が現れる。真っ白な服を着、百合の花の冠をかぶった二十四人の長老たちがそれに続く。次に来るのは四頭の生き物で、それぞれ一面に目のついた六枚の翼をもち、緑の葉の冠をかぶっている。この四頭の生き物に囲まれて、ライオンの体に鷲の頭と翼をもった霊獣グリュプスが凱旋の車を引いている。車の右手では、白い天女、緑の天女、赤い天女の三人が舞い、左手ではいずれも緋色の衣をまとった四人の天女が踊っている。行列の締めくくりは七人の老翁で、白い服に薔薇などの赤い花をつけている。車がダンテの真向かいに来たとき、雷鳴がとどろき、行列は止まる。この行列の構成員はみな、宗教的な寓意《アレゴリー》をもっている。七本の燭台、二十四人の長老、四頭の生き物は、いずれも「ヨハネの黙示録」でヨハネが見たとされるもので（一の一二、四の四―八）、それぞれ神の七つの霊、旧約聖書全二十四巻、▽18新約聖書の四つの福音書を表す。ライオンと鷲を合わせたグリュプスはギリシア神話のキャラクターだが、中世には神性と人性を合わせもつキリストの表象とされた。このグリュプスが引く凱旋車は、教会の表象である。右手の三人の天女は、信、望、愛の対神徳を表す。またこの三人の場合に限らず、白は信仰、緑は希望、赤は愛や慈悲を意味し、凱旋車に乗って登場するベアトリーチェは純白のヴェールをかぶり、緑のマントの下に炎のように赤い衣をまとっている。左手の四人は知恵、勇気、節制、正義の枢要徳である。最後の七人の老人は、新約聖書の「使徒言行録」、パウロ、ヤコブ、ペテロ、ヨハネ、ユダの各書簡、それに「ヨハネの黙示録」を表している。

ダンテがベアトリーチェと再会し、レーテ川の水を飲んだ後、この行列はふたたび動きはじめ、ダンテもそれに従って、善悪を知る木のところに来る（第三十二歌）。アダムの原罪のために、その木には花も葉もない。ところがグリュプスが凱旋車のながえをそれに結びつけると木はよみがえり、薔薇よりも淡く、すみれよりも濃い色に花がほころんだという。凱旋車のながえはキリストがはりつけになった十字架からできており、ここでは原罪がキリストによってあがなわれたことが示されている。

このように、『神曲』の行列は非常に寓意性が強い。我々現代人はこうした寓意《アレゴリー》に出くわすと、それが何を意味しているかを知ることで事足れりとしてしまうが、古代・中世のキリスト教思想では寓意と実在性は両立しうるものだった。エデンの園に関しては、四つの川を四つの福音書や四つの枢要徳の寓意とするなどの解釈があった。オリゲネス（三世紀）は、地上楽園の寓意的解釈を唱道したが、その一方で、それは実在し死者たちを受け入れて教育する場であると述べた。アウグスティヌス（四、五世紀）も地上楽園の寓意的性質と実在性を論じ、それは実際に人類が創造された場所であるが、同時に寓意的・宗教的意味ももっていると主張した。[19] ここでは行列のもつ意味合いもさることながら、行列自体が実体をもったものとして語られている。そのことを端的に示す例としてホランダーは、凱旋車を囲む六枚の翼をもった四頭の生き物についてのダンテの記述の仕方を指摘する。[20]「ヨハネの黙示録」に出てくるこの四頭の生き物は、旧約聖書の「エゼキエル書」（一の四―二八、一〇の一―二二）にもケルビムの名で登場し、詳しく描かれている。ダンテは読者に対し、その姿形については「エゼキエル書」を読むようにと勧める。ただし「翼についてはヨハネが私に与《くみ》し、エゼキエルとは異にしている」と言う（第二十九歌、一〇四―五行）。これは翼の数が「エゼキエル書」では四枚となっているのに対し、「黙示録」では六枚になっていることに言及したものである。ダンテはヨハネに従って翼を六枚としたのではない。実際に見たところその姿はほとんど「エゼキエル書」にある通りだったが、翼は六枚あり、この点については「ヨハネの黙示録」が正しかった、と主張しているのだ。

この寓意《アレゴリー》の問題に関連して、そもそも『神曲』を実際の体験談と解するべきか、それとも文学的虚構ととらえるべきかについて論争がなされてきた。地獄や地上楽園の描写からわかるように、作者ダンテは明らかに『アエネーイス』を書き直すという創作を行っている。その一方、語り手としてのダンテは、自分が述べている事柄はいかに不可思議であっても実際に見たものであると繰り返し強調するのである。ダンテが虚構であることをはっきり意識しながら、レトリックとして実体験であると主張していたとは考えにくい。ムーヴズは、「事実」と「虚構」は区別されるものと我々現代人は思い込んでいるが、それは十八世紀啓蒙主義以降にできた「神話」であって、その先入観を『神曲』にあてはめることはできない、と言う。[21] 現代においては一般に事実と虚構は区別され、事実の方に価値があると見なされる。その一方、事実そのものに特別な意味が付与されていると考えられることはない。これに対し、ダンテの描く世界は、事実と虚構を超えた「真実」の世界であって、そこでは神の一元的な秩序のもとですべてが意味をもっているのである。

『神曲』の天国の象徴性

『神曲』「天国篇」、わけても至高天を描いた最後の四歌（第三十―三十三歌）は、神の神秘を詩人の知力の極限においてとらえ、それを詩的言語で表現しようとした試みとして、空前絶後のものである。

作者ダンテが天国を描くにあたって理論的支柱にしたのが、神学者トマス・アクィナス（一二二五年頃―七四年）とクレルヴォーのベルナルドゥス（一〇九〇年頃―一一五三年）だ。トマス・アクィナスによると、天国は全くの光の世界で、そこには植物や動物は存在しない。天国にはもはや実生活はなく、ただ神の観照だけがある。幸福とは知性を働かせることによってもたらされ、最高の幸福は知性によって神を観照することにある。正しい人は、死後すぐに神を観照することになるが、どの程度完全に見ることができるかは、現世でいかに神を愛したかによって決まる。しかし見神の度合いに違いはあっても、みな自分に与えられた幸福で満ち足りている。神のみが至福の源泉であるゆえ、人間同士の愛や連帯は、天国では本質的なものではない。このように知を重んじたアクィナスとは異なり、クレルヴォーのベルナルドゥスは、トゥルバドゥールの歌う恋愛詩の影響を受け、聖書の「雅歌」の愛の歌に霊的意味を見いだして、情熱的な愛のみが魂を神に向かわせるとした。[22] 作者ダンテはアクィナス同様、曇りなく見ることを重視する。旅人としてのダンテは、天国の真の姿を見るべく視力の精度を高めていく。だが最後に至って、新たな導き手としてクレルヴォーのベルナルドゥスが登場し、愛が強調されるようになる。

すでに触れたように、『神曲』において天国は、下から月天、水星天、金星天、太陽天、火星天、木星天、土星天、恒星天、原動天の順に層をなし、その上に純粋に霊的な至高天がある。[23] ダンテはベアトリーチェに導かれて天を昇り、それぞれの天で死者たちの霊に会う。実際は霊たちの住処はみな至高天にあるが、それぞれ自分が天の序列のどこに位置づけられているかをダンテに示すために各天に姿を現すのである（「天国篇」第四歌三七—四二行）。月天に現れたピッカルダは、もっと上の階級を望まないのかとのダンテの質問に対し、「神のご意思の内にこそわれらが平安がございます」（第三歌八十五行）と答え、定められた状態で全く幸せであり、これ以上は何も望まないと言う。霊たちに序列があるという点、しかしおのおの自分の境遇で満ち足りているという点で、『神曲』はアクィナスの考えを踏襲している。

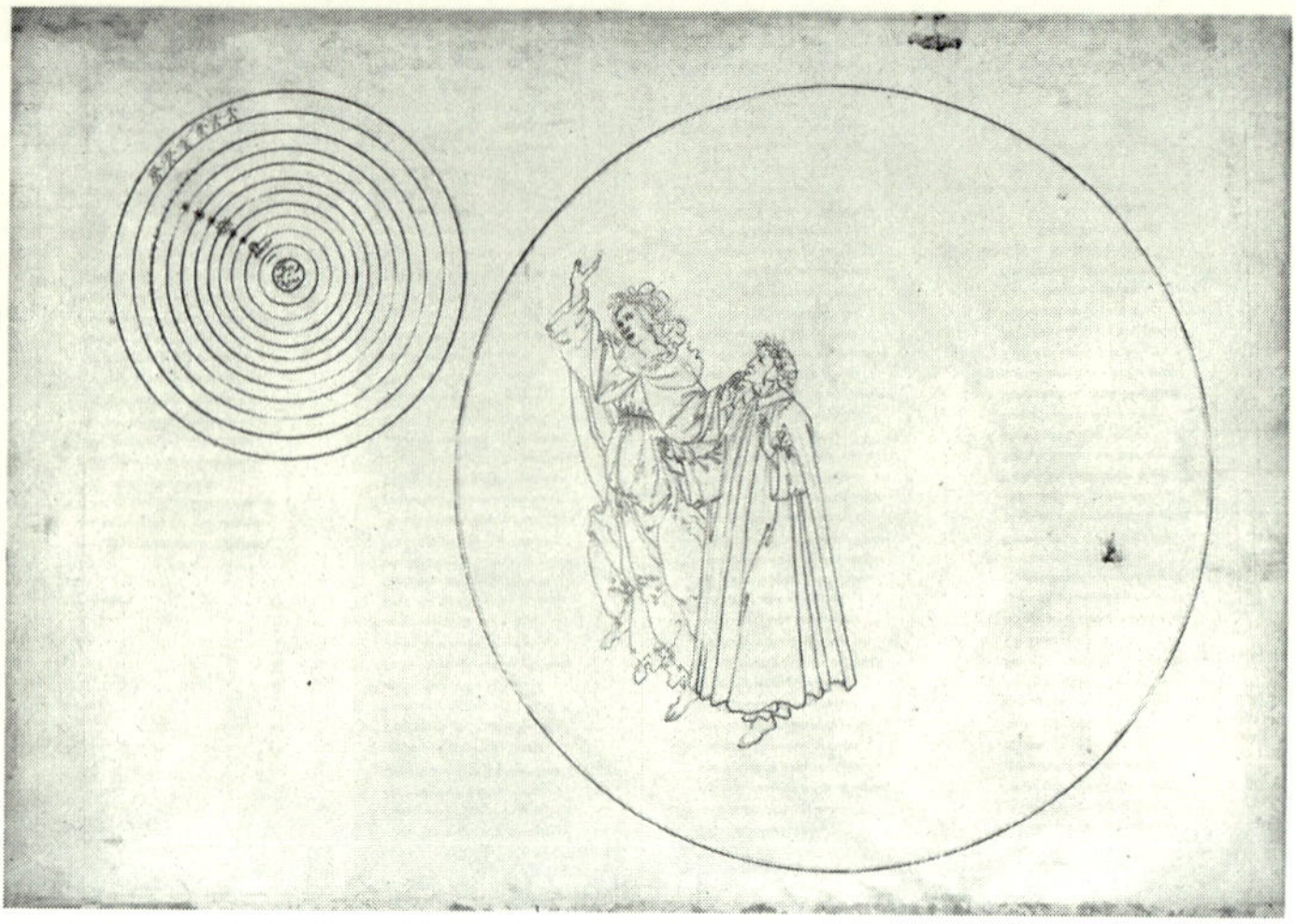

ボッティチェッリ『神曲』の挿絵。ダンテを天国に導くベアトリーチェ。

天国は光に満ちており、上に昇れば昇るほど明るさが増す。ダンテは途中何度も目の眩む思いをしつつ、そのたびに光に負けない視力をつけていく。鮮明に見ること、明確に知ることが、アクィナス同様『神曲』においても重視されている。ベアトリーチェは天使の性質についてダンテに説明し、真理はすべての知性を満たすが、その真理を天使たちのまなざしが深く見通せば見通すほど、彼らの喜びも大きくなると言う。「これでおわかりでしょう、至福の状態は見る行為に基づくのであって、愛する行為に基づくのではないことが。愛することは見ることの次に来るのです」と彼女は言う（第二十八歌一〇九—一一一行）。

九つの天球を順に昇ってきたダンテは、最後に至高天に到達する（第三十歌）。そこでのベアトリーチェはこれまでにもまして美しく、神々しい。「私たちは、一番大きな天球の外に出て、純粋な光のみの世界に入りました」とベアトリーチェは語る。その光は、「どんな悦楽も超えた喜びに満ちた、まことの善への愛、その愛に満ちた知の光」だという。突然まばゆい光がダンテを包み、目が眩んで、何も見えなくなってしまう。それはダンテの視力が至高天に耐えられるよう、神が送った光だった。たちまちダンテは自分が本来の能力以上に高められたのを感じ、新たな視力が備わったことを知る。

そして私は見た、光が川となって
すばらしい春の彩りの両岸の間を
輝き流れているのを。
この川から、生きた火花がほとばしり、
それぞれの岸の花のなかに落ちていったが、
それはさながら金にはめこんだルビーのようだった。
ついで花の香りに酔いしれたかのように
火花はふたたび、妙なる流れのなかに飛び込んでいったが、
ひとつが沈むとまた別のひとつが出てくるのだった。

（六一―九行）

光、川、春、花、芳香いずれのイメージも地上楽園にあるものだ。宝石は『神曲』の地上楽園には出てこないが、エデンの園から流れ出たピション川が巡るハビラ地方は、金、琥珀《こはく》の類、ラピ

ス・ラズリを産出した、との記述が「創世記」(二の一一―一二)にあり、一般に地上楽園では宝石が採れると考えられた。[24] しかし常春であることを除けば、地上楽園の自然物は現実のものと変わりはない。これに対し、ここでの川や花は自然の川や花ではない。「あの川も、あの出ては入る黄玉《トパーズ》も、あの草のなかでほほえむ花も、真の姿の影であり、序唱に他なりません」とベアトリーチェは言う(七六―八行)。まばゆい光に耐えられるようになったとはいえ、まだ真理を見通すだけの眼力を獲得していないダンテには、至高天の様子は、不思議な光景ではあっても自然物の組み合わせとして知覚される。

この光景についてもっと知りたいという欲求を満たすには、まず光の川の水を飲む必要がある、とベアトリーチェに言われ、ダンテは波間に身をかがめる。顔を近づけ、もう少しで目が水面につきそうになったとき、細長い流れがたちまち円く広がり全く新しい光景に変貌する。ダンテは、それを仮面の下から本当の顔が現れる様子になぞらえた上で、次のように言う――

ちょうどそのように花々と火花は大いなる祭典へと
姿を変えたので、私は見た、
天の宮廷が二つながら現れるのを。
おお神の光輝よ、あなたのおかげで私は見たのだ、
真の王国の気高い勝利を照らす光を。
ゆえに語る力を与え給え、私が見たままを!
(第三十歌九四―九行)

原文では、一行おきの行末で、同じ単語vidi（私は見た）をそのまま繰り返すという韻の踏みかたをしていて、ここにきて至高天の真の姿を目の当たりにしたことが強調されている。花々と見えていたものは救われた死者たちの霊であり、火花は天使たちであった。この両者が天の宮廷を構成する。神の恩寵を具現していたと思われる光の川は、円くなって宮廷の中心部になる。この宮廷は、巨大な円形競技場のような形をしている。その中心部、アリーナにあたる部分を神の光が照らし、それが反射して周囲の千段以上もある霊たちの座を下からライトアップしているのだという。この宮廷はまた、薔薇の花になぞらえられる。円形競技場と薔薇の花ではイメージにギャップがあるが、ここではゴシック教会の薔薇窓のように様式化された薔薇が想定されているのだろう。ベアトリーチェは、ダンテをこの薔薇の黄色い花心（光輝く中心部分）に連れていき、まわりの席についている、白い衣をつけた大勢の人々を見るように言う。

白い衣をつけた人々は、全体で大きな純白の薔薇を形作っている（第三十一歌）。その薔薇と神との間を天使が行き交う――

ちょうどみつばちの群れが、花のなかにもぐったかと思うと、
　今度は巣に帰って
　そこを甘く満たすように、
天使たちは、たくさんの花びらで飾られた、

あの大きな花のなかにおりていき、
そこからふたたびその愛が常に宿るところへ昇っていくのだった。
彼らの顔は一面あざやかな炎のように輝き、
翼は黄金、それ以外は純白で、
どんな雪の白さも及ばなかった。
花のなかにおりたときには、
翼を羽ばたいて獲得してきた平和と熱い愛とを
段から段へと与えていった。
（第三十一歌七―一八行）

この箇所は、『アエネーイス』第六巻の、エリュシオン（極楽）でレーテ川に集まる霊たちが、花に群がるみつばちにたとえられる場面を想起させる――「それはさながらうららかな夏の日に、草原でみつばちが、色とりどりの花にとまり、白い百合のまわりに群がって、一面の野が、ぶんぶんとうなり声をたてているかのようであった」（七〇七―九行）。だがここでは、蜜を集めるみつばちの様子が鋭い観察眼でとらえられ、ずっと詳細に描かれていて、それが天使たちの比喩に用いられている。天国は全くの光の世界でありそこに動植物は存在しない、とアクィナスは説いた。『神曲』でも、至高天は物質界を超えた純粋な光の世界とされている。しかしその様子を現世の人々に伝えるために、詩人ダンテは驚くほど具体的でリアルな描きかたをするのだ。地上楽園に特徴的だった寓意《アレゴリー》はここでは影を潜め、具象によって超自然を表現しようとする象徴的《シンボリック》な描写となっている。

救いと愛

この天の薔薇では、どの霊のまなざしも愛情もただ一点、神に注がれている。ダンテはこの光景を目にして、喜悦に満たされ茫然とするが、ややあってベアトリーチェに質問をしようとする。ところがそばにはひとりの老翁が立っていて、ベアトリーチェの姿は見えない。ベアトリーチェは、いつのまにか天の薔薇の最上段から三つ目にある自分の座に戻っている。ダンテは、これまで自分を導いてくれたベアトリーチェに感謝の言葉を捧げる。すると「彼女は、いかにも遠くに見えたが、ほほえんで私を見つめ、ついで永遠の泉の方へ向きを変えた」(第三十一歌九一—三行)。このさりげないベアトリーチェの動作に、神の観照を第一としながらも、人間的な愛を失わない様子が見てとれる。老翁はクレルヴォーのベルナルドゥスで、ダンテの旅が成就するよう、ベアトリーチェの祈りと聖なる愛により、ここにつかわされたのだと言う。ベルナルドゥスは、ダンテに薔薇の最上段にいるこの王国の女王、聖母マリアを見るよう促す。

マリアを思慕してやまぬベルナルドゥスは、ダンテがマリアを見つめているのをみると、自らも深い愛情のこもった目をマリアに向ける。そしてそれによって、ダンテのまなざしもいっそう熱烈なものになったという。天国においては「見る」という行為が一貫して重視されている。ただ、これまで繰り返し強調されていたのはアクィナス的な理知の目であり、見ることは知ることと同義であった。それがベルナルドゥスの登場と前後して、次第に愛のまなざしが重みを増してくる。天の薔薇には、マリアとほぼ対極の位置にマリアの母、聖アンナがいるが、彼女は娘を見るのがうれしくて、神を称えるホサナを歌いつつも決してマリアから目を離さないでいたという（第三十二歌一三三—五行）。

最後の第三十三歌の冒頭で、聖ベルナルドゥスはマリアを讃美し、ダンテに神を見る恵みが授かるよう祈りを捧げる。その祈りは、マリアによって聞き届けられる。ダンテのまなざしは「澄み清められ、それ自らが真理である、かの崇高な光輝の、その光線のなかへ、深くさらに深くわけ入って」いく（五二—四行）。その先で見たものは、言葉の表現力を超えており、記憶の再現力を超えたものだったとダンテは言う。それでも彼は、大胆にも神に視線を結合させ、視力が使い尽くされる限界まで永遠の光を見据える。その光の奥には、宇宙に散らばっている諸々のものが愛によって一冊の本にとじられ、納められているのが見える。さらにその至高の光のなかに、色は異なるが、同じ幅の三つの輪をダンテは見る。神の三つの位格（父なる神、子なるキリスト、聖霊）を示す三つの輪のうち、第二の輪に人間の姿が現れる。光の輪でありながらなぜ同時に人間の姿を取りうるのか、ダンテの知力では理解できない。だがそのとき、この疑問を解きたいとの願いをかなえる恩寵の光が彼の心を打つ。

至高のものを感じる力は、ここで尽きた。
しかし早くも、私の願いと意志とは、
等しく回る輪のように回っていた。
それを回しているのは、太陽と星々を動かす、あの愛であった。

（一四二—五行）

神を見たダンテは、その奥義にまで到達する。知の極限において得られたのは神の愛であった。神の三つの位格のうち、ダンテが特に注目したのはキリストである。神は全能でありながら、人間への愛ゆえに人の子イエス・キリストとして受肉し、十字架にかけられて贖罪を果たした。救いをもたらすのは愛であり、ダンテが理知の視力を限界まで高めて（それができたのも、神の特別な恩寵によるる）、そして最後に知ったのは、自分が、万物を動かす神の秩序のもとにあり、常に神の愛に守られているという感覚だった。『神曲』の旅はここで終わる。

第三章　遠ざかる天国
――ボッカッチョの二作品と『真珠』

1　ボッカッチョ『ダンテ礼讃論』の世俗性

ダンテの影響を強く受けた作家に、ボッカッチョ（一三一三―七五年）がいる。彼と双璧をなすペトラルカ（一三〇四―七四年）がほとんどダンテを顧みなかったのに対し、ボッカッチョは終生ダンテを敬愛し続けた。代表作『デカメロン』（一三五三年）が全部で百話から成るのは、『神曲』全百歌の構成を模したものである。晩年には『神曲』の公開講義を行った。彼はまたダンテの詩を自ら筆写して作品集を編纂し、その序文として『ダンテ礼讃論』（一三五一年頃）というダンテ伝を書いている。『神曲』の原題は*La Divina Commedia*（もしくは*La Divina Comedia*）だが、もともと単に*La Comedia*（『喜劇』）だったこの作品がそう呼ばれるようになったのは、『ダンテ礼讃論』のなかでボッカッチョが「聖なる喜劇」（divina Comedia）と呼んだことに由来すると言われている（六三四）[1]。しかしながら、ダンテを深く尊敬してはいたものの、作家としてのボッカッチョの気質はダンテとは大きく異なっていた。聖なる喜劇『神曲』に対し、『デカメロン』は人間喜劇と呼ばれている。『ダンテ礼讃論』も、概ね現世的・世俗的視点で書かれた伝記である。ダンテが憧れたベアトリーチェについての記述を、『ダンテ礼讃論』と『新生』（および『神曲』）とで比べてみよう。

ボッカッチョは『ダンテ礼讃論』で、ベアトリーチェをフィレンツェの名士フォルコ・ポルティナーリの娘であると断定する。ダンテは九歳のとき、ポルティナーリが自宅で催したパーティーに連れていかれ、ベアトリーチェを見初めたのだという。彼女は当時八歳前後だったが、とても魅力的で、多くの人が彼女のことをほとんど小さな天使のように思った。まだ少年であったにもかかわらず、ダンテの心には美しいベアトリーチェの姿が焼きついて離れなくなる。それが性格の一致によるのか、たしなみが似ているからなのか、運を左右する星の影響か、あるいはパーティーにつきものの、子供のみならず大人の心までも開放的にしてしまう甘美な音楽、陽気な雰囲気、洗練された食べ物やワインのせいなのか、とにかく幼いダンテは熱烈に愛に仕える身となったのである（五七七―八）。

『新生』においてダンテは、はじめてベアトリーチェに出会った時の具体的な状況をほとんど述べていない。上品で控えめな赤い服の彼女をひと目見るなり、当時九歳のダンテの心は震えはじめ、「愛」のとりこになってしまう。彼はしばしば「このいとも幼き天使」を探しに行くようになり、その高貴な立ち居振る舞いを目にして、「死すべき人の子とは見えず、神の子のように見えた」というホメロスの言葉（実際は『イリアス』第二十四巻二五八―九行でトロイアの英雄ヘクトルについて言われた言葉をダンテが女性形にして訳したもの）がそのままあてはまるように感ずる。九年後に路上で再会し、彼女に会釈された時は、天国の至福の極致を見たような気がしたと言い、帰宅後に不可解でエロティックな幻影を見る。

すでに論じたように『新生』の初めの部分では、ベアトリーチェに対して神聖なイメージと性的なイメージが共存しているが、その後彼女は聖女のような存在として描かれるようになっていく。そして『神曲』のベアトリーチェは天の使いとしてダンテを救済に導く。これに対してボッカッチョは、ダンテのベアトリーチェへの思いは純粋で、愛するダンテの側にも愛されるベアトリーチェの側にも性的なところは全くないと言う（五七八―九）。しかしボッカッチョが描くベアトリーチェは、「ほとんど小さな天使のよう」と形容されてはいるが、あくまでこの世の女性である。二人の出会いに何か運命的なものがあるとしても、せいぜい運勢を司《つかさど》る星の影響によるもので、神の摂理によるものではない。それどころかダンテがベアトリーチェに心惹かれたのは、パーティーの雰囲気による気の迷いでさえあるかのような描き方である。

『ダンテ礼讃論』にはまた、ダンテが『神曲』執筆を思い立った経緯を述べた箇所がある。それによると、ダンテは、人の生について、世の多くの俗人どもが犯す誤りについて、それに染まらぬ有徳の人がいかに少ないかということについて考えていたが、そこからひとつの作品のなかで悪を罰し、善に報いることを思い立ち、それによって不朽の名声を得ようと思った。そして人生には、悪に染まった生、悪を捨てて善に向かおうとする生、有徳の生の三種類があることを彼は知っていたので、（地獄、煉獄、天国を扱う）三部構成の作品を書くことにしたのだという（六二九―三〇）。確かに『神曲』は、ただ超越的な彼岸の世界のみを描いた作品ではない。ダンテは、天国を描くときも世俗への関心を失わず、聖人たちの口を借りて、この世の不正に対する怒りを、自分を追放の憂き目にあわせた者たちへの激しい憎しみをあらわにする。しかしダンテが実際に来世を旅したと主張し、そこで知った真理を世の人に伝えるのを自分の使命と考えていたことを思うと、ボッカッチョの言う『神曲』執筆の動機はあまりに現世的である。

ボッカッチョは、ダンテの死を次のように描いている。一三二一年、十字架称賛の祝日（九月十四日）、（祖国フィレンツェを追放されて寄寓していた）ラヴェンナの全市民に惜しまれながら、ダンテは疲弊した自らの魂を神に委ねた。

その魂が、彼のいとも高貴なベアトリーチェの両腕に抱きとめられたであろうことは疑いを容れない。現世の悲惨を後にし、至高の善たるおん方の前で、彼は彼女とともに、決して終わることがないと思われる幸福な生活を、今やこの上ない喜びをもって送っているのである。（五九七）

ダンテのもともとのベアトリーチェへの思いのうちに性的な情動が潜んでいたとしても、『神曲』においては、ベアトリーチェはダンテにほほえむことはあれ彼を抱くことはない。そもそも『神曲』の世界では、肉体をもたない死者の霊が抱擁をするのは不可能ということになっている。また『神曲』の天国では、人間的な愛も重視されているが、まず神の観照が第一であった。それに比べ、ここでは神の面前で恋人同士が抱き合っていて、天国までも世俗化されてしまっている。

右の引用は、ダンテを追悼するため修辞的な表現が用いられている箇所であって、ボッカッチョ自身の来世観をそのまま表しているとは言えないかもしれない。しかしいずれにしろ、彼の世俗性が端的に表れていることに変わりはない。

このように、「聖なる喜劇」の作者ダンテを礼讃する作品において、自らの世俗性を露呈するボッカッチョであるが、そんな彼にも小品ながら天国の様子を描いた美しい詩がある。それは、彼の幼い娘の死がきっかけとなって生まれた。

2　ボッカッチョ「オリンピア」

亡き娘との再会を歌う牧歌

一三六七年、ボッカッチョはペトラルカに宛てた手紙で、ペトラルカ不在の折に彼の家を訪ね、その孫娘エレッタに会ったことを語っている。

このようなもてなしを受けていると、私の大好きなお宅のエレッタが、幼いのに慎ましやかな足取りでやってきて、私が誰か気づかぬうちからこちらを見てほほえむではありませんか。私はうれしいばかりか、熱い思いで彼女を抱きしめました。最初目にしたとき、かつての私の娘のように思ってしまったのです。なんと申し上げたらいいのでしょう。もし私の言うことが信じられないのなら、グリエルモ・ダ・ラヴェンナ医師やわれらがドナートを信じて下さい。二人とも娘のことを知っていますから。お宅のエレッタの容貌は、私の娘にそっくりです。おなじ笑顔、おなじ目の輝き、おなじ所作と歩き方、そしておなじ体つき。娘のほうが、年齢が進んでいたので背は高かったでしょう。最後に見たときは五歳半になっていました。（……）ああ、エレッタを何度も抱きしめ、喜んでそのおしゃべりに耳を傾けながら、幾度亡き娘を思い出して涙ぐんだことでしょう。ついには誰にも気づかれぬうち、ため息と共に涙がこぼれました。（一一九八）

ボッカッチョが言及しているのは、彼の末娘ヴィオランテのことである。彼女は、一三五五年頃、わずか五歳で世を去っている。その数年後、ボッカッチョは、亡きヴィオランテとの再会を歌った詩「オリンピア」を書いた。この作品は『神曲』と異なり、作者が自分の実体験を語るという体裁はとっていない。ラテン語で書かれた『牧歌集』の第十四番に当たる「オリンピア」は、古代異教世界の田園を舞台にし、登場人物の会話から成る作品である。台詞《せりふ》のある登場人物は、シルウィウスと二人の召使いカマルスとテラポン、それにシルウィウスが死別した娘オリンピアの四人である。このうちカマルスとテラポンは架空の人物だが、シルウィウスはボッカッチョ自身であり、オリンピアは娘のヴィオランテであると、彼はある手紙のなかで述べている。またオリンピアはギリシア語のオリンポスに由来し、「輝く」、「明るい」の意で、そこから天国を意味するのだと彼は言う。▼2

一般に牧歌は対話篇の形式をとるが、上演を目的とする戯曲とは異なって演劇的要素は少ない。だがこの作品は、冒頭から劇的な展開を見せる。時刻は真夜中、シルウィウスはあたりの森に真昼の光が広がっていることに驚き、二人の召使いと共にあわてふためく。するとそこにオリンピアが登場し、声をかける――「恐れることはありません。私はあなたの娘です」(四一行)[3]。シルウィウスは、神々のいたずらだと一旦は思うが、それが夢まぼろしではないことを悟る。しかし、幼くして死んだはずの子が、わずかの間に花嫁になれそうな年頃の美しい娘に成長していることに驚く。オリンピアは、この衣装も容姿もパルテノス(ギリシア語の処女を意味する語から、聖母マリアを指す)から授かりましたと言い、自分は彼女とともにいると告げる。

作品後半でオリンピアが語るところによれば、彼女は、世を去って天国に着いたとき、シルウィウスの父である祖父のアシラスに会った。アシラスはオリンピアに気づくと、何度も抱きしめ、キスをし、「花嫁よ、レバノンより来たれ」や聖なる祝婚歌をともに歌おうと言ったという。そして彼はオリンピアをパルテノスのもとに連れていく。聖母はオリンピアに優しく言葉をかけ、「わが娘よ、さあ私たちの聖なる合唱隊に加わり、花婿との永遠の婚礼を楽しみなさい。地上ではヴィオランテだったあなたも、天においてはこれからずっとオリンピアとして知られることになるのです」と言う(二三九―四二行)。前章でも触れたように、処女のまま世を去った女性は、死んだときの年齢がいくつであろうともキリストの花嫁になるのである。

キリスト教の教義の牧歌的表現

シルウィウスはオリンピア以外の子供も亡くしていたが、みな彼女とともに姿を現す。オリンピアは、よみがえった兄弟たちとともに、「コドルスの恵みと意思により、我らが命は永遠なり」という歌を歌う（九一―一一一行）。コドルスは、祖国のために命を捨てたアテネの王の名だが、ここではイエス・キリストを表している。この歌は、古代異教世界の設定の内にキリスト教の教義を盛り込んでいる。歌の内容は次のようなものだ――コドルスは、高いオリンポスの山々からパルテノスの胎内に送られ、黄金時代を呼び戻した。彼は羊飼いたちのさげすみを受け、杉の木にかけられた。彼は自ら「死」に勝利を与えた。彼は自らの血で、羊たちの穢《けが》れと病を洗い浄め、冥界へ行き、羊たちを日の下《もと》に連れ戻した。死を滅ぼし、エリュシオン（極楽）のかぐわしい野を開き、蜜の流れる庭に皆を導き、心地よい住処《すみか》を与えてくれた。最後に羊はふたたび毛皮をまとうが、そのとき彼はやってきて、羊と山羊とを分け、山羊を野獣に与え、羊のために永遠の住処を作り、新しい天によって時を終わらせる。

ここでは、受肉、受難、救済、地獄の征服、終末と最後の審判といった教義が、牧歌的・異教的イメージで表現されている。これを聞いて深く感動したシルウィウスは、その歌で岩をも動かしたというトラキアの詩人（オルペウス）も、抒情詩の女神カリオペも、さらにゴルゴンの洞窟を支配する神（アポロン）でさえ私の子供たちにはかなわないと言い、子供たちの歌のすべてが神聖で、印象的であり、ティティルスもモプスス（それぞれウェルギリウスとホメロスを指す）もこのような歌を私に歌って聞かせたことは一度もない、と言う（一一二―二九行）。ボッカッチョは、このようにシルウィウスに言わせることで、古代ギリシア・ローマ精神に対するキリスト教の優位性を主張しているのだ。

牧歌に描かれた天国

オリンピアはシルウィウスに対し、自分はシルウィウスと暮らしていたときの幼い子供ではなく、今は神々の仲間に加わっていると告げ、早くも天に帰る時が来たと言う。ここでおまえに去られてはもう生きてはいけない、と嘆くシルウィウスをオリンピアは諭《さと》す――誰もが死ぬべき運命にあります。私はあなたがこれから迎えることを早くすませてしまっただけなのです。どうか天を讃美してください、私は死んだおかげで死も苦役もまぬがれたのですから。すこしの間お別れしますが、すぐにまた会えるでしょうし、そうしたら私とともに終わりなき歳月を幸せに過ごせるのです。

ダンテの場合も、『神曲』に登場する天のベアトリーチェは、若くて初々しい『新生』のベアトリーチェと異なって、母親のようにダンテを諭していたが、「オリンピア」では、現世での父と幼い娘の関係が、娘が先に天に召されたことですっかり逆転している。

オリンピアは、自分が帰っていくのはエリュシオンで、シルウィウスもいつかそこに来るのだと言う。シルウィウスは、かつてミンチョの人がエリュシオンのことを誰よりも巧みに歌っていたのを覚えているが、おまえの言うのはそのエリュシオンかと尋ねる（一六六―九行）。ミンチョとはマントヴァを流れる川の名で、ミンチョの人とはマントヴァ出身のウェルギリウスを指す。シルウィウスが言及しているのは、『アエネーイス』第六巻にあるエリュシオンの描写のことである。オリンピアは、ウェルギリウスの理解は部分的で不充分であったと答え、シルウィウスの求めに応じてエリュシオンの説明をする（一七〇―一二四行）。オリンピアの言うエリュシオンは、キリスト教の天国を意味している。ダンテは、『アエネーイス』を初めとするウェルギリウスの作品を踏まえつつ、その書き直しをすることで来世の「真」の姿を示そうとしたが、ボッカッチョも同様にウェルギリウスを意識した上で、本当の天国の様子を説明しようとしている。だが牧歌という表現形式を取っているため、設定はあくまで古代異教世界にとどまっている。

人里離れた遠いところに、病んだ羊は寄せつけぬ山がそびえる。その山は常に光輝き、朝日はそのふもとから上る。山の頂上は森になっており、棕櫚《しゅろ》の木が星々の高さまでそびえ、月桂樹、杉、オリーブの木が生えている。そこにはさまざまな花が咲き、そよ風が香りを運んでくる。銀色に流れる小川は、しぶきをあげてあたりをぬらし、美しいせせらぎの音をたてながら木々の間を流れる。この土地は、（金のりんごのなることで有名な）ヘスペリデスの園のものにもまさる黄金のりんごを産む。金に彩られた鳥、金色の角をもつ山羊や鹿がおり、子羊は雪のような毛を金色に輝かせ、肥えた牛はみな金色で、おとなしいライオンとグリュプスはたてがみが金色に光っている。太陽は金色、月は銀色、地上で見られるものより大きな星が輝く。季節は常に春、アフリカから吹きつける熱風に痛めつけられることもなく、穏やかな気候に支配され、霧や夜はここからは追放されている。死も病も、不安も貧困も苦痛もなく、望みのものは何でも手に入る。そして大気にはいつも甘美な音楽が流れている。

そこを治めるのはアルケシラス（統治者を意味するギリシア語で、全能の神を表す）だが、どんな顔をしているのか、人間の知性では把握し得ない。アルケシラスのひざには真っ白な子羊（イエス・キリスト）がいる。この子羊から森の住人たちにありがたい食べ物がもたらされ、人々はそれによって養われている。アルケシラスと子羊からは驚くべきことに火（聖霊を示す）が放たれ、その光は万物に及んで、悲しい者を慰め、心の目を浄め、不幸な者に助言を与え、くじけた者を力づけ、人の心を甘美な愛で満たす。神とキリストの両脇には、老齢のサテュロス（ギリシア神話における山野の精）の一団が伺候している。その後ろに、月桂樹の冠をかぶり緋色の衣をまとった人々、百合を額に飾り白い衣をまとった人々、黄色の衣をまとった人々が続き、笛を吹き、琴を奏で、歌を歌って神を称えている。ここでサテュロスは旧約聖書の作者や預言者、緋色の一団は殉教者たち、白い衣を着ているのは若くして世を去った人々、黄色の衣を着ているのはそのほかの救われた魂であると解釈される。この寓意をもった集団には、『神曲』の地上楽園でダンテの前に出現した寓意的な行列の影響が見られる。[4]

オリンピアが語るエリュシオンは、キリスト教の天国を意味している。しかしその情景は、神が君臨し、霊たちが神を讃美していることを除けば、天国というより地上楽園のものである。天国を、牧歌という形式において描くと、必然的に地上楽園のようになってしまうのだろう。いずれにせよこの天国は、『神曲』の天国よりずっと現世的である。ボッカッチョは、天国としてのエリュシオンを描くにあたり、『神曲』の「天国篇」ではなく、「煉獄篇」の地上楽園を意識していたものと思われる。だがここの情景描写は「煉獄篇」に遠く及ばない。すべてが金色（または銀色）であるとすることで壮麗さを強調するのは陳腐であるし、「不安はなく、貧困も苦痛もない」といった否定辞を連ねるのは楽園の描写によく見られる修辞法で、ダンテ以前の型どおりの表現に後退してしまっている。▼5

具象的な天国の情景

オリンピアはパルテノス（聖母マリア）についても語り、パルテノスは、ゼウスを育てた母であり、かつわが子の娘であるという。ここでゼウスはキリストを指し、この表現は『神曲』「天国篇」第三十三歌冒頭の、聖ベルナルドゥスのマリアへの呼びかけ――「処女なる母、わが子の娘よ」を踏まえている。マリアは処女にしてキリストの母であると同時に、キリストと一体の造物主によって造られた人間のひとりであるという意味である。『神曲』同様、この作品でもマリアは特別な存在であり、彼女は父（造物主）の玉座で、息子（キリスト）の右手にいて、光り輝き、美しい顔容《かんばせ》で、森、山、丘、空を喜ばしている。そして彼女のまわりを純白の白鳥の群れが飛び交い、「永遠の光の花嫁にして娘よ」と呼びかけて、この「母」にあいさつを送っているという（二五九―六一行）。『神曲』の天国では、マリアの周囲で大勢の天使が舞っていた――

（……）翼を広げ、
千余の天使が祝宴に興じるのを私は見た、
どの天使も輝きとわざにおいて際だっていた。

彼らの演技と彼らの歌に
　ほほえむ美しいお方を私は見た、その方は
　他の聖人たちすべての目にとって、歓喜そのものだった。
（第三十一歌一三〇—五行）

「オリンピア」の白鳥も、天使の比喩であり、その「牧歌」的表現であると解釈できる。しかし、あくまで白鳥そのものが飛び交っているとするこの描写は、『神曲』に比べると生々しく、俗っぽい印象を与える。動物も植物も存在しないというアクィナスの天国からは、ずいぶん遠ざかった感がある。

オリンピアら無垢の霊たちは、この天国で花を摘み、花輪を作って長い髪を飾り、輪になって踊りながら、森を巡り、泉や小川のほとりを行くのだという。この森の喜びは誰も言葉で言い表せず、それを見るには鳥のように翼をつけてその高みまで昇る必要がある、とオリンピアは言う。シルウィウスはそこに行くことを願い、誰が翼をくれ、飛び方を教えてくれるのかと尋ねる。オリンピアは、善行を積めば鷲の翼が与えられ、神の導きによって飛翔できると言うが、ここにきて、彼女は初めてアルケシラスでもゼウスでもなく、「神」という言葉を口にしている。そして次の瞬間、唐突にシルウィウスを残して、天に飛び立ってしまう。落胆したシルウィウスは、「涙のうちに私は死に赴《おもむ》き、老いを生きよう」（二八三行）と言うが、あたりに夜明けが訪れたことに気づき、ふたたび日常の生活に戻っていく。

「オリンピア」は、ボッカッチョが娘を亡くした体験から生まれた珠玉の作品である。しかし古代異教世界を舞台とする牧歌の形式をとり、それがラテン語で書かれているため、ダンテが直接体験をイタリア語で語った『神曲』と比べると、ファンタジー的な色彩が濃くなって、読む者に虚構性を印象づけてしまう。またそこに描かれる天国は、世俗化されていて地上楽園を思わせる上、その描写は型にはまって凡庸である。さらにボッカッチョ自身であるシルウィウスは、現世にあって天国を見ることを許されず、天国の様子はオリンピアによって間接的に語られるのみである。ボッカッチョが「オリンピア」を書いたのは、ダンテが『神曲』「天国篇」を完成させた三、四十年後のことだが、同じく天国を描きながら、「オリンピア」の天国は神秘性に欠けると同時にリアリティーに乏しく、なおかつ遠く隔たった存在となっている。

3 『真珠』

「オリンピア」と似た内容をもつ幻視文学の詩

ボッカッチョの「オリンピア」が書かれたのと同じ時代（十四世紀後半）に、イギリスでよく似た内容の詩が書かれた。『真珠』と題するその作品でも、幼い娘を亡くした父親が、キリストの花嫁として天国に迎え入れられているわが子と再会する。『真珠』の作者については、詳細は不明で名前すらわかっていないが、有名な『ガウェイン卿と緑の騎士』の作者でもあると推定されており、真珠詩人もしくはガウェイン詩人と呼ばれている。

十九世紀の終わりに『真珠』のテクストを編纂し、その第二版（一九二一年）に補遺として「オリンピア」を載せたゴランツは、両者の類似性を大変興味深いとしながらも、どちらかがどちらかに直接影響を与えた形跡はないと述べている。ゴランツはまた、ダンテの『神曲』、『新生』と『真珠』が着想やイメージにおいて似ていることを指摘しながら、『真珠』の作者が、ダンテから直接影響を受けた形跡もないと言う。その後の研究では、「オリンピア」との影響関係は否定されているが、ダンテから影響を受けた可能性を指摘する意見もある。[6] ただ『真珠』のテクストには、聖書への言及は多いものの、古代ギリシア・ローマの神話や文学についての言及がない。着想やイメージの類似は『真珠』の作者がダンテやボッカッチョと同じ中世キリスト教文化圏にいたことを示すが、イギリスという、中心からは離れた土地にいたために、ダンテやボッカッチョの存在を知らず、ギリシア・ローマ神話についてもほとんど知識がなかったのではないかと推測できる。

この詩は、語り手である「私」が、ひとつぶの真珠を大切にしていたが、ある園でその真珠がころがり落ちてなくなってしまった、という出だしで始まる。これによって、まだ二歳にしかならない「私」の愛娘が死んだことが示される。「私」は八月のある日、娘の埋葬されている塚を訪れ、嘆き悲しんでいるうちに、花々の強い香りによって眠気におそわれる。「私」の肉体はその塚の上で眠り続けたが、「私」の魂は神様のお恵みで不思議な冒険の旅に出かけた、と語り手は言う。このように『真珠』は、夢のなかの出来事とはいえ、「私」の直接体験として語られ、幻視文学の系譜に連なる作品であると言える。

地上楽園の描写

ふと気がつくと、「私」は、まばゆい光を放つ断崖がそそり立つところに来ている。その断崖は水晶でできており、周囲には色鮮やかな木立がある。足もとでざくざく音をたてる砂利は真珠でできている。本文中にはっきりと述べられてはいないが、「私」は地上楽園に来ているものと思われる。「私」はある川にたどりつく――

その深く堂々たる流れを飾っているものは、
輝く緑柱石《ベリル》からなる美しい堤であった。
川の水は楽しげに渦を巻きながら流れ、
ささやくようなせせらぎの音をたてて、ひたむきに流れていた。
川底では小石がきらめき、
まるでガラス越しの光線のように明るく輝いていた。
地上の人々が眠っているとき、
冬の夜空で光芒を放つ星々のようであった。
というのも、水底《みなそこ》に敷かれた小石はどれも
エメラルドやサファイア、その他の貴重な宝石ばかりで、
そのため川全体が光り輝いていたのだ。

かくも見事なものが、その川を飾っていた。

（一〇九―一一〇行）

この川の描写では、光と宝石のイメージが多用され、『神曲』の地上楽園を流れるレーテ川やエウノエ川より、天国の光の川を想起させる。ここには『神曲』の地上楽園の寓意性や、天国の川のような象徴性はない。その一方、比喩の使い方がすぐれており、地上楽園の叙述にともすればみられがちな、豪華さだけを強調した浅薄な描写をまぬがれている。『真珠』は、地上楽園を描いたもっとも美しい文学作品のひとつに数えられるだろう。

亡き娘との再会

「私」は喜びに満たされながら、川に沿って下流の方へ歩いていく。そして川の対岸の景色がこちらにも増して美しいことに気づき、なんとかして川を渡りたいと思い、懸命になって浅瀬を探す。するとそのとき、向こう岸にある水晶の断崖の下に、純白の衣装を着た少女が坐っているのに気づく。彼女をじっと見つめると、次第にそれが自分の娘であることがわかってくる。声をかけたいという欲求にかられるが、驚きのあまり気が動転してそれができない。彼女が面《おもて》を上げると、その顔は「みがかれた象牙」（一七八行）のように白く美しく、「私」はますます動揺する。娘は真珠ばかりで飾られた冠をかぶり、純白の衣装にもたくさんの真珠がちりばめられ、胸には傷のない見事な真珠がひとつつけられている。「子供」（一六一行）、「少女」（一六二行）と最初に言いながら、娘はどうみても成長した美しい女性の姿で現れたように描かれている。彼女は対岸の水際《みぎわ》までやってくると、女性らしく腰を低くかがめてお辞儀をし、冠をとってあいさつする。「私」は言いようのない幸福感を覚える。

川を挟んでのこの再会の場面は、『神曲』の地上楽園で、ダンテがマテルダと出会い、その後ベアトリーチェと再会する場面を彷彿させる。ただ、ダンテがマテルダとは初対面であり、またベアトリーチェと再会することはあらかじめわかっていたのに対し、ここでは思いもよらない娘との再会の様子が、中世の作品とは思えない繊細な心理描写によって効果的に語られている。

「私」は娘に対し、わが子を失った不幸な身の上を嘆き、川を渡っておまえと一緒に暮らしたいと言う。これに対し娘は、あなたが失ったのは、花咲き、そしてしおれた薔薇にすぎませんと言う。それが今は価値ある真珠となって、見事に鋲打《びょうう》ちされた宝石箱、この心地よい楽園に永久に楽しくとどまるようにと納められているのです。だから運命を非難するのは筋違いですと諭す。またこちらの岸に住むには神の許しが必要である上、川を渡るためには、まず肉体が土のなかに冷たく埋められなければならないと言う。やっと再会したのに、死なないかぎりまたおまえを失わねばならぬのかと嘆く「私」に対し、彼女は、神の定めに逆らったりせず、すぐに神の慈悲を乞いなさいと答える。「オリンピア」と同じく『真珠』でも、幼くして死んだ娘が、天国での先達として現世の父親を諭している。

「私」は、どのような暮らしをしているのかと娘に尋ねる。娘は、ここで主イエス・キリストの花嫁として迎えられていることを話す。彼女が死んだとき、キリストは彼女に声をかけ、「こちらに来なさい、わが愛する者よ、あなたには一点のきずもなければしみもないのだから」（七六三―四行）と言ったという。これは、『神曲』の地上楽園でベアトリーチェを迎える場面、「オリンピア」でオリンピアが世を去って祖父アシラスに会った場面でも言及された、ラテン語訳聖書の「雅歌」の一節とその直前の箇所（四の七―八）「わが愛するものよ、あなたはことごとく美しく、少しの傷もない。わが花嫁よ、レバノンより来たれ、来たれレバノンより、来たれ」を踏まえた言葉である。

このほか「私」は娘にさまざまな質問をし、天国のしくみやキリストの贖罪についての説明を受ける。この問答は作品のなかの相当な部分を占め、かなり冗長だが、『真珠』が幻視文学であるとともに教訓詩でもあることを示している。

天国の情景

最後に「私」は娘に、おまえの住処に案内してくれと頼む。娘は、自分たちは神の都に住んでいると答え、あなたはそのなかには入れないけれど、一目見てもよいというお許しを得てきたと言って、川の上流に案内する。

そして「私」は、川向こうに神の都を目の当たりにする。都の描写は「ヨハネの黙示録」の記述からほぼそのままとられており、語り手も、その様子は使徒ヨハネが「黙示録」のなかで述べたとおりであった、と繰り返し述べている。「ヨハネの黙示録」の新しいエルサレムは来世の天国ではなく、世界の終末によって出現する新世界である。だが中世には、死後世界としての天国であると考えられることが多かった。『真珠』の神の都も、来世の天国を意味している。「それは、肉体が朽ち始めるとすぐ、私たちが急ぎ赴いていく都なのです」（九五七―八行）と娘は言う。

地上楽園の描写においてすぐれた力量を見せながら、天国についてはほとんど聖書の引用に終始しているのは、現代の読者には期待はずれである。天国を描く場合には、勝手な想像力を働かせることは許されないと作者は考えたのだろうか。また「黙示録」の新しいエルサレムを天国とするのは、ダンテ以前に支配的だった考え方である。[7] このことを考えると、『真珠』の作者がダンテを読んで影響を受けた可能性は低いと言える。

「私」は神の都の気高い光景に圧倒され、茫然と立ちつくしていたが、金でできた都の大通りを進む行列に気づく。それは自分の娘と同じ装いの乙女たちの行列で、みな胸に幸福の真珠をつけている。その数は十万人を下らないが、押し合って混乱することもなく、この上ない喜びに顔を輝かせて、ミサのときのつつましやかな乙女たちのように、神の玉座に向かって進んでいく。行列の先頭には、炎のように輝く七つの角をもった子羊がいる。この子羊は「黙示録」五の六に出てくるもので、キリストを表す。『神曲』の地上楽園での行列の場面も、「黙示録」のほぼ同じ箇所から着想を得ているが、『神曲』の行列には子羊は登場しない。その一方『真珠』には子羊以外に寓意的なキャラクターが出てこないことから、むしろ両者に直接の影響関係はないと推定できよう。子羊は「いかにも似つかわしい純白の衣装」(一一三三行)を身につけていたが、その心臓の近くには大きく口を開いて血にまみれた傷口があり、脇腹からは血がほとばしり出ている。その姿は痛々しいのに、子羊の顔にはそうした気配は全くなく、歓喜に満ちあふれている。祝祭的な気分にあふれた『神曲』の行列に比べると、こちらの描写はグロテスクで、悪趣味でさえある。

「私」は、自分の近くにいたはずの娘がこの行列に加わっているのに気づくと、いとしさに矢も盾もたまらず、川を渡ろうと思い立つ。しかし無鉄砲に川に飛び込もうとした瞬間、その試みを阻止されてしまう。突然、夢から覚め、気がつくと最初の場所におり、娘が埋葬された塚を枕に横たわっている。「私」は心乱れてため息をつく。「おお高き栄光に満ちた真珠よ」（一一八二行）と「私」はすでに姿を消した娘に呼びかけ、おまえが主の御心《みこころ》にかなった者として天国にいるのなら、私はつらい憂き世にいても幸せだ、と言ってはみるものの、娘の言うとおりに自制していたならば、神の御許《みもと》にいることを許されて、その神秘をもっと知り得たろうにと嘆く。それでも娘の話によってキリストが神であり、主であり、友であることを知った「私」は、娘を神の御手《みて》に委ね、祈りを捧げるのである。

『真珠』は「オリンピア」と異なり、幻視文学の一種で、語り手の体験談になっている。また、地上楽園と天国が区別されている。さらに「オリンピア」の舞台は現世の森で、主人公のシルウィウスは、天国の様子をオリンピアの話によって間接的に知るだけなのに対し、『真珠』は来世の地上楽園が舞台であり、「私」は天国も目の当たりにする。一方『神曲』では作者ダンテが生き身のまま実際に来世を旅したということになっているが、それと比べると『真珠』の物語は夢のなかの出来事であり、そのぶん現実から遠ざかっていると言える。また『神曲』はダンテが天国で神を見、愛に満たされて終わるのに対し、『真珠』は、「私」が天国に入ろうとして阻《はば》まれ、夢から現実に引き戻されて終わりとなる。『真珠』においても「オリンピア」同様、天国は地上の人間が入れぬところなのである。ただ『神曲』より天国が遠い存在になっているのは、『真珠』の書かれた年代が

『神曲』より時代が下っているためであるとは一概に言い切れない。すでに述べたように、『真珠』の作者は『神曲』の存在を知らなかった可能性が高く、当時は文化の周縁地域だったイギリスで書かれた『真珠』は、幻視文学の発達の歴史において『神曲』より「古い」タイプの作品だった可能性があるからだ。しかしいずれにしろ、幻視文学の頂点が『神曲』にあったことに変わりはない。『神曲』後の作品では、来世の体験は次第に間接的になり、現実の出来事としてよりも、夢や単なる寓意物語として語られることが多くなっていく。[8]

『真珠』が書かれて二百数十年後、ハムレットは、「生か死か」で始まる有名な独白で、死後世界のことを「旅だった者はひとりも帰らぬ未知の国」(『ハムレット』三幕一場七八―九行)と呼んで恐れた。シェイクスピアは幻視文学の真実性を否定したのである。

第二部

近代——現世重視への転換

第四章　未知の国となった来世
――『ハムレット』

1　文学における「モナ・リザ」

二十世紀の詩人・批評家T・S・エリオットは『ハムレット』論（一九一九年）において、「さまざまな意味で、この劇は不可解であり、他のいかなる作品とも異なって不安を抱かせる」と述べている。彼は『ハムレット』を芸術として失敗作であると断定しさえする。シェイクスピア悲劇の頂点をなし、芸術的にもっとも成功をおさめたとエリオットが考えるのは『コリオレイナス』であった。しかし彼は『ハムレット』の方が『コリオレイナス』よりおもしろいことを認め、『ハムレット』を文学における「モナ・リザ」であると言う。

エリオットは、芸術作品の完成度という観点から『ハムレット』を論じた。彼によれば、この作品には「客観的相関物」、すなわち作中に表された情緒を喚起するのに必要な外的事実が欠如しているという。シェイクスピアは、自分の手に負えない問題と取り組んだ。なぜそのようなことをしたのか、どんな経験がもとになって、言いようのない恐怖を表現するように駆りたてられたのか、全く知るすべがない。我々にはシェイクスピア（一五六四―一六一六年）の生涯に関する多くの情報が必要だ。このように主張するエリオットは同じ評論のなかで、「解釈」の主な仕事は、作品に関連する歴史的事実で、読者が知らないと思われるものを提供することであるとも言う[1]。

エリオットが『ハムレット』論を発表してから、百年近くの時が経った。この間、シェイクスピアについての伝記的研究や彼が生きた十六、七世紀のイギリス思想史の研究、さらに新歴史主義による文学研究が進み、『ハムレット』を時代精神と関連づけて読むことが可能になったように思われる。有名な'To be, or not to be'の台詞《せりふ》に端的に表されているように、『ハムレット』が扱うのは本書のテーマである生と死の問題だ。この作品の不可解さは、宗教改革がもたらした死生観の大きな変化に由来する。そこで作品の内容に入る前に、宗教改革においてプロテスタントが、伝統的死生観のいかなる点の変革を試みたのかについて述べておきたい。

2　煉獄をめぐる宗教改革の論争

西ヨーロッパにおいて、中世はあの世のことが「わかっていた」時代であった。その死生観に関し、最も特徴的なのは煉獄の思想である。来世には地獄と天国の他に第三の場所があり、大多数の人々は天国に昇る前にここで浄罪を行うという考え方は、十二世紀に形成され、十三世紀にスコラ哲学で体系化される。そして十五世紀後半には煉獄は来世の地理学において確固たる位置をしめるようになっていた。

煉獄には、次のような特徴があると考えられていた。ひとつは現世との結びつきの強さである。煉獄にいる霊は、現世の人々の助力により、浄罪の期間を短縮されたり、その苦痛を軽減されたりすると考えられ、それゆえ死者と生者はひとつの聖なる共同体をなしているとされた。ダンテの『神曲』「煉獄篇」第三歌では、ナポリ王マンフレーディがダンテに対し、現世に戻ったら、娘のコンスタンツァが自分のために祈ってくれるよう、自分の消息を伝えてほしいと言う。祈ってもらうことで、煉獄にとどまる期間を短縮できるのである。これは「とりなしの祈り」と呼ばれるものだが、このような生者による死者のための「とりなし」は、カトリック教会によって、単なる祈りから、寄進、追悼会、三十日間慰霊ミサ等のさまざまな儀式に制度化されていった。

また、生者と死者はつながりをもっているので、煉獄の霊が、生者の助力を直接求めるべく、亡霊となって戻ってくることもあるとされた。亡霊は通常、懺悔をしないままに死んだり、天寿を全《まっと》うせぬまま不慮の死を遂げるなどの悪い死に方をした人の霊、もしくはきちんと葬られていなかったり、生者に「とりなし」をしてもらっていない人の霊と考えられ、その出現は何かよからぬことのしるしであった。

煉獄は地獄と天国の中間地帯であり、浄罪を終えた霊は天国に行くことが許されたにもかかわらず、一般には地獄に近いところと考えられた。煉獄を天まで届く山とし、希望に満ちた場所とした『神曲』は、この点で例外的である。トマス・アクィナスは、煉獄を地獄に近い地下にあるとし、その浄化の炎と地獄の業火は同じものであると述べている。一般に教会では、煉獄の苦しみは地獄の苦しみと同一であり、唯一の違いはその苦しみに終わりがあることだと教えた[2]。

この地獄的な煉獄の様子をよく伝える話が、来世の体験談である幻視文学の代表作『聖パトリキウスの煉獄』である。この話では、騎士オウェインが悪魔たちに連れられて煉獄に行き、老若男女がさまざまな懲罰を受けるのを目撃する。そこでは、男も女もみな裸で、焼けた針に手足を貫かれて地面にはりつけられていたり、炎に包まれた龍や蛇、巨大なガマガエルに食いつかれたりしている。宙づりにされて硫黄の火に焼かれている者、火の車にくくりつけられている者、溶けた金属の入った穴に浸された者たちがいる。オウェインは硫黄の煙の立ちのぼる、地獄への井戸を見たのち、火の川に掛かったすべりやすい橋を渡って、地上楽園に到着する。最後に天国の門を目撃したところで、彼は地上に戻される。『聖パトリキウスの煉獄』は中世のベストセラーと言われ、数多くの写本が作られ、原典のラテン語から各国語に訳された。英訳も、十三世紀後半から十四世紀初めにかけて三種類出ている。またこの話によれば、煉獄への入り口があるアイルランドはダーグ湖のステーション島は、もともと聖パトリキウスの面前に姿を現したキリストが彼を連れていった場所で、信仰の篤《あつ》い人ならばその洞窟に入って一昼夜を過ごすとすべての罪が浄められる、とキリストが告げたとされることから、巡礼地として人気を博した[3]。

宗教改革期において、プロテスタントの思想家たちが攻撃したのは、以上のようなカトリックの死生観とそれに基づく制度や儀式だった。ルターは、一五一七年の「九十五箇条の論題」で、教皇の贖宥《しょくゆう》や「とりなし」の儀式が一種の集金装置と化していることを指摘している。「教皇は、サ

ステーション島。著者撮影。

ン・ピエトロ寺院を建立する金のために無数の魂を救うのなら、なぜ聖なる愛と、煉獄にいる魂の差し迫った必要性から煉獄をからにしないのか」（八十二条）、「すでに救われた魂のために祈るのはまちがっているのに、なぜ葬儀や年忌のミサがいつまでも続くのか、なぜ教皇は彼らのためになされた献財を返却せず、また寄進した人がそれを回収することを認めないのか」（八十三条）。このように言ってルターは教皇庁を批判したが、この段階ではまだ煉獄の存在自体は認めていた。だがツヴィングリやカールシュタットらが煉獄そのものを否定したことから、ルターも一五三〇年になって『煉獄の破棄』を発表するに至る。[4]

イギリスにおいてはそれより早く、一般信徒のサイモン・フィッシュが、国王ヘンリー八世にあてた『乞食のための請願』を著している。この極めてラディカルな内容をもつ請願書は、彼の亡命先のアントワープで一五二八年末もしくは二九年の初めに匿名により刊行され、二九年二月にはその写しがウェストミンスターの通りにばらまかれた。フィッシュはこのパンフレットで、聖職者たちを「羊の装いを身にまとい、その群れを貪《むさぼ》り食う、飢えた狼ども」と呼ぶ。彼らは庶民から不当に取り立てを行って、国土の三分の一以上、王国の資産の半分を手にしている。その口実になっているのは、人々の魂を煉獄の苦痛から解放するために、神に祈りを捧げると約束することだけだ。これに対し、博識と分別を備えた人々は真実と国家への愛ゆえに、汚名を着せられ死の危険にさらされることをも顧みずに主張する、「煉獄は存在しない。それは貪欲な聖職者たちが、あらゆる王国を他の君主たちから自分たちのもとへ移すためにでっちあげた代物であり、しかも聖書ではそれについてひと言も語られてはいない」のであると。「私は、この煉獄なるもの、そして教皇の贖宥なるものが、陛下の王国を迅速に彼らの手に渡すための大義名分になっていることを充分承知しているのです」とフィッシュは言う。このようなフィッシュの語り口は扇情的であり、彼が挙げる具体的な数字や金額は誇張されていて、このパンフレットは多分にプロパガンダ的な要素を含んでいた。▼5

『乞食のための請願』はただちにカンタベリー大司教ウォーラムによって禁書とされたが、大法官トマス・モアは、その大衆への影響を恐れ、『煉獄における哀れな魂の請願』を発表してフィッシュに反論した。しかし国王ヘンリーが、教皇庁による支配からの脱却を望んでいたために、改革派は勢いを増し、生者と死者の共同体を守ろうとするモアの主張はかき消されてしまう。ヘンリー八世は、一五三四年、首長令を発布、自ら英国国教会の首長であることを宣言し、翌年にはモアを断頭台に送った。[6]

一五三六年、英国国教会の最初の信仰箇条である『十箇条』が出される。その第十条は「煉獄について」である。ここでは、死者のために祈ること、他の人にミサや葬儀において故人のために祈ってもらうこと、そのために施しをすることは、愛徳の精神にかなうとされる。しかし「故人のいる場所、その場所の名前、そこでの苦痛がどんなものであるかということは、聖書でははっきりしておらず」、これらのことはすべてをご存じの全能の神に委ねるべきである、と述べられる。さらに、「ローマの主教の赦免を通して魂が煉獄とそのすべての苦痛から救い出される」といったことを「人々に信じさせるという悪習が煉獄の名のもとで推進されてきたので、そのようなことははっきりと除去される必要がある」と結ばれている。[7]この『十箇条』は保守派と改革派の妥協の産物とされるが、煉獄という呼称が否定され、来世が不分明なものになっている点が注目に値する。

ヘンリー八世（在位一五〇九―四七年）の死後、エドワード六世（在位一五四七―五三年）のもとで宗教改革は一層押し進められる。議会が一五四五年に可決していた「寄進礼拝堂解散法」が実施され、「とりなし」の儀式の制度はすべて廃止された。次のメアリー一世（在位一五五三―五八年）はカトリックへの揺り戻しを図ったが、エリザベス一世（在位一五五八―一六〇三年）が即位して国教会を再興。その治世下で制定された『三十九箇条』（一五六三年）の第二十二条は「煉獄について」となっており、「煉獄、免償、聖画像および遺物の礼拝と崇敬、および聖人への祈願に関するローマ教会の教理は、虚しく作られた他愛もないことであって、聖書にも根拠がないのみか、むしろ神の御言《みこと》に反するものである」と記されている。[8]

このようにしてカトリックの教義を否定するに至った、プロテスタント、特に英国国教会の死生観とはどのようなものだっただろうか。

まず煉獄の存在を否定したために、来世は天国と地獄のみになる。プロテスタントが思い描く天国と地獄は、伝統的なイメージから大きく変化することはなかったが、カトリックの詳細な来世の地理学を否定する立場から、『十箇条』にもあるように、来世の様子に対する好奇心を戒める傾向があった。また聖書に忠実であろうとする立場から、「ヨハネの黙示録」を重視し、審判は終末に下されるのであり、それまで死者は眠り続けるとの主張が出てきた。死を眠りとするこの考えは、ルターに見られるが、カルヴァンが反対し、ヨーロッパ大陸ではあまり広まることはなかった。しかしイギリスでは、ウィリアム・ティンダルを初め比較的多くの賛同者を得た。公にはエドワード六世のもとで制定された『四十二箇条』(一五五三年)で「この世を去った者の霊魂は肉体と共に死ぬことはなく、無為に眠り続けることもない」(第四十条)と規定されたものの、この項目はエリザベス一世の『三十九箇条』では削除されている。一般に往生術のパンフレットや葬式の説教などでは、死は終末までの眠りにすぎないのだから、信者は自らの死を恐れる必要はないし、愛する人の死を過度に嘆いてはならないと説かれ、また死はつらい労苦、心配や不安から解放された休息であるとされた。[9]

そして亡霊については、死者の霊であるとは認めず、悪魔の仕業か憂鬱症が引き起こす妄想、もしくはカトリック教徒が煉獄の存在を信じ込ませるために仕組んだ芝居であるとした。[10]

『ハムレット』の初演は一六〇二年と推定される。シェイクスピアが脚本を書いたとき、英国国教会の教義はすでに確立していた。にもかかわらずこの芝居にはリアルな亡霊が登場するので、その謎めいた正体が論争の的になってきた。

3 『ハムレット』の亡霊

ハムレットはデンマークの王子である。父のハムレット王は最近、急死し、叔父のクローディアスが王位を継承した。加えて夫を亡くした母ガートルードがすぐにクローディアスと再婚したため、ハムレットは深い悲しみと強い憤りにさいなまれている。そこに父王の亡霊が出現し、自分は弟に毒殺され、王位を奪われたのだとハムレットに告げ、復讐を迫る。

この亡霊は自分が、煉獄から帰ってきた霊であることを強く示唆する。

私はおまえの父の霊だ。
定められた期間、夜の闇のなかを歩き、
昼は炎に焼かれ、断食を強いられている。
生前犯した忌まわしい罪が
焼き浄《きよ》められるまで。

（一幕五場九―一三行）

亡霊は最初に「身をさいなむ硫黄の炎に、わが身を委ねねばならぬ時間が迫っている」と言う

（一幕五場二―四行）。『聖パトリキウスの煉獄』には霊たちが「炉に放り込まれて、溶けた鉛と燃える硫黄と共に火にかけられていた」（十四世紀の英訳）といった描写がある。[11] 硫黄の炎は一方で、トマス・キッド（一五五八―九四年）ら当時の劇作家が古代ローマのセネカ悲劇を模して作った復讐劇において、亡霊が登場する場面でよく言及され、ギリシア・ローマ神話におけるタルタロス（地獄）の業火の連想を伴うものであった。[12]

亡霊が去った後、ハムレットは親友ホレイショーとの会話のなかで「聖パトリキウスに誓って」大きな罪業がなされていると言い、「さっきの亡霊、あれは本物だ、それだけは言っておく」と言う（一幕五場一三六―七行）。聖パトリキウスは煉獄の守護聖人として広く知られていたので、彼の台詞は、当時の観客に亡霊が煉獄から来たものであることを印象づけたと思われる。[13]

ハムレットは一旦は亡霊を父の霊と信ずるが、しばらくするとプロテスタント的な疑念を抱くようになる（彼はルターのいたヴィッテンベルク大学に留学していたことが最初に明らかにされている〔一幕二場一一三、一一九行〕）――「おれの見た亡霊は悪魔かもしれない、悪魔は人の喜ぶ姿を取ることができるという。ことによるとおれが気弱になり、憂鬱になっているので、悪魔はそこにつけこんで、おれを惑わし、地獄に落とすつもりか」（二幕二場五三三―八行）。そこでハムレットは亡霊の言葉の真偽を確かめるため、王が毒殺される芝居をクローディアスに見せることにする。そしてその結果、クローディアスの反応からその犯行を確信するに至るのである。

クローディアスがハムレット王を殺害したことは、本人があとで独白しているので（三幕三場三六―七二行）、亡霊の話は真実だったことになる。だがそれで亡霊がハムレット王の霊である証明にはならない。悪魔は人間を陥れる目的で、わざと真実を告げることもあるからである。亡霊が復讐を命じ、それが悲惨な結末を招いたことを考えると、悪魔である可能性も否定できない。

この亡霊の正体をめぐっては、これまでにさまざまな解釈がなされてきた。シェイクスピアが、観客のなかにプロテスタントのみならずカトリック信者もいることを意識し、わざと亡霊の性格を曖昧にしたとする説（ドーヴァー・ウィルソン）。矛盾した性格づけは、亡霊を神秘的で恐ろしい存在に仕立て上げるためと考えられ、劇全体の趣旨から判断して亡霊は殺されたハムレット王であるとする説（ウェスト）。教会の教えに反する行為（復讐や反逆）を促す一方、人間を欺《あざむ》くためにその人が愛する相手の姿で現れ、善行を説いたり真実を告げたりするのは悪魔の特徴であり、『ハムレット』の亡霊の正体は悪魔であるとする説（プローサー）[14]。他にも多くの研究者がこの問題を扱い、論争が繰り広げられてきたが、それに終止符を打つべく書かれたのが、グリーンブラットの『煉獄のハムレット』（二〇〇一年）である。

グリーンブラットは、『ハムレット』の亡霊にはさまざまな矛盾する要素があり、その正体を明らかにすることは不可能であると言う。この芝居は言ってみれば、ヴィッテンベルク大学出身で明確にプロテスタントの気質をもった若者が、明らかにカトリック的な亡霊に取り憑かれる話である。しかも、煉獄から来た亡霊が復讐を迫ることはありえない。そのような亡霊はセネカ悲劇のものであり、そこでの亡霊の住処《すみか》は（ギリシア・ローマ神話の）タルタロスである。こんな亡霊が存在可能なのは演劇空間のなかだけだ。グリーンブラットはまた、シェイクスピアの他の作品に登場する亡霊がどれも、芝居の上の存在であることを具体的に述べる。さらに当時のイングランドにおいて、煉獄の思想は否定されていたばかりか、冗談の種にさえなっていたと指摘する。（例えばマーロウの『フォースタス博士』（初演一五九四年頃）では、フォースタスが教皇の食べ物をかすめとったのを、大司教が、贖宥を求めて煉獄から来た亡霊の仕業と思いこむ場面がある）[15]。グリーンブラットの説に従えば、『ハムレット』の亡霊を当時の観客が実在のものととらえていたとは考えにくく、この作品のリアリティーはあくまで舞台の上でのもの、ということになる。

シェイクスピアは『ハムレット』を書くにあたって、当時上演されていた別の芝居（『原ハムレット』と呼ばれる）を下敷きにしたと推定されている。この作品は現在残っていないが、その上演を観た作家トマス・ロッジは、「ハムレット、復讐しろ、と劇場で、牡蠣《かき》売り女のようにみじめに叫ぶ亡霊」という言葉を残している。また作家トマス・ナッシュはこの劇に言及して、それがセネカ風の悲劇で、作者はトマス・キッドであることをほのめかしている[16]。『原ハムレット』には、タルタロスから出てきて復讐を迫る、おきまりの亡霊が登場したものと思われる。シェイクスピアはこれを、王の風格を備えて、生前の姿そのままで登場する亡霊に変えた。しかもこの亡霊は、他の登場人物と観客にその正体を見極めることの必要性を喚起するという点でも、当時の芝居において全くユニークな存在であった[17]。現代の観客は、いわゆる「不信の中断」[18]をして『ハムレット』の亡霊を見、その復讐のメッセージを受け取るだろう。しかしシェイクスピアの時代の観客にとってこの亡霊は、たとえ舞台の上だけの存在だとしてもはるかにリアルだったに相違ない。煉獄を否定し、死者の亡霊の存在を否定したプロテスタントの教義にもかかわらず、その存在は依然として信じられ続けていた。芝居の冒頭に登場し、その後ハムレットに煉獄から来たことを示唆するこの亡霊は、当時の観客に死の問題、変わってしまった死後の世界の問題をつきつけたはずである。

では、この芝居では死はどのようにとらえられているのだろうか。'To be or not to be' で始まる有名な第四独白に表された、主人公ハムレットの死生観を考えてみたい。

4 生か死か

生か死か、それが問題だ。
どちらが気高いと言えようか、
心のなかで、暴虐な運命の投石や矢にじっと耐えることか、
押し寄せる苦難に武器をとって
立ち向かい、けりをつけることか。死ぬ——眠る、
それだけのことだ。眠れば
心の痛みにも、肉体が受けねばならぬ
多くの苦しみにも終わりが来よう。それこそ
願ってもない結末だ。死ぬ、眠る。
眠る、おそらくは夢を見る——そこだ、つまずくのは。
この世のしがらみを脱ぎ捨てても
死の眠りのなかでどんな夢を見るかわからない。

だからためらうのだ――それを考えるから
災難ばかりの人生を長引かせてしまう。
（……）
疲弊させる人生の重荷を背負って
呻吟《しんぎん》し、汗水たらす、そんなことを誰が我慢しよう。
ただ死後にくるものへの恐れから、
（そこは旅だった者はひとりも帰らぬ
未知の国）意志はくじけ、
見も知らぬあの世の苦難に飛び込むよりも
今の災いに耐えていこうという気にさせられる。
こうした思いが我々皆を臆病にする。
こうして決意本来の血色は
病んで、物思いの蒼ざめた色に変わってしまう。
そしてのるかそるかの大きな企ても
この思いのために道をそらし
実行に至らぬまま終わるのだ。
（三幕一場、五五―六八、七五―八七行）

出だしの'To be or not to be'については、生と死を比較考量しているものと考えられる。だが次の四行「どちらが気高い（……）けりをつけることか」に述べられる二つの選択肢は、前者が忍耐強く生きること、後者が死の危険をも顧みず思い切って行動に出ることで、いずれも生き方の問題となっている。そのため一行目とうまく対応せず、その解釈が長く論争の的になってきた。ともあれここでハムレットは、気高い生き方を考えている。その文脈から言って、運命の暴虐に耐えるという最初の選択肢は、後半に述べられる、死への恐れから「今の災いに耐える」という消極的な生き方とは違う、強い生き方と考えられるだろう。もうひとつの選択肢は、命を賭して行動を起こす生き方である。ハムレットは、思い切った行動に出て命を落とした場合のことを考え、その後の運命に思いを馳せる。

彼は、死ぬことは眠ることであると繰り返し言う。これはすでに述べたように、当時葬式の説教などで説かれていた死生観である。その教えによれば、死は心地よい眠りであり、現世の労苦や心配からの解放であった。だがハムレットはその考え方をたどりかけながら、死後に夢を見るかもしれず、それも悪夢かもしれないとたじろいでしまう。

そして死後の世界を「旅だった者はひとりも帰らぬ未知の国」'The undiscover'd country, from whose bourn/ No traveller returns'（七八―九行）と言う。その境界内に一旦足を踏み入れた旅人は誰も帰ってこず、なかの様子がわかっていない国という意味だ。中世においては、あの世は知られた世界であった。第二章で述べたように、死後の世界に旅立ちながら生きて帰り、自分が見てきた来世の様子を語る体験談（幻視文学）が多く残されている。『聖パトリキウスの煉獄』は幻視文学の代表例で、『神曲』や『真珠』もこの系譜に属する。『聖パトリキウスの煉獄』の場合は、物語のみならず、ステーション島の洞窟に一昼夜入れば、生きながら煉獄が体験でき、それによって死後の煉獄行きをまぬがれると信じられ、この地は巡礼地として人気を博した。ハムレットの台詞は「幻視文学」の真実性を否定し、中世の迷信を退けている。

対抗宗教改革を起こしたカトリック教会は、トリエント公会議最後の第二十五回総会議（一五六三年）で、教義として煉獄の存在を確認している。しかしカトリックのなかからも、来世を未知の国とする考え方が出てくる。ドミニコ会修道士ルイス・デ・グラナダは『祈りと瞑想』（一五五四年）で、死後の世界を「新しい未知の領域」とし、「そこは全く知られていないし、生きて旅した者は誰もいない」と言う。死んだ人間の魂は、「これからそこに旅立たなくてはならないが、その時、永遠の栄光か苦痛のどちらが自分の運命としてふりかかるかをも考えることになる」と彼は言い、煉獄での贖罪に言及することはない。死んだ後の「魂に関して、それがどうなるのか、どんな運命がふりかかるか、人にははっきりわからない。というのも、全能の神の慈悲を頼む希望が人を力づけ、慰めるかもしれないが、その一方自分自身の罪を思うと人は当惑し、恐れをなすだろうから。殊に自分の罪と共に全能の神の大いなる正義と深遠なる審判のことを思えばそうだろう[19]」。

ルイス・デ・グラナダの場合、死後の世界は未知であっても神の審判が下ることは確実とされている。わからないのは、その審判がどう下るかである。それゆえ生前の振る舞いが重要になってくる。だがハムレットにとっては、死後の世界はいっさい明らかでないのだ。

プロテスタントについて見てみると、イギリスのプロテスタントに大きな影響を及ぼした、スイスの神学者ブリンガー（一五〇四―七四年）が、霊魂についての説教のなかで煉獄と亡霊を批判しつつ、死を知らない国への旅にたとえたクリュソストモス（四世紀の教父）の一節を引いている。

［クリュソストモスは言う、］もし旅に出た人々が、たまたま知らない国に来てしまったら、道案内がいない限りどこに行ってよいかわからないだろう。ましてや魂は、肉体を離れ、全く新しい生活と知らない道に入ったとき、どこに行くのかわからないだろう、導き手がいない限りは！　正しい人々の魂が死後、道に迷うことがないのは、聖書の多くの箇所から証明できよう。（……）そして悪人の魂はこの世にとどまったり、住処をもったりすることはできない（……）肉体から出た後の魂は定めの場所に連れて行かれ、戻りたいと思っても勝手に戻ってくることはできず、あの恐ろしい審判の日を待つのである。▼20

『ハムレット』とブリンガーの説教との違いも明らかである。導き手のいないハムレットは迷っている。彼は何が気高い生き方かを考えるときに、死後の審判を判断基準にすることができない。絶対的な倫理規範を持つことなく、いかに生き、いかに死ぬかという問題に、ハムレットは直面させられる。これは現代人の多くが抱えるジレンマであり、それゆえこの作品は今に至っても色褪せないのだ。この独白で、ハムレットは高潔な生き方とは何かを考えるが、未知なる死後の世界への恐怖からただおめおめと生き延びる方向に流されていってしまうのである。

5　墓場の場面

第四独白では死後の霊魂の運命が考察されていたが、対照的に死というものを全く即物的に示すのが、五幕一場の墓場の場面である。ここでは、墓掘り人夫が冗談を飛ばし、歌を歌いながら墓穴を掘っている。そこにハムレットがホレイショーと登場し、その様子を見て、「この男、自分の仕事がわかっているのかな、墓を掘るのも鼻歌まじりとは」と驚く（六一―二行）。ハムレットは、墓掘り人夫がつぎつぎ掘り出す古い頭蓋骨を見て、その生前の姿を想像する。最初の頭蓋骨を策略家か宮廷人のものと推測し、もとは「何のなにがし閣下」と呼ばれていたのに、今では「蛆虫婦人の所有物」となって墓掘り人夫の鋤《すき》にこづかれている、「これこそ有為転変の立派な見本だ」と言う。次の頭蓋骨は法律家のものではないかと想像し、生前土地の買い占めをしたかもしれぬこの男が、最後に買い入れた土地、つまり自分の埋められている土地といったら一対の契約書の大きさほどしかないのかとの感慨をもつ（七一―一〇五行）。

ハムレットのこのグロテスクで奇抜な発想は、カトリックの宗教的瞑想のひとつで、メメント・モリ（死を忘れるな）の教えに基づき、自分の死後、死体が墓のなかで朽ちていく様子を想像するものに由来する。カトリックの瞑想は、イグナティウス・デ・ロヨラが、中世以来の伝統を踏まえ、自らの神秘体験を普遍化した『霊操』を著して完成させたもので、一五四八年にそれが教皇に認められると、対抗宗教改革の高まりと共に盛んになった。さきほどのルイス・デ・グラナダの『祈りと瞑想』はその代表例であるが、[21]そのなかに次のような記述がある。

［死について瞑想する者は］考える。地下に用意される自分の住処は狭くて窮屈だろう。またそれは暗く、悪臭を放ち、蛆虫や骨、死人の頭蓋骨に満ちあふれている。そのためとても恐ろしく、生きている者なら見ただけでいやになるだろう。（……）

まず考えてみよ、魂が離れたあとで肉体がどんなありさまになるかを。生きているときの王子の体ほど尊ばれるものはないだろう。だが死んだとき、その同じ肉体以上に卑しむべき忌まわしいものがあろうか。そのとき、かつてのあの王子の威厳はどうなるのか？　あの王族の立ち居振る舞い、輝かしい荘厳な姿はどこにあるのか？　あの高い権威と王者の風格は？（……）

そして地面に七、八フィートの長さの穴を掘る（全世界をもってしても納まりきらなかったアレクサンダー大王のためのものでもそれ以上は長くない）、その小さな部屋だけで彼の体は満足しなければならない。そこに彼のとこしえの家は定められる。（……）そこに蛆虫がやってきて彼を楽しませる。（……）そこで死者たちの骸骨が接吻をして彼を迎える。（……）そして墓掘り人夫が鋤とつるはしを手にとって、遺骨をつぎつぎと放り投げ、彼の土の上を堅く踏みならす。（……）

浮世の有為転変はとても激しいので、時がたって、なにかの建物が汝《なんじ》の墓のそばに建てられることになるかもしれぬ。（……）そして壁のしっくいを作るために同じ場所の土を掘ることになり、そのときは土と化している汝のあわれな体は、のちには土壁となるかもしれぬ。今はこの世の肉体のなかで、もっとも高貴でもっともいつくしまれている体であったとしてもである。そしてこれまでいかに多くの王や皇帝の肉体が、こんな出世を遂げたことかと汝は思うのだ。[22]

さて『ハムレット』で三番目に掘り出された頭蓋骨は、墓掘り人夫の話から、ハムレットもよく知っている、王の道化ヨリックだとわかる。ハムレットは、ヨリックの頭蓋骨を手にとって、「よくおぶってもらったが、それが、どうだ——考えただけでもぞっとする。胸がむかつく。このあたりに唇がついていたのだな、おれがよく接吻した。おまえの皮肉はどこへいった？　おまえの道化踊りは、歌は、頓知《とんち》のひらめきは？　満座の者をどっと笑わせたじゃないか」と言う。そして、アレクサンダー大王も土のなかではこんな悪臭ふんぷんたる無残な姿になったのだろうかとそばにいるホレイショーに尋ね、アレクサンダーの亡骸《なきがら》が土となり粘土となって酒樽の栓にされることを想像する。最後はシーザーが死んで土塊となり、壁穴をふさぐのに使われるという戯《ざ》れ歌を歌う（一六三—二〇五行）。このようにルイス・デ・グラナダの『祈りと瞑想』と『ハムレット』には、細部のイメージに至るまで共通点が見られる。マーツによれば、対抗宗教改革を起こしたカトリック教会は、宗教的瞑想の本を多数イギリスに送り込んでいたという。プローサーが指摘するように『祈りと瞑想』の英訳は一五八二年に出て以来、何度も版を重ねていることから、この本が『ハムレット』の下敷きになった可能性は高い。[23]

プローサーやロウランド・フライは、『ハムレット』の墓場の場面の背景にこの宗教的瞑想の伝統があることを強調し、そこには現代の観客がともすれば感ずるような、病的な死の強迫観念は全くない、と言う。[24]だが墓場の場面は、墓掘り人夫とその相棒という二人の道化が登場するコミカルな場面であり、そこでは自らの死と肉体のはかなさを思い描く宗教的瞑想がひっくり返され、ハムレットは掘り出された頭蓋骨を見てその生前の姿を想像している。これは、宗教的瞑想のパロディーなのだ。

両者にはもうひとつ大きな違いがある。ルイス・デ・グラナダの死についての瞑想では、魂が肉体を離れた後にたどるべき二つの旅があるという。そのひとつは引用した死後の肉体の旅だが、さらに重要で、瞑想の主眼が向けられるべきもうひとつの旅は、先ほど触れた、審判に至る魂の旅である。まず肉体が滅びるさまを思い描き、ついで魂のゆくえ、特に神の審判の厳しさを想像するのが、宗教的修行としての死の瞑想であった。[25]

これに対して『ハムレット』の墓場の場面には魂の旅がない。肉体が土になって壁土に使われるというルイスの奇抜な発想が、『ハムレット』ではふざけた戯れ歌で表現され、それで墓掘り人夫とのやりとりが締めくくられている。『ハムレット』で「魂の旅」に相当するのは先ほどの第四独白で、そこでハムレットは死後の世界を未知の国であるとして、あの世での魂の旅を思い描くことができなかった。結局ハムレットはおどけた調子で現世のはかなさを歌ってみせるしかない。墓場の場面では、魂の救いは求められず、死後の肉体の旅についてのグロテスクな瞑想が茶化されている。そこにはやはり不気味なアイロニーを感ぜざるを得ないのである。

6　悲劇の結末

ハムレットは、クローディアスのたくらみで、イギリスに送られ殺されるところだったが、船上での自らの機転と幸運のおかげで生きて帰国し、その顚末をホレイショーに語る。この経験から彼は、「無分別がかえって役に立ち、深謀遠慮が失敗を招くことがある。そこから人間がどんなに荒削りをしても、仕上げをする神意というものがあることがわかる」との認識に達している（五幕二場七―一一行）。そして、クローディアスの前でレアティーズとフェンシングの試合をすることに応ずる。彼の身を案ずるホレイショーに、ハムレットは言う。

（……）前兆など気にはしない。雀一羽落ちるも神の摂理。いま来るのなら、あとには来ない。あとで来ないなら、いま来るだろう。いま来なくても、いずれは来る。覚悟がすべてだ。手放す命のことは誰もわからぬ。ならば早く手放したとて、それが何だというのだ。かまうことはない。

（五幕二場一九七―二〇二行）

この台詞は、次のイエスの言葉を踏まえている。

体を殺しても、魂を殺すことのできない者を恐れるな。むしろ、魂も体も地獄で滅ぼすことのできる方を恐れなさい。二羽の雀が一アサリオンで売られているではないか。だが、その一羽さえ、あなたがたの父のお許しがなければ、地に落ちることはない。

（「マタイによる福音書」一〇の二八―九）

覚悟が肝心ということも、「だから、目をさましていなさい。いつの日、自分の主が帰って来られるのか、あなたがたにはわからないからである」（同二四の四二）等のイエスの言葉があり、またルイス・デ・グラナダを初め、カトリック、プロテスタント双方の指導者たちが、死はいつ訪れるのかわからないので、常に心の準備をするようにと説いている。[26]

第四独白で、ハムレットは死後の世界を異国としてとらえ、そこに行くことに尻込みし、あたかも行かずにすますことも可能であるかのような言い方をしていた。だが墓場の場面を経て、死は必ず来ることを覚悟したのである。またイギリスに向かう船上での体験から、自分の運命を神の摂理に委ねる態度を会得したと言える。しかしイエスの言葉と対比するとわかるように、ここでもハムレットは魂の救済について言及していない。運命を神に委ねて迷いを脱したハムレットの態度は宗教的と言えようが、カトリック、プロテスタントを問わず、死後の魂の審判をすべての前提とした当時の教会の教えからは逸脱している。

ハムレットはクローディアスとレアティーズの陰謀により、毒を塗った剣に刺されて死ぬ。ホレイショーはハムレットの死を嘆き、「おやすみなさい。王子様。天使の歌声に護られて眠り（rest）につかれますよう」と宗教的な告別の言葉を述べる（五幕二場三四三―五行）。

しかしハムレット自身は死に瀕して、ノルウェー王子フォーティンブラスを次のデンマーク王に指名し、そのことを本人に伝えるようホレイショーに頼むと、「あとは沈黙」(三四二行)と言い残して事切れていた。簡単な遺言を伝えて、ハムレットは口を閉ざす。と同時に、死後の世界は沈黙の闇に閉ざされているのだ。

そして芝居は、「時を得れば、名君と謳《うた》われたであろうに」とハムレットを悼《いた》み、「軍楽を奏し、礼砲を放って、盛大に見送るのだ」と命ずる(三八一―四行)、フォーティンブラスの全く現世的な言葉で終わる。

一五六〇、七〇年代に主に上演されていて、シェイクスピアも少年時代に故郷ストラットフォード・アポン・エイボンの町で観た芝居は、中世以来の「道徳劇」、すなわち寓意的なキャラクターが登場し、教訓的な内容をもつ宗教劇だった。[27] その代表作のひとつ『堅忍の城』(一四二五年頃)では、物語が主人公の来世まで続く。主役の「人間」は、「善天使」、「愛徳」、「節制」といった良友と、「悪天使」、「快楽」、「貪欲」らの悪友との間を行ったり来たりするが、罪に陥ったときに「死」に襲われる。「人間」はいまわの際に罪を悔い、絶命する。さらに芝居は続き、臨終の床の下から人間の「霊魂」が這い出てきて、「父」の御前《みまえ》で法廷が開かれる。弁護する「慈悲」と「平和」、地獄行きを主張する「正義」と「真理」によって争われるが、最後に「父」の審判が下り、「霊魂」は「父」の慈悲によって天国入りを許される。[28]

一五八〇年代以降、このような寓意性を脱した、新しい劇が次々と生まれたが、それでもマーロウの『フォースタス博士』には道徳劇の要素がまだ残っていた。具体的な登場人物に加え、「善天使」や「悪天使」、七つの大罪の寓意的化身たる「高慢」や「嫉妬」らが登場するこの芝居では、主人公フォースタスが、魔術によってメフィストフィリスを呼び出し、悪魔ルシファーに魂を売って、二十四年間、思うがままの快楽を享受する。最後になって救いを求めるも、時すでに遅く、契約期間が切れると同時に彼は地獄に引きずり込まれる。

これに対し『ハムレット』の結末には、ホレイショーの簡単な告別の言葉を除けば、死後の世界への言及がない。『ハムレット』は死で終わる。『ハムレット』の悲劇とは、ハムレットの死である。中世においては、死以上に、死後魂が救われるかどうかが問題であった。宗教改革を経ても、キリスト教の教義において死後の審判が重要であることに変わりはなかったが、近代になると死後の世界は次第に見えなくなり、死そのものが悲劇的ととらえられるようになっていった。「エリザベス朝悲劇はそれ以前のいかなる劇と比べても遥かに死と関わり、当時の人々にとって悲劇とは死で終わる劇であった」とセオドア・スペンサーは言う。[▼29] 過渡的な要素をもった『フォースタス博士』も含めて、エリザベス朝悲劇はすべて死で終わっている。死の終局性によって、近代悲劇は誕生したのである。

7 『ハムレット』と葬送儀礼

『ハムレット』には死後の世界が未知の国となった、新しい、近代的な死生観が示されていると言える。しかし、それ以前の考え方は完全に否定されているのだろうか。結局、亡霊は芝居のなかだけの無意味な存在ということになるのだろうか。もう一度ハムレット王の亡霊に立ち返って考えてみたい。

シェイクスピアが『原ハムレット』にどう手を加えたのか、『原ハムレット』が残っていないのではっきりしたことはわからない。ただ『原ハムレット』には「ハムレット、復讐しろ」と亡霊が叫ぶ場面があったと思われ、それが『ハムレット』でも「極悪非道な殺人に復讐せよ」（一幕五場二五行）という亡霊の台詞になっている。しかし亡霊が最後にハムレットに伝えるメッセージは復讐の命令を繰り返すことではなく、「さらば、さらば、さらば、私を忘れるな（'remember me'）」（九一行）である。亡霊が消えるとハムレットは「忘れるなだと？　ああ、哀れな亡霊よ（'Remember thee?/ Ay, thou poor ghost.'）、わかった、この混乱した頭に記憶が宿る限りはな。忘れるなだと？」（九五―七行）と意外なメッセージをすぐには飲み込めない様子を見せるとともに、亡霊を哀れんでいる。そして同じ独白の最後でもう一度「さあ俺の座右の銘だ。『さらば、さらば、私を忘れるな』誓ったぞ」と自分に言い聞かせる（一一一―二行）。

亡霊は自分が「聖餐も受けず、聖油も塗られず、懺悔もせぬまま」（七七行）罪にまみれた状態で命を絶たれたと言う。これは、カトリックの臨終の秘蹟を受けていないことを示唆する。カトリックでは、不慮の死を遂げ、しかるべき儀式を受けていない者は亡霊となって煉獄から帰ってくることがあると考えられていた。すると「私を忘れるな」とは、煉獄を一時的に抜け出した亡霊の「とりなし」を求める言葉ととることができる。シェイクスピアは、セネカ風の復讐を求める亡霊に、

「とりなし」を求めるカトリックの亡霊を重ね合わせているのだ。

ハムレットは、まだ父の死因について何も知らされていない、最初の登場の時、黒い喪服に身を包んでいる。クローディアスはハムレットに対し、「いつまでも悲嘆に暮れるのは、神を畏《おそ》れぬかたくなさ、女々しい感傷だ。天に逆らうわがままな意思、弱い心、忍耐に欠ける精神、単純で抑えのきかぬ知性を示すものだ」（一幕二場九二―七行）と言う。ハムレットの喪服姿は再婚した母ガートルードへの抗議と考えられるし、クローディアスの台詞は自分の罪を隠そうとしている殺人者の偽善的な言葉だ。だがグリーンブラットによれば、『ハムレット』が書かれる五十年前からプロテスタントの牧師は葬式においてクローディアスと同じ趣旨の説教をしていたという。敬虔な死者はすでに救われているのだから、遺族は過度に嘆くべきではないのだ。一五四七年に「とりなし」の儀式の制度は廃止され、一五五二年の改訂版祈禱書では、葬儀において死者の霊に呼びかけることがなくなった。[31] 死者は生者の手の届かないところに行ってしまったのである。芝居の筋立てとは切り離して、このような背景に照らしてみると、クローディアスの言うことは国教会の教えにかなっている。

イギリスの宗教改革は葬儀を簡略化し、「とりなし」の儀式を廃止した。だがそれによって国教会の考えるカトリック的「迷信」を消し去ることは、簡単にはできなかったとマーシャルは言う。一般の人々の意識から煉獄の概念がなくなっても、やはり人々は近親者の死後の運命に強い関心を持ち続けた。[32] むしろ儀式が簡略化されたために、人々はかえって死別の悲しみを自己の内面において引き受けなくてはならなくなったのである。『ハムレット』執筆に先立つ一五九六年、シェイクスピアは息子ハムネットの死に接してそれを体験しただろう、とグリーンブラットは推測する。[33] 死は終わりであり、死後の世界は未知であるという認識、それにも関わらず、愛する人への思いは死を隔てても断ち切れないという心情が『ハムレット』には盛り込まれている。それは復讐劇という本来単純な枠組みとは釣り合わず、それゆえに『ハムレット』では、情緒が客観的相関物の器からあふれ出てしまうのだ。

第五章　生の讃歌と死者への思い
――『クリスマス・キャロル』

1　イギリス啓蒙主義時代の亡霊

『ハムレット』（初演推定一六〇二年）は亡霊が登場し、亡霊のもつ意味が重要な問題となる芝居であった。これから扱うディケンズ（一八一二―七〇年）の『クリスマス・キャロル』（一八四三年）も亡霊の出てくる話であり、この作品の副題は「クリスマスのゴースト・ストーリー」となっている。あとで見るように『クリスマス・キャロル』の冒頭の箇所には『ハムレット』の亡霊への言及がある。『ハムレット』と『クリスマス・キャロル』で亡霊のもつ意味はどう違うのだろうか。それを考える上で、まずこの二つの作品の間の時代において、亡霊に対する見方がどう変わったのか概観しておきたい。

宗教界の動向

宗教改革は亡霊を消し去ることができなかった。教義によって煉獄の存在が否定されても、死者の霊は出現し続けたのである。「とりなし」の儀式が否定されると、人々は儀式以外のものに慰謝を求めるようになる。そこで亡霊があとに残した家族の前に現れ、家族を慰めるといったゴースト・ストーリーが儀式の代わりを果たすようになった。

英国国教会の亡霊に対する考え方も、ピューリタン革命（一六四二―九年）と王政復古（一六六〇年）を経て大きく変化する。カトリックが亡霊を煉獄からやってくる死者の霊としたのに対し、煉獄を否定した国教会は、悪魔の仕業か憂鬱症による妄想、もしくはカトリック教徒の芝居であるとしていた。だが王政復古後は、煉獄の存在は否定しつつも、死者の霊としての亡霊の存在を積極的に認めるようになる。

その背景には、革命期に水平派《レヴェラーズ》、喧噪派《ランターズ》、真正平等派《ディガーズ》といったラディカルな新宗派が誕生したことがある。これらのグループはそれぞれ、宗派としての統一的な教義をもっていたとは言いがたいが、その指導的地位にある人物のなかに来世の存在を否定する者がいた。王政復古によって彼らは政治的には敗れ去ったものの、国教会にとってこれら新宗派の思想は大きな脅威であった。カトリックに代わり、新宗派が当面の敵として浮上してくる。国教会は彼らを「無神論者」であるとし、思想的混乱を防ぐために来世、復活、聖霊の教義を人々に説くべきであると考えた。そこでゴースト・ストーリーを進んで利用したのである。

一方、十七世紀の終わりから十八世紀にかけ社会が安定してくると、時代に即応した新たな思想として理神論が台頭する。理神論とは、神は自ら定めた自然法則を破ってまで、人間に対し、奇蹟や驚異によって介入してくることはない、という考え方である。先駆的なシャーベリーのハーバート（『真理について』一六二四年）の影響を受けたジョン・ロックは『キリスト教の合理性』（一六九五年）を著し、さらにトーランド（『神秘なきキリスト教』一六九六年）、マシュー・ティンダル（『天地創造以来のキリスト教』一七三〇年）らの思想家が出る。

これに対し、神は慈悲によって人間に関わってくると説き、ゴースト・ストーリーを好んで用いたのが、メソジスト教会の創始者ジョン・ウェスリー（一七〇三―九一年）である。彼はもともと国教会の聖職者だった。国教会は王政復古以来、亡霊の存在を肯定しており、その出現を神の慈悲のしるしとして説く聖職者は他にもいた。だがウェスリーらが起こした信仰覚醒運動は、一般に支配者階級の間で啓示宗教への関心が薄まりつつある時代にあって、大衆の心をつかみ大いに目立った。そのためウェスリー自身は国教会からの独立を考えていなかったにもかかわらず、奇蹟や驚異を吹聴して大衆に危険な宗教的熱情を植えつけていると非難され、独自の活動を余儀なくされる。このメソジズムは、十八世紀の後半にはイギリスとアメリカで大きな広がりを見せることになる。

メソジストの機関誌『アルミニアン・マガジン』には、ゴースト・ストーリーを初めとする超常現象の話が多く掲載された。なかでも有名なのが、やはり国教会の牧師だったウェスリーの父サミュエルが家族と住んでいたエップワースの牧師館に出没した亡霊の話である。

一七一五年十二月一日にウェスリー家のメイドが断末魔の呻《うめ》き声のようなものを聞く。これを皮切りに、翌年の一月いっぱいにかけて牧師館では連夜、奇妙な音がしたという。ウェスリー家の子供たちは、数年前に牧師館で亡くなった男の名をとって、この亡霊をオールド・ジェフリーと名づけた。少年ジョンはこの期間不在で出来事を直接体験することはなかったが、家族の話に強い関心を抱き、これをきっかけに超常現象に惹かれるようになったと言われる。彼は亡霊を、父サミュエルに対する戒めであるととらえた。そして一七八四年になって『アルミニアン・マガジン』にこの話を連載し、神が人間に直接関わってくることの証左としたのである。

人気を呼んだこのオールド・ジェフリーのゴースト・ストーリーを激しく攻撃したのが、ユニテリアンのジョーゼフ・プリーストリー（一七三三—一八〇四年）だった。ユニテリアンは三位一体を否定し、神の単一性を主張して、キリストの神性や目に見えない聖霊の働きを認めない、非国教会系の宗派である。プリーストリーは亡霊を異教の迷信であるとして、それを取り入れたことをキリスト教信仰の堕落のひとつに数えている。

一七八九年にフランス革命が起き、九三年に英仏は戦争状態になる。プリーストリーはフランス革命の理念を支持した。これに対し、体制側の英国国教会は、フランスに無政府主義、無神論の国とのレッテルを貼る。そして、国民の愛国心を鼓舞し、その倫理観・宗教心を涵養《かんよう》する手段として、この時期、ふたたびゴースト・ストーリーを盛んに利用するようになった。[1]

エンターテインメント化を象徴するコック・レーンの亡霊事件

実際に起きた亡霊の事件として、エップワースのオールド・ジェフリー以上に知られているのが、コック・レーンの亡霊である。ロンドン、セント・ポール寺院近くの路地コック・レーンに面したある家では、かねてより夜半になると物をたたいたりひっかいたりする音が響きわたるなどの現象が起きていたが、一七六一年の暮れから翌年の一月にかけてそれが大がかりに再発する。家主のリチャード・パーソンズと妻のエリザベスは、これをかつての借家人でその後亡くなったファニー・リンズの亡霊であるとし、同居していた内縁の夫ウィリアム・ケントにより彼女は殺害されたと主張。近隣の国教会の牧師でありながらメソジストに共鳴するジョン・ムアはパーソンズ夫妻の話を信じ、地元紙『パブリック・レジャー』(*The Public Ledger*)に事件を報じる広告を出した。これがきっかけになって、この話はロンドン中に知れわたることになる。

この亡霊は、主にパーソンズ夫妻の娘ベティの周囲に出没した。質問をすると、ノックが一回でイエス、二回でノーという答え方をして、自分はファニーの霊であり、ウィリアム・ケントに殺されたと告げた。パーソンズ夫妻は入場料を取って、ベティの眠る寝室で降霊会を開く。毎晩の降霊会には多くの人がつめかけ、著名人も臨席した。国会議員で作家のホラス・ウォルポールは、ヨーク公らと共に訪れたが、友人に宛てた手紙でこれを茶番とみなしている。やがてロンドン市長の命によって、国教会の聖職者スティーヴン・オールドリッチのもとに調査委員会が形成され、そのメンバーには文壇の大御所サミュエル・ジョンソンも加わった。オールドリッチ委員会の調査により、ノックの音はベッドに横たわるベティが板を使ってたてていたことが発覚。裁判が行われ、パーソンズ夫妻、近隣の住人で、降霊会で霊媒の役を演じたメアリー・フレイザー、およびジョン・ムアがウィリアム・ケントに無実の罪を着せようとした科《とが》で有罪になった。浪費家のリチャード・パーソンズは、ウィリアム・ケントとの間に金銭上のトラブルを起こしていた。
サミュエル・ジョンソンはコック・レーンの亡霊を本物と信じたわけではなかったが、ファニーの遺体が安置されている教会で自分が本物である証拠を示すという亡霊の意思表示を受け、調査団の他のメンバーと共にその教会に出向いたことがあった。だが、そこでは結局何も起こらなかった。著名な知識人でありながら、のこのこ出かけていって一杯食わされた、と彼は、詩人チャールズ・チャーチルに「亡霊」という諷刺詩でからかわれる。諷刺画家のホガースは「軽信、迷信、狂信」と題する版画で、この事件にからめてメソジストを嘲笑した。また「コック・レーンのいかさま」('Cock Lane, Humbug') と題するブロードサイド・バラッド（片面刷りの紙に印刷された俗謡）が出回った（のちにディケンズは『二都物語』冒頭において、揶揄する調子でこの亡霊事件に触れ、『ニコラス・ニクルビー』第四十九章、『ドンビー父子』第八章でも言及している）。
一方、リチャード・パーソンズは刑罰の一部としてさらし台にさらされたが、物を投げつけられるようなことはなく、同情が集まって、さらし台のまわりで彼のための募金が行われたという。[2]
クリアリーはこの亡霊騒ぎを、超常現象が「現実」から「見せ物」へと変化しつつあったことを示す象徴的な事件としてとらえている。これを境に亡霊が信じられなくなったというのではない。調査委員会が結論を下した後もこの亡霊を本物と信ずる人々はいたし、亡霊信仰はこの後も続いた（その一方、亡霊信仰に対する揶揄やあざけりはこれ以前にも見られた）。だがコック・レーンの亡霊事件においては亡霊を信ずる人も信じない人も共にそれを楽しんでおり、亡霊は商品化されていたのである。[3] そして十九世紀に入ると、幻灯機によって亡霊を見せるファンタズマゴリアという見せ物が

ホガース「軽信，迷信，狂信」。1762年。

はやるようになる。ファンタズマゴリアの初期の観客は、映し出された亡霊を本物ととらえたようであるが、そこではもはや亡霊は宗教的教訓の担い手ではなくなっていた。[4]

フィクションとしてのゴースト・ストーリー

亡霊が娯楽の対象となる傾向は、亡霊信仰が続く一方で、早くから除々に形成されてきていた。シェイクスピアの時代、復讐劇に亡霊が登場したことは前章で触れたが、王政復古の時代には、その頃急速に流行しはじめたブロードサイド・バラッドやチャップブック（行商人が売り歩いた廉価本）で、ゴースト・ストーリーがよく語られた。亡霊が生前の罪を告白したり、殺された人物が亡霊となって出てきて悪事を暴くといった内容のもので、宗教的もしくは社会正義的な教訓をもっていたが、現実と空想が入り交じり、素朴な劇的効果を生んでいた。[5]

世紀が代わる頃から、次第にフィクションとノンフィクションの区別が意識され始める。そして十八世紀は、ジャーナリズムと小説《ノヴェル》が興隆した時代だった。ノンフィクションのジャーナリズムに対し、小説《ノヴェル》はフィクションでありながらリアリズムを旨とし、現実に起こりそうな出来事を写実的に描いたという点で、それ以前の物語《ロマンス》とは異なっていた。ジャーナリストとして出発したダニエル・デフォー（一六六〇―一七三一年）は、六十歳近くになって小説《ノヴェル》の原型ともいえる『ロビンソン・クルーソー』（一七一九年）を書いた。その後小説《ノヴェル》はリチャードソン、フィールディングらの活躍により発展を遂げる。

そのデフォーは、一七〇六年に出た『ミセス・ヴィールなる人物の亡霊についての本当の話』というゴースト・ストーリーの作者と目されている。これは前年に、カンタベリーに住むバーグレイヴ夫人のもとに旧友のミセス・ヴィール（ミセスは女性一般に対する敬称、ミセス・ヴィールは独身だった）が突然訪ねてきたが、実は彼女はその時すでに亡くなっていたという亡霊事件を扱ったものである。デフォーは、亡霊を死んだミセス・ヴィールの霊であるとし、事件当時にあった、この亡霊に対する懐疑的な見方を否定している。しかし、実話と銘打ちながら、この話では客観的記述より効果的な語り口が優先されており、ゴースト・ストーリーがフィクションの領域に移行し始めたことを示す一例ともみなしうる。▽6

十八世紀の後半には、亡霊の出現や怪奇現象を特徴とするゴシック・ロマンスというジャンルが誕生する。これは、この頃主流になっていたリアリズム小説に対し、現実に縛られずに想像力を働かせることでフィクションの持つ可能性を広げようとする動きと言え、その後のロマン主義につながるものである。ゴシック・ロマンスは、実話としてのゴースト・ストーリーとは全く異なり、明確にフィクションとして構想された。その流行のきっかけを作ったのが、ホラス・ウォルポールである。彼は、コック・レーンの亡霊に対する態度からわかるように、亡霊の実在性に対して否定的だった。▼7 最初のゴシック・ロマンスと言える『オトラントの城』（一七六四年）を書いた時、ウォルポールは、この作品を世に問うことにためらいを感じ、変名を用いた上に、自分は作者ではなく翻訳者であると偽った。初版の序文において彼は、中世イタリアを舞台とするこの作品は、イングランド北部にあるカトリックの旧家で発見されたものだと述べる。その執筆年代はおおよそ十一世紀の終わりから十三世紀中頃と推定され、話の内容は「キリスト教の暗黒時代に信じられていたような代物」だが、言葉遣いや筋の運びに見るべきものがある。ただ、「今日ではこの作品はエンターテインメントとしてしか提供できないし、そうであっても何らかの弁解が必要である」と彼は言う。というのも、十八世紀の今日では「奇蹟、幻、妖術、夢その他の超常現象は物語《ロマンス》からも放逐され」ているからである。このように、ウォルポール自身はもはやゴースト・ストーリーはフィクションのエンターテインメントでしかないと考えていた。彼は、リアリズムに基づかない作品を世に出すことで批判されるのを恐れたのである[8]（『オトラントの城』は実際に発売されると大変な人気を博し、第二版の序文でウォルポールは、自分が作者であることを明かしている）。

一七九八年、ワーズワスとコウルリッジによる『抒情歌謡集』出版をもって、ロマン主義の時代が始まる。この詩集に収められたコウルリッジの唯一の詩、「老水夫行」は、幽霊船の出てくる超自然的な物語詩である。コウルリッジは『抒情歌謡集』における自らの創作原理を『文学的自叙伝』（一八一七年）第十四章で説明しているが、そこで「不信の中断」という言葉を用いた。超自然的な内容の文学作品においては、読者はそれが実際にあり得るかという判断は括弧にくって作品の世界に入ることを求められる、ということがここで明らかにされた[9]。

以上のような背景のもと、チャールズ・ディケンズ（一八一二―七〇年）が登場する。一八三〇年代からのヴィクトリア時代は、ふたたびリアリズムの小説が隆盛を極めた時代であり、彼はその代表的な作家とされているが、『クリスマス・キャロル』は、読者に対し、その虚構性を印象づけた上に、なおかつ「不信の中断」を求めるゴースト・ストーリーであった。

2　ゴースト・ストーリーのパロディー

『クリスマス・キャロル』（一八四三年）とは、守銭奴スクルージのもとに、かつての共同経営者マーリーの亡霊が現れ、ついでマーリーが遣わした過去、現在、未来の三人のクリスマスの霊が、それぞれスクルージを時空の旅に連れて行く。そしてその結果、この偏屈な老人が改心するという物語である。発表当時から大変な評判を呼んだこの作品は、クリスマスの楽しくて心温まる雰囲気を体現した話として、現在も広く親しまれている。

しかしながらこの『クリスマス・キャロル』の冒頭では、「死んでいる」(dead) という言葉が執拗に繰り返される。「最初に言っておくが、マーリーは死んでいる。そのことには何の疑いもない」という出だしでこの物語は始まる。つぎの段落は「老マーリーはドア釘のように死んでいる」という一行のみ。改行があって、死んでいるもののたとえとしてはドア釘より棺桶の釘の方がふさわしいようにも思うのだが、このおきまりの比喩には先祖の知恵が込められているので、勝手に言葉を乱すことはできない、と語り手は言い、もう一度「マーリーはドア釘のように死んでいる」と繰り返す。スクルージもマーリーが死んだことをよく承知していたと語り手は強調した上で、『ハムレット』を引き合いに出す。

マーリーが死んでいることには一点の疑いもない。このことをはっきり理解しておいてもらわないと、これからお話しする物語が不思議（wonderful）でも何でもなくなってしまう。ハムレットの父親があの劇の始まる前に死んでいたということをよく承知しておかなかったら、夜、東風の吹くなか、その父親が自分の城の城壁の上をうろついたところで目を見張ることは何もない。そこらの中年紳士が気弱な息子を驚かそうと、暗くなってから向こう見ずにも、どこか吹きさらしの場所に――たとえばセント・ポール寺院の境内にでも――出かけていくのと変わりないことになってしまう。（三三―四）

『ハムレット』の亡霊への言及により、これから始まる物語にマーリーが亡霊となって出てくることが示唆される。語り手は『ハムレット』同様、この物語も、本物の亡霊が登場する、「不思議・驚異的」な話なのだと主張しているのである（ディケンズは『ハムレット』の亡霊は父王の霊であると単純に考えていたものと推定される）。だがそのユーモラスな語り口が、この物語とシェイクスピア悲劇との乖離を示している。

ここではハムレットに加え、もうひとつセント・ポール寺院という固有名詞が挙がっている。なぜ中年紳士が気弱な息子を驚かす場所としてセント・ポール寺院の境内が例に挙げられているのだろうか。すでに述べたようにこの近くにはコック・レーンがあり、コック・レーンの亡霊が有名になるきっかけを作った新聞社『パブリック・レジャー』はセント・ポール寺院の境内にあった。セント・ポール寺院は、コック・レーンの亡霊の連想を伴う場所と言える。マーリーの亡霊が出現したとき、スクルージは初め信じようとせず、「ばかばかしい」（'Humbug!'）、「やっぱりばかばかしい」('It's humbug still!')と繰り返しているが(四三—四)、これはバラッド「コック・レーンのいかさま」('Cock Lane, Humbug')を踏まえた表現と考えられる。はっきりと名前は挙げていないものの、ディケンズはコック・レーンの亡霊を意識している。スクルージはマーリーの亡霊と対面し、相手を本物と認めることになるが、この亡霊にはコック・レーンのにせの亡霊がオーバーラップするのである。

この作品にはさらに、やはり直接名前は挙がっていないものの、にせものの亡霊が登場する文学作品も踏まえられていると考えられる。フランスの作家ル・サージュの『悪魔アスモデ』(一七〇七年)の第七章に、ある宿屋の給仕が亡霊に扮して客や店の主人を驚かすエピソードがある。その給仕は夜中になると黒い外套に身を包み、焼き串を回す鎖を首に掛け、恐ろしげな鎖の音をたてて現れるのだが、泊まり客の軍曹に打ち据えられて正体を明かすことになる。ディケンズは『悪魔アスモデ』を子供のときからトバイアス・スモーレットによる英訳で愛読し、後述するように、現在のクリスマスの霊がスクルージにさまざまな人間模様を見せる場面は、この作品に着想を得たのではないかと指摘されている[10](また『骨董屋』第三十三章、『ドンビー父子』第四十七章には、この作品への直接の言及がある)。マーリーの死を強調し、その亡霊は人のいたずらではないと主張する先の引用が、『悪魔アスモデ』の話を踏まえている可能性も高いと言えよう。そして登場したマーリーの亡霊は、『悪魔アスモデ』の給仕扮する亡霊同様、鎖を引きずっている。だがマーリーの鎖は、生前金儲けのことしか考えなかった彼の罪を反映して、「鋼鉄を貯金箱、鍵、南京錠、帳簿、証書、重たい財布の形にして作られていた」(四四)という。王政復古期から十八世紀にかけて国教会やメソジス

『クリスマス・キャロル』。マーリーの亡霊。1843年。エッチング。

ト教会が説いたゴースト・ストーリーは、「実話」でかつ宗教的寓意をもっていた。だが『クリスマス・キャロル』に登場する亡霊は、滑稽なまでに寓意的で、全くリアリティーを欠いたものになっている。このようにマーリーが死んでいるという「事実」を、ふざけた言い回しで繰り返し強調しながら、その背後ににせの亡霊の話を暗示し、その上で過剰に寓意的な亡霊を登場させることは、語り手の主張とは裏腹に、この物語全体の虚構性を読者に印象づける効果をもたらすのである。

ディケンズの「クリスマスツリー」やワシントン・アーヴィングの「クリスマス・ディナー」(『スケッチブック』)[11]でも語られているように、イギリスではクリスマスに怪談をするのが習わしである。この習慣は十八世紀に起きた亡霊のエンターテインメント化のひとつの表れと言え、十九世紀になって一般に広まった。暖炉を囲んで怪談を聞くことは、当時の人々にとっておきまりの余興のひとつになっていた。ディケンズは『クリスマス・キャロル』の副題を「クリスマスのゴースト・ストーリー」としたが、『クリスマス・キャロル』出版直後の『オブザーバー』紙の書評には、この作品は通常の意味でのゴースト・ストーリーとは異なり、「迷信的なところが全くない」とある。[12]『ハムレット』の亡霊が相応のリアリティーをもって観客に迫った十七世紀とは異なり、当時の読者が、亡霊の話を基本的には迷信ととらえていたことがわかる。ディケンズは「信号手」というリアルなゴースト・ストーリーをのちのクリスマス(一八六六年)に書いているが、『クリスマス・キャロル』は、コック・レーンの亡霊騒ぎや『悪魔アスモデ』のにせもののゴースト・ストーリーを踏まえながら、自ら本物と主張するあやしげなゴースト・ストーリー、つまりゴースト・ストーリーのパロディーなのである。そこには、怖い話で楽しむのが習わしのクリスマスに、ユーモ

ラスなゴースト・ストーリーを提供することで、一層クリスマスを楽しめるものにしようという意図が見てとれる。▽13

3 『クリスマス・キャロル』の世俗性

ヴィクトリア時代の読者は、ゴースト・ストーリーに対し、もはや宗教的教訓を期待していなかった。だがクリスマスは宗教的な祭日である。『クリスマス・キャロル』は大変な人気を博したが、他方でクリスマスを扱っていながら宗教色が希薄であることへの批判の声もあった。スコットランドの小説家マーガレット・オリファントはディケンズのことを「クリスマスの七面鳥に初めて霊的な限りない力を見いだした人」と皮肉を込めて評し、ヴィクトリア時代を代表する評論家ジョン・ラスキンも「彼のクリスマスは、ひいらぎとプディングを意味していて、死者の復活でも、新しく星々が昇ることでも、賢者の教えでも、羊飼いでもない」と述べている。▼14『クリスマス・キャロル』に宗教色が全くないわけではない。この小説は「神よ、私たちを祝福してください。ひとり残らず」という言葉で結ばれている。現在のクリスマスの霊が見せる幻影では、教会の鐘が鳴って、晴れ着で着飾った人々が礼拝に向かうところがある。内容に直接関わるわけではないが、スクルージの家の暖炉のタイルにはさまざまな聖書の物語が描かれている。このように『クリスマス・キャロル』には、キリスト教的なメッセージや象徴が見られるが、それでもその中心思想が宗教的であるとは言いがたい。たとえばマーリーの亡霊がスクルージに語る次の台詞《せりふ》では、キリストの誕生にまつわる東方の三博士の話に言及しながら、宗教的な教義ではなく一般的な慈善が教訓として引き出されている。

「めぐりゆく一年のなかでこの季節になると、私は一番苦しむのだ」と亡霊は言った。「なぜ、大勢の仲間と共にいながら、目を背けて歩いていたのか。賢者たちをみすぼらしいあばらやに導いた、あの聖なる星をなぜ見上げなかったのか。その星明かりに導かれて訪れるべき貧しい家もあっただろうに」（四九）

この作品のクリスマス観は、クリスマスなんてばかばかしいと言うスクルージに対し、甥のフレッドが言う次の言葉に端的に表れている。

「（……）ぼくはいつもクリスマスがめぐってくると——その聖なる名前と起源に払うべき畏敬の念は別として——といっても何であれクリスマスに関連するものをそれと別にできるとしたらの話ですが——ああ、いい季節だと思うんです。やさしくなって、人が許せるようになり、思いやりの心をもてる楽しい季節。男も女も閉ざしていた心を一様に思う存分開いて、身分が下の人たちも墓場に至る旅の道連れのように感じ、行き先の違う別人種だとは思わない。一年の長い暦のなかでこんな時は他に知りません。だから、おじさん、ぼくはこれまでクリスマスだからといって金銀のひとかけらがポケットに入ったなんてことはないけれど、ぼくにとってクリスマスはいつも有益だったし、これからもそうだと信じているんです。だから、クリスマスに祝福あれ！　とぼくは言います」（三六―七）

ここではクリスマスが本来イエス・キリストの生誕を祝う聖なる日であることに言及しながらも、神の愛は括弧にくくられ、人間同士の友愛が強調されている。これが、この作品の中心思想と言えるだろう。

ところでクリスマスの歴史をたどってみると、その成り立ちは必ずしも聖なるものであるとは言えないのである。

4　クリスマスの起源と歴史

十二月二十五日がイエス・キリストの誕生日とされたのは四世紀になってからである。聖書にはイエス・キリストが何月何日に生まれたという記述はなく、初期キリスト教徒は主の誕生日を祝うことはなかった。クリスマスの起源は、むしろ異教の祭りにあったと考えられる。古代ローマでは、冬にサトゥルナリアという祭りがあった。これは春の到来を願って農耕の神サトゥルヌスを祀るもので、十二月十七日に始まり、一番盛んだった時には一週間続いた。人々は宴会を開いて浮かれ騒ぎ、キャンドルなどのプレゼントの交換が行われた。普段の規律を破って羽目をはずすことが大目に見られ、賭け事も公認された。奴隷も宴席に連なって主人と立場を逆にするなどの無礼講が許されたという。キリスト教教会はこの異教の祭りを取り込み、そこにキリスト教的な意味を賦与《ふよ》する意図でクリスマスを祝い始めたと推測されている。北欧やイギリスにも、ユールと呼ばれる冬の祭りがあった。ローマの祭り同様、一年の一番暗い時期に宴《うたげ》を催して陽気に過ごすものだが、亡霊や悪霊が出てくる時ともされていた。キリスト教の伝播と共に、ユールもクリスマスに同化される。中世イギリスではユールはクリスマスと同義に用いられ、北欧では現在もこちらの呼び方をしている。ユールログ（クリスマスイヴに暖炉で焚く大きな薪、またそれに似せたチョコレートケーキ）、クリスマスツリー、宿り木を吊す習慣など、クリスマスの風習にはユール起源のものが多い。クリスマスは冬の祭りの習慣をもつ異教徒たちを改宗させる手段であったと言えるが、逆に異教的・世俗的要素を取り入れてしまうという矛盾をかかえることになる[15]。

イギリスでは、中世初期から近代初期に至るまで、クリスマスはあらゆる階級の人々が心をひとつにして楽しく祝う祭りであった。とりわけ支配者階級にはもてなし《ホスピタリティー》の精神が求められ、十二日間にわたって祝うようになっていたクリスマスの期間、領主は屋敷の大広間を開放して、訪れるすべての人をもてなすものとされた。国王は盛大な祝宴を催し、それは十六、七世紀のチューダー王朝、スチュワート王朝の時代に絶頂を極める。だが一六四二―四九年のピューリタン革命によって大きな変化がもたらされる。教会は当初からクリスマスが放埓になることに危機感をもっていたが、ピューリタンはクリスマスそのものをカトリックの祭りとして嫌悪し、クロムウェルの共和国政府はこの習慣を廃止しようとしたのである。

クリスマスの祝い方の変化には政治的要因のみならず社会的要因もあった。十四世紀以降たびたび起こるペストの流行の結果、地主はクリスマスのもてなし《ホスピタリティー》の対象を親類縁者や同じ階級の者に限るようになっていき、貧しい人々には食料や燃料を贈り物として与える慈善《チャリティー》がもてなし《ホスピタリティー》に代わった。十六世紀以降、カントリー・ハウス（田舎《いなか》にある貴族や地主の邸宅）の大広間は小さく改築されたり、いくつかの部屋に仕切られたりするようになる。十七世紀になると地主の一部は資本家として事業を始め、冬はロンドンに滞在して田舎のクリスマスの習慣に無頓着になっていったという。だがクリスマスの習慣が完全にすたれることはなく、家庭において祝われ、また保守的な地方地主の屋敷では宗教的・社交的行事として命脈を保った。▼[16]

十九世紀になって、クリスマスはふたたび脚光を浴びるようになる。アメリカ人作家ワシントン・アーヴィングの『スケッチブック』（一八一九年）には、イギリスのクリスマスの様子とカントリー・ハウスで過ごしたクリスマスの体験を述べた一連のエッセイ（「クリスマス」、「駅馬車」、「クリスマスイヴ」、「クリスマスの日」、「クリスマス・ディナー」）が収められている。そこに登場するカントリー・ハウスの当主ブレイスブリッジ氏は「古いイギリスのもてなし《ホスピタリティー》のなにがしかを守ることに誇りをもっている」、「今日ではその純粋種はめったにお目にかかれぬ、昔のイギリス地方紳士の典型と言ってよく」、「昔の田舎のゲームや祭日のしきたりを復活させることの熱心な唱道者」である。▼[17]屋敷は開放されず、親類縁者が中心となって祝うといった近代的要素も見られるが、作者アーヴィングは虚実織り交ぜて、歌、踊り、ゲーム、ディナーでもてなされる、理想化された楽しいクリスマスを描いた。ディケンズはアーヴィングの強い影響のもと、『ピックウィック・ペーパーズ』（一八三六―三七年）第二十八章で、ディングリー・デルのウォードル邸でのクリスマスを描いている。

5 『クリスマス・キャロル』に描かれたクリスマス

だが、ディケンズがクリスマスを創った、と言われる。それは『ピックウィック・ペーパーズ』の六年後に書かれた『クリスマス・キャロル』がそれまでのクリスマスの伝統を塗りかえ、それ以降現在に至るクリスマスのイメージを形成するほどに大きな影響力をもったからである。アーヴィングが描いたカントリー・ハウスでの宴は、ロンドンに舞台を移し、若きスクルージが奉公していたフェジウィッグ氏の店での気取らないダンスパーティー、使用人のボブ・クラチットや甥のフレッドの家でのホームパーティーになった。クリスマスの担い手は、地方地主から都会の中下層階級に代わったのである。[18] その一方、クリスマスのさまざまな伝統はこの作品においても形を変えて継承されている。フェジウィッグ氏の店ではダンス、フレッドの家では歌とゲームがあり、クラチット家ではつつましやかであるが、鵞鳥《がちょう》やクリスマス・プディングのある晩餐が営まれる。現在のクリスマスの霊が現れた時、スクルージは、ひいらぎや宿り木と共にさまざまな肉や果物、菓子、パンチ酒の幻影を目にするが、それはカントリー・ハウスでの豪華な食事を思わせる。ところが、その霊がスクルージを連れていった町では、果物屋や食料品店においしそうなものがあふれ、買い物客でにぎわっていて、かつてのぜいたくな宴会は、現代の消費社会の原型とも言えるような、活気に満ちた商店街に変わっている。また、奉公人だったスクルージをも差別しないフェジウィッグ氏のダンスパーティーにはクリスマスのもてなし《ホスピタリティー》の精神が見られ、スクルージが初め、貧しい人への寄付を拒否しながら、改心後、自ら寄付を申し出るプロットでは慈善《チャリティー》の精神が説かれている。

ディケンズのこの新しいクリスマスは、ヴィクトリア時代の読者に熱狂的に迎え入れられた。一八四三年十二月十九日に発売された『クリスマス・キャロル』の初版六千部はまたたく間に売り切れ、翌年五月までに七版を数えたという。当時の書評は、読者の購買意欲をそそるために作品の抜粋を掲載するのが常であったが、よく引用されたのは、フェジウィッグ氏のダンスパーティー、クリスマスの町の様子、クラチット家のディナー、甥のフレッドの家でのパーティーの場面だったという。[19] なかでもクラチット家のディナーの場面が一番人気があった。この一家が病弱な末息子のティムを抱えつつ、貧しくとも感謝の気持ちを忘れずに、互いに信頼しあっている様が、ヴィクトリア時代の倫理観とセンチメンタリズムに最も訴えかけたのだろう。いずれにせよ、現代に至ってもなお『クリスマス・キャロル』が色褪せないのは、随所に見られる、人生を謳歌する人々の生き生きとした描写のゆえである。

キリスト教的な立場からのクリスマスの意味は、キリストの受肉にある。受肉は十字架上の死とその後の復活の前提となる出来事であり、この受難と復活が救いをもたらすことになる。だが甥のフレッドは、クリスマスの「聖なる名前と起源に払うべき畏敬の念は別として」おり、ラスキンは『クリスマス・キャロル』には復活がないと批判した。ところでスクルージは未来のクリスマスの霊によって自分の墓を見せられるが、目覚めるとまだ生きていることに気づく。ティムも未来のクリスマスの霊が見せる幻影では死んでいたが、最後に至って実は生きていたことがわかる。二人ともある種の復活を遂げたと言えるが、その前の死は本当の死ではない。むしろ、春の訪れを前にした冬のような仮の死と言える。
スクルージの性格は初め、冬のイメージで描かれる。

彼の心の冷たさが、年老いた顔を凍らせ、とがった鼻をこごえさせ、頬をしわだらけにし、歩き方をこわばらせ、目を赤く、薄い唇を蒼くした。そして耳障りな声でがなりたてるのだ。白い霜《しも》が頭にも、眉毛にも、ごわごわのあごひげにも降りていた。どこへ行くにもこの低体温のままだったから、夏の盛りに事務所は冷え切り、クリスマスだからといって一度たりとも温度が上がることはなかった。（三四）

一方、最後に彼が目覚めたときには、クリスマスの朝を迎えている。教会の鐘の音に誘われて窓を明けると、そこは寒くはあるが、現在のクリスマスの霊によって見せられた霧に覆われた光景とはうってかわって、光に満ちあふれている。

もやもない、霧もない。澄んだ、明るい、陽気な、浮き浮きする冷たさ。寒風に血も踊る冷たさ。金色《こんじき》の日光、神々しい空、気持ちのいいさわやかな空気。楽しい鐘の音。ああ、すばらしい！　すばらしい！（一一二）

教会の鐘の音が鳴り響いてはいるが、真冬にあって春を予感させるこの朝の情景には、春の訪れを待ち望む祭りであったサトゥルナリアやユールの精神が反映されていると言えよう。スクルージの改心は宗教的帰依ではなく、死なずに済んだという喜びによってもたらされている。「マーリーは死んでいる」で始まるこの小説の結末は、死を予言されたスクルージが生き延びることであり、冬を堪え忍んで春を迎えたときの喜びを想起させる。『クリスマス・キャロル』のメッセージは生きることのすばらしさであり、この作品で死は否定的なものととらえられているのである。

6 もうひとつの『クリスマス・キャロル』

ボブの末息子ティムは、クラチット家のクリスマスの団欒《だんらん》の場面に登場したとき、弱々しく松葉杖をついている。それを目にしたスクルージが、「ティム坊やは生き続けるでしょうか」と聞くと、現在のクリスマスの霊は、からっぽの席と持ち主のいない松葉杖が見えると言って、彼の死を予言する。そして、未来のクリスマスの霊がスクルージをクラチット家に連れていったときには、ティムは亡くなっており、残された家族は悲しみに沈みつつも互いの絆を強めている。ところが最後に至って、「そして死んではいなかったティムにとって、彼（スクルージ）は第二の父親になった」とのひと言で、ティムがその後も生き延びたことが示される（八二、一〇四—七、一一六）。

実はこの一節は、ディケンズが校正段階で加筆したものである。[20] 原稿では、ティムは死ぬことになっていた。『ピックウィック・ペーパーズ』には『クリスマス・キャロル』の原型となった話（偏屈な墓掘り人夫のゲイブリエル・グラブが、クリスマスの日に鬼たちに幻影を見せられその結果改心する）

がある（第二十九章）が、その幻影では、ある家族の幸福な一家団欒の様子が現れ、次にその家の一番小さな子供が死ぬ場面が現れる。

だがほとんど気づかぬうちに、その光景に変化が起きた。場面は小さな寝室に移り、そこで一番かわいい、一番年下の子供が横になって死にかけていた。その頬は薔薇色を失い、その目は輝きを失っていた。そして墓掘り人夫がそれまでに感じたことのない興味をもってまさに見守っている間に、その子は死んだ。彼の幼い兄弟姉妹が小さなベッドのまわりに集まり、彼の小さな手をつかむと、冷たく重かった。彼らはその感触に手を引っ込め、畏怖の念をもってそのあどけない顔を見つめた。それは穏やかで落ち着いていて、美しい子供は平穏とやすらぎのなかで眠っているようだったが、彼らはその子が死んでいるのを悟り、いまや天使となって輝かしい幸せな天国から自分たちを見下ろして祝福を与えているのを知っていた。▼21

ディケンズ自身、子供の頃、弟と妹を亡くしている。アルフレッド・アレンは一八一四年、ディケンズが二歳半の時、生後七か月で世を去った。ハリエット・エレンは一八二二年、三歳で死に、このときディケンズは十歳だった。子供が死ぬことは、ヴィクトリア時代にはまれではなかった。しかし『クリスマス・キャロル』では最後に至って、ティムを生きていたことにし、ハッピーエンドが強調されている。

『ピックウィック・ペーパーズ』の右の引用に続く箇所では、この家族のその後が描かれる。やがて父親と母親は年老いて、安らかな死を迎える。両親より長生きした子供たちはわずかだった。残された者たちは墓の前でひざまずき、涙をこぼすが、絶望して泣き叫んだりはしない。というのも、「いつの日か再会することを彼らは知っていた」からである。そして「ふたたびあわただしい世間と交わり、満足と陽気さを取り戻した」▼22。死を受容するこのエピソードと、ひたすら生を強調する『クリスマス・キャロル』最終版は対照的だ。仮にディケンズが校正段階でひと言加筆することがなかったら、スクルージは生き延び改心するが、ティムの運命はそのままだ。未来のクリスマスの霊が見せる、クラチット家の人々がティムの死を悲しんでいる情景が、本当に起きる出来事になっていたのである。

7　メアリー・ホガースの幻影

発表された『クリスマス・キャロル』にあって、夭折する唯一の不幸な人物が、スクルージの妹のファンである。彼女は、過去のクリスマスの幻影に登場する。少年スクルージが、クリスマスなのに家に帰れず、たったひとり寄宿学校に残っているところにファンは現れ、厳しかった父親が優しくなってスクルージの帰宅を許したので迎えに来たと、明るくはしゃいで兄の手を引っ張る。二人は恐ろしい校長に別れのあいさつを済ませると、喜び勇んで馬車に乗り、雪道を帰っていく。この幻影を見たスクルージと過去のクリスマスの霊との会話で、ファンは病弱で、結婚後子供をひとり産んで死んだこと、その子が甥のフレッドであることが明かされる。

ファンは、ディケンズの姉ファニーがモデルになっていると指摘されている。[23] だがモデルと作中人物が同名であることはむしろまれであり、ファニーはクラチット家の長女マーサのモデルでもあるとされている。また『クリスマス・キャロル』が書かれた頃、彼女はまだ生きていた。これに対しファンはスクルージより「ずっと年少」で、リトル・ファンと呼ばれ、子供らしい無邪気な少女として描かれている。ファンのモデルになりうる人物は他にいるのではないだろうか。

ディケンズがその生涯において経験した最も衝撃的な出来事と言えるのは、メアリー・ホガースの死だった。彼女は妻キャサリンの妹でディケンズより八歳年下、彼が初めてホガース家を訪れたときには十四歳だった。メアリーは姉の付き添い役としてディケンズと懇意になり、二人の結婚後は頻繁に新婚家庭を訪れ、キャサリンが妊娠、出産すると姉に代わって家事をきりもりした。彼女は美しく、快活な性格だったとされる。一八三七年五月六日、メアリーはディケンズ夫妻と芝居見物をした後、ディケンズ家に泊まるが、夜半過ぎに心臓発作を起こす。悲鳴を聞いたディケンズが部屋に駆けつけると重篤で、医者を呼んだがもはやなすすべはなかった。彼女は翌日の午後、ディケンズの腕のなかで眠るように息を引き取る。メアリーの死に対して、ディケンズは異常な愁嘆ぶりを見せた。彼はメアリーの指輪をはずすと自分の指にはめ、生涯はずさなかった。メアリーに贈ったロケットに彼女の髪を入れて自分のものとし、彼女の衣類をすべてとっておき折にふれては眺めた。「若く、美しく、善良で、神は慈悲により、彼女を十七歳の若さで天使の仲間に加えたもうた」という墓碑銘を書き、自分が死んだらメアリーの横に埋葬されることを切に望んだという。[24]

ディケンズのメアリーへの思慕は、まだ彼女が生きている頃、妻キャサリンの妊娠がきっかけで始まった、とアクロイドは推測している。ディケンズは子供の頃への強いノスタルジアをもっていた。キャサリンが妊娠によって責任ある大人の世界に入っていったのに対し、十七歳のメアリーはディケンズにとってはまだ子供の世界に属し、一緒にいることで子供の心を取り戻せる存在だったという。[25]ディケンズにとって理想の少女だったメアリーは、死によって永遠の少女となった。メアリーは『骨董屋』（一八四〇―四一年）のヒロインで夭折するリトル・ネルのモデルになっている。『クリスマス・キャロル』のファンは、ディケンズの知るメアリーより幼いが、まさに子供の世界に属する無邪気な少女と言えるだろう。メアリーと異なり、ファンは結婚し子供を産んだことになっている。しかし大人になってからのファンについての具体的な記述はない。その後に登場するスクルージの婚約者については、彼と別れた後、別の男性と結婚し、大勢の子宝に恵まれて幸せに暮らす様子が描かれるが、それとは対照的である。ファンの結婚と出産は、フレッドをスクルージの近親者（甥）に設定したので、プロット上必要だったと思われる。永遠の少女たるべきファンは結婚・出産したら死ぬ運命だったとも言えよう。いずれにせよ、過去のクリス

メアリー・ホガース

マスの霊が見せる幻影において、彼女は無邪気でかわいい妹にとどまったままだ。
ただアクロイドの主張を根拠に、メアリーがそのままファンになったと断定するのは無理があるかもしれない。『クリスマス・キャロル』には、実年齢でよりメアリーに近い人物が出てくる。スクルージのかつての婚約者の長女である。この「若くて美しい娘」が、幼い弟たちにもみくちゃにされるくだりに、語り手が唐突に顔を出し、弟たちの仲間に加われるものなら何に替えてもいいと言う——

実を言うと彼女の唇に触れたくてたまらなかったし、その唇を開かせるために話しかけてみたかった。（……）髪をふりほどいて波打たせてほしかった。その髪はたった一インチでも値段のつけられない貴重な記念品になるだろう。要するに白状すると、勝手気ままに振る舞う子供の特権をわずかばかり享受しながら、そのありがたさが充分わかる大人でいたかったのだ。
（六七）

語り手はスクルージと同じく、過去のクリスマスの幻影を傍観するだけで、決して娘に触れることはできない。ディケンズは実際にメアリーの遺髪をロケットに入れて保存していたので、この一節はディケンズのメアリーに対する性愛の表れと見ることができよう。そのような義妹への愛はタブーであり、メアリーへの思慕はあくまで妹を思う兄の愛でなくてはならない。だが果たしてディケンズが義妹との関係にどの程度葛藤を覚えたかは不明である。メアリーの死に際しての嘆きようから、彼女に恋愛感情を抱いていたことが推測できる。しかしその愁嘆ぶりを隠そうとしなかったところを見ると、当時の社会通念上、それが妹を失った兄の振る舞いとして通用すると思っていたふしがあり、彼自身不自然とは感じていなかったのではないだろうか。ディケンズの心のなかでは、兄弟愛と性愛が共存していたと思われる。かつての婚約者の長女の描写にメアリーへの欲望を暗示する一方、無垢でかわいい妹のイメージをもち、夭折したファンにもメアリーの姿を投影していたという解釈は、充分成り立つだろう。

ディケンズは一八五一年、『家庭の言葉』クリスマス特別号に書いた「歳を取るにつれてのクリスマスの意味」という短いエッセイで、クリスマスを「死者たちの都市」に目を向け、「そこのもの言わぬ集団から、私たちが愛していた者たちを迎え入れる」時であるとして、死者を偲《しの》んでいる。「暖炉のそばに、生きている子供たちに混じって、いかにもおごそかに、美しく舞い降りてきている子供の天使たち」を見ることができる、と彼は言う。この年の四月、ディケンズは娘のドラを幼くして亡くした。また障害をもった少年と、その子を残して先に逝くことを悲しんだ母親がいたが、その子も早くに亡くなって母の胸に抱きとめられ、（今はあの世で）母が子の手を引いている、と言う。この母親がディケンズの姉のファニーで、彼女は一八四八年に死んだ。息子は翌年亡くなったハリーで、彼は足が悪く、『クリスマス・キャロル』のティムのモデルとなった。そして「ほとんど大人の女性になりかかっていたが、決してなることはなかったいとしい少女がいた」と言って、メアリーに言及するのである。[26]

ディケンズは楽しいクリスマスを描いた『ピックウィック・ペーパーズ』の第二十八章でも、かつて共にクリスマスを祝った人々について「当時、陽気に脈打っていた多くの心臓は、今は鼓動を止め、当時輝いていた多くのかんばせは、光ることをやめた。私たちがつかんだ手は冷たくなり、私たちが求めた目は輝きを墓のなかに隠した。それでも、古い家、部屋、陽気な声、笑顔、冗談、笑い、あの楽しい集いに関連したほんの些細で取るに足らぬ事どもが、この季節がめぐってくるごとに、まるで最後の集まりがきのうであったかのように、私たちの心に押し寄せてくるのだ」と述べている。[▼27] ここにすでに、楽しいだけではないクリスマスが現れている。この後、中年になって悲しい死別をいくつも体験したディケンズは、「歳を取るにつれてのクリスマスの意味」で死者を偲ぶ時としてのクリスマスを強調したのである。

『ピックウィック・ペーパーズ』と「歳を取るにつれてのクリスマスの意味」の間に書かれた『クリスマス・キャロル』にも、同じテーマが見られないだろうか。楽しいクリスマスのエピソードゆえにこの作品が人気を博したことはすでに述べたが、過去のクリスマスの霊が見せる幻影と現在のクリスマスの霊が見せるそれとは、少し意味合いが異なる。すなわちスクルージが奉公していたフェジウィッグ氏の店でのダンスパーティーの思い出は、今は亡きフェジウィッグ氏を偲ぶよすがになっているとも言えるし、ファンの死が明確に語られる彼女のエピソードはそれ以上に追悼の意味合いが強いと言えよう。生の讃歌を前面に押し出した『クリスマス・キャロル』にも、それとは違う側面が見られるのである。

8 『クリスマス・キャロル』と死

『クリスマス・キャロル』に死者を偲ぶというテーマがあるとするなら、ゴースト・ストーリーという設定も単なる仕掛けにすぎないとは言い切れないかもしれない。主人公の前に友人の亡霊が現れ、さらに過去、現在、未来の霊が主人公を導くという構図は、いかなる発想に基づくものなのか。『クリスマス・キャロル』発表直後より、現在のクリスマスの霊とスクルージの旅には、ル・サージュの『悪魔アスモデ』との関連が指摘されてきた。▼28 この小説は、悪魔のアスモデが、閉じこめられていたフラスコのなかから助け出してくれた学生サンブリョに、お礼としてマドリードの家々の屋根をはがして、そこで営まれるさまざま人生を見せるという筋立てになっている。ディケンズがここからヒントを得た可能性は高い。しかしそこに見られるのは、主に人間の愚かさや卑しさであり、また単に家々のなかの様子をのぞくのではなく、そこにいる人々にまつわる裏話を、すべてを知っているアスモデがサンブリョに語り聞かせる形をとっている。サンブリョは、アスモデの力を借りて火事から救い出した令嬢と最後に結ばれるが、それ以外は話の聞き役に過ぎず、人間的に成長することもない。

一方、ダンテの『神曲』の影響も初期の書評では指摘された。ダンテが亡きベアトリーチェに救いの手を差し伸べられ、彼女の依頼を受けたウェルギリウスと彼女自身に導かれて旅をするように、スクルージは亡きマーリーの遣わしたクリスマスの霊たちに導かれて旅をする。ハーンは、いずれの話も三日間の旅で、『神曲』の場合は復活祭、『クリスマス・キャロル』はクリスマスという聖なる時に起きている、などの類似点を指摘している。[29] ただ『神曲』が来世の旅であるのに対し、『クリスマス・キャロル』は現世の旅であり、最後に得られる「救い」も現世的なものである。

ヴィクトリア時代は、物質文明の発達に伴い、それに対する反動として超常的、霊的なものへの関心が高まり、教会の権威が衰えるにつれて、人々がそれに代わるものを求めた時代だった。この時代に流行したオカルト思想のひとつに、メスメリズムがあった。これは「動物磁気」(人間や動物に宿るとされる力・気)に基づいた催眠療法の一種で、ドイツの医学者メスマー(一七三四―一八一五年)によりあみだされたものである。その信憑性は常に論争の的になったが、十九世紀の終わりまで信奉者がいたという。ディケンズは一八三八年からメスメリズムに凝り始め、妻のキャサリンや義妹ジョージアナに催眠術をかけたほか、医者でもないのに、一八四四年にジェノバに滞在した時からその後数年にわたって、神経衰弱を患うドゥ・ラ・リュー夫人なる人物に催眠療法を施している。[30] このメスメリズムを取り入れたオカルト思想書に、ユンク゠シュティリンクの『霊物学の理論』がある。一八三四年にその英訳がロンドンで出版され、ディケンズも所蔵していた。この本によると、生来の素質をもった人なら、動物磁気、神経障害、精神の絶えざる努力その他の原因・手段によって、現世にありながら肉体から魂を離脱させることができ、なかには短時間体外離脱をして遠くで事を行い、また肉体に戻ってくることのできる人もいるという。実際に、友人に会うことを強く望んだ病人が、病床で意識不明になっている時に遠く離れた友人の前に姿を現した例や、フィラデルフィア近郊に住む霊能力者が、なかなか帰国しない船乗りの夫の身を案ずる女性の依頼を受け、体は自室のソファに横たわったまま、ロンドンのコーヒーハウスにいる夫の前に姿を現して帰国を促した例があるという[31]。スクルージも床についている間に（他人に目撃されることはないが）時空を移動しているので、彼の旅は体外離脱した魂の旅とも考えられる。

『霊物学の理論』では、亡霊も重要なテーマとして取り上げられ、多くの亡霊の話は虚偽であるか迷信によるものだが、死者の霊が実際に戻ってくることも確かであるとの主張がなされている[32]。ディケンズは、亡霊に大変興味をもっていた。「私はこの［亡霊の］問題に常に強い関心を抱いており、それを追究する機会をみすみす取り逃がすことは決してない」と彼は語っている。彼の蔵書には、亡霊を幻覚とするサミュエル・ヒバートの『幽霊の哲学についてのスケッチ』（一八二四年）、その実在性を主張するロバート・デイル・オーウェンの『あの世の境界での足音』（一八六〇年）のいずれもが含まれ、さまざまな書き込みがなされている。また亡霊についての実話集として人気を博した、キャサリン・クロウの『自然の夜の側もしくは亡霊および亡霊の目撃者たち』（一八四八年）も持っていた[33]。

キャサリン・クロウの次の一節は、当時の人々の亡霊に対する見方をよく物語っていると言えるだろう。

> 私たちは近年、幽霊や幽霊屋敷は無知な時代の空疎な作り事である、ということは事実として確定し、解決済みであるとしてきた。そのような空想の産物は迷信の黄昏《たそがれ》のなかに漂っていたに過ぎず、この啓蒙された時代には永遠に消えてしまったものと安んじて思いこんできた。

（……）それでは次の事実になんと言おう。ここにまだ幽霊と幽霊屋敷が存在する。（……）何年にもわたって幽霊どもは、身分ある一家の静寂を乱し、賢い人々の不信、好奇心旺盛な連中の調査、そして悩まされている一家の人々による不安な寝ずの番におかまいなく、出没し続け、騒がせ続けているのである。▼34

ヴィクトリア時代は、ある意味で現代にも似て、不可思議なものに対するアンビヴァレントな見方が交錯した時代であり、ディケンズはそんな時代の申し子だった。クリスマスの楽しく心温まる物語として親しまれている『クリスマス・キャロル』の超自然的な設定の背景には、このようなオカルト趣味の流行と、それに対するディケンズの並々ならぬ関心があったのだ。

だがそれだけではない。ディケンズ自身、夢においてではあるが亡霊を見たことがあった。それは恐ろしい霊ではなく、メアリー・ホガースの霊である。彼はメアリーの死後、何か月にもわたって毎晩彼女の夢を見続けたという――

彼女が死んだ後、何か月も毎晩彼女の夢を見続けました――それは半年以上にわたったと思います――時には霊として、時には生きた人間として彼女は現れましたが、リアルな悲しみの苦痛を感じたことは一度もなく、いつも一種のおだやかな幸福感に包まれました。それは私にとってとても心地よいものとなったので、夜寝るとき、その幻影がなんらかの姿で戻ってきてくれるよう願わずにはいられませんでした。そして実際そうなったのです。

（一八四三年五月八日付ホガース夫人「メアリーとキャサリンの母」宛▼35）

ディケンズが妻のキャサリンにこの夢のことを話すと、それ以後彼女の霊は現れなくなったという。ところがその後何年かたって、ディケンズはもう一度夢でメアリーの霊に会う。一八四四年にイタリアのペスキエラに滞在していたとき、ディケンズは発作を起こし、その時、メアリーの霊に会って言葉を交わしたという。友人のフォスターに当てた手紙によると、ディケンズはある晩、背中にリウマチの痛みを感じ、それが腰に回って「苦痛の帯のように」なった。痛みでほとんど一晩中眠れなかったが、ようやく眠りにつくと次のような夢を見た。彼はどこか不明瞭な、そしてそれゆえ荘厳な雰囲気のところにいた。そこにラファエロの聖母のような、襞《ひだ》のある青い服をまとった霊が現れ、顔ははっきりしなかったが、それがメアリーだとわかった。彼女はディケンズに対して「同情と悲しみに満ちて」いた。本当にあなたが来たことの証拠を与えてほしいとディケンズが言うと、「願い事をしなさい」と霊は言う。「ホガース夫人は大変な苦難に囲まれています。あなたは彼女を救ってくれますか」と問うと「はい」と答える。「本当の宗教とは何ですか。私が思っているように、良いことをしようとするなら、宗教の形式はそれほど問題ではないと思いますか。それともしかすると、カトリックが一番ですか。カトリックでは神のことを頻繁に思うようになり、より堅固に神を信ずるようになるのですか」このように問うと霊は「あなたにとってはそれが一番です」と答えたという。目覚めた後、自分の見た夢は、部屋に祭壇があったり、夜中に修道院の鐘の音を聞いていたりしたのが原因ではないかと考えてみたが、それでもそれが夢なのか本物のヴィジョンなのかわからない、とディケンズは書いている。[36]
実はディケンズは、メアリーの死をきっかけに信心深くなっている。彼は近くのグレート・コーラム通りにある孤児院ファウンドリング・ホスピタルの礼拝堂に、規則正しく通うようになった。ディケンズの信仰心は全く個人的な体験に起因するもので、宗派にとらわれるものではなかった。右の夢でディケンズにとってカトリックが一番とメアリーの霊が言ったのは、ディケンズ自身が疑っているように、その時イタリアにいたという事情が影響しているように思われる。以前の夢では時に霊として時に生身の人間として現れたメアリーは、ここでは聖母マリアの姿になっている。夭折し、彼岸の世界からディケンズに慈悲を施すところは、ダンテにとってのベアトリーチェを思わせる。メアリーが死んだ後、ディケンズはなによりも、「いつの日か悲しみも別離もないところで彼女に相まみえるという思い」によって慰められたという。[37]
『ピックウィック・ペーパーズ』のゲイブリエル・グラブが見た一家の場面や、「歳を取るにつれてのクリスマスの意味」でのファニーとハリーの親子への言及にもあるように、ディケンズは、あの世で愛する人に会えるという考え方を作品において繰り返し表明している。しかし『クリスマス・キャロル』にはそういう表現は出てこない。マーリーの亡霊の出現や、クリスマスの霊との旅といった超自然の仕掛けを持ちながら、『クリスマス・キャロル』の世界はあくまで、死のこちら側にとどまり続ける。ファンの登場する場面は、アーヴィングの「駅馬車」(『スケッチブック』)にも描かれた、クリスマスにまつわる楽しい情景のひとつである「クリスマスの帰省」のエピソードが主で、彼女の死は後日談として、スクルージと過去のクリスマスの霊との短いやりとりのなかで

クリスマスの帰省。「イラストレイテッド・ロンドン・ニュース」1850年12月21日。

示されるだけだ。だがその簡潔さが現代の読者にはかえって余韻を残し、断ち切れない死者への思いを感じさせるのである。

第三部

現代——芸術は宗教に代わりうるか

第六章　来世なき死生観

――『灯台へ』

1　不可知論者の慰め

『クリスマス・キャロル』において、簡潔に語られるスクルージの妹ファンの夭折はこの作品の隠れた側面を垣間見せるものであった。だが『クリスマス・キャロル』とは、偏屈なスクルージが生きることのすばらしさに気づいて改心する物語である。ファンの話は、子供の頃へのノスタルジアを感じさせる優れたエピソードだが、プロット上では三人のクリスマスの霊がスクルージに見せる数ある幻影のひとつで、ファンはメアリー・ホガースがモデルであったにしても、この小説においては脇役に過ぎない。

これに対し、二十世紀の小説家ヴァージア・ウルフ（一八八二―一九四一年）の『灯台へ』（一九二七年）では、主人公であるラムジー夫人自身が小説のなかば、第二部第三章で亡くなってしまう。

しかも彼女の死は、前後の文脈とは切り離された次のような短い文章で唐突に語られるのである。

［ラムジー氏は暗いある朝、廊下をよろめき歩きながら両腕を差し伸べた。だがラムジー夫人は前の晩に突然亡くなっていて、両腕を差し伸べるも、腕のなかは空のままだった」（一〇五）

第二部「時はゆく」は、第一部「窓」と第三部「灯台」に挟まれた非常に短いセクションで、晩餐の後、波を見ようと浜辺に行っていた人々が帰ってきたところから始まる。すでに外はすっかり暗くなり、海と陸との区別もつかない。皆が家に帰り着いて床につくと、家中の明かりが消えていく。わずか十五行ほどのその第一章は、次の一節で終わる。

ひとつひとつランプの明かりはみな消された。ただカーマイケル氏は横になって少しウェルギリウスを読もうと、他の人たちより遅くまでろうそくを灯していた。（一〇三）

第二章以下、記述の焦点は、第一部「窓」の舞台となったスカイ島のラムジー家の別荘の変化にあてられ、主な登場人物の動向は括弧でくくられたごく簡潔な文章で語られる。第二章では闇に包まれた別荘が、時の破壊力にさらされている様子が述べられ、最後に［ウェルギリウスを読んでいたカーマイケル氏はこの時ろうそくを吹き消した。真夜中過ぎであった」（一〇四）という一節で締めくくられる。第三章からは人々が去って誰もいなくなった別荘の荒廃ぶりが描かれるが、この章の終わりで突然、主人公のラムジー夫人が、その後おそらくはロンドンの自宅で急死したことが述べられるのである。

カーマイケル氏は詩人であり、無口だが人の心の内が読めるらしい謎めいた老人で、預言者を思わせる人物である。カーマイケル氏がウェルギリウスを読んでいたことと、ラムジー夫人の死と内容的なつながりはない。またカーマイケル氏がウェルギリウスの何を読んでいたかということも全く触れられていない。だが第一章と第二章の末尾で彼がウェルギリウスを読んでいたことを繰り返し述べ、さらに第三章の終わりで突然ラムジー夫人の死を告げるという書き方は、両者の間になんらかの関連があることを示唆しているように思われる。

ウェルギリウスの『アエネーイス』には、本書の序で言及したように、アエネーアスが妻を亡くす場面がある。トロイア陥落の折、アエネーアスは、夜の闇のなかを家族や召使いたちを引き連れて、命からがら都を脱出する。が、いつの間にか妻のクレウーサがいなくなっていることに気づき、単身、妻を捜しにトロイアの都に引き返す。彼は町なかを危険も顧みず、大声で妻の名を呼びながら捜し求める。すると突然、すでに亡霊となった妻クレウーサがアエネーアスの前に姿を現し、「いとしいあなた、そんな気も狂わんばかりの悲しみに身を委ねてなんになるの」と優しく声をかける。彼女は、アエネーアスの輝かしい未来を予言するとともに、自分は生きてギリシアの奴隷とならずに済んだのだから、泣くのはやめるようにと諭《さと》し、自分たち二人の息子を大切にしてほしいと言う。そしてアエネーアスが泣きながらなおも多くのことを語ろうとするのを振り切って、消えてしまう。

三たびその場で私は妻の首のまわりに腕をかけようと試みた。
が、三たびその抱擁はむなしくて、霊は私の手をするりとぬけてしまった。
まるでかすかな風か羽の生えた夢のように。
（第二巻、七九二―四行）

すでに述べたように、相手が肉体をもたない霊であるために、三度抱擁を試みるが、三度とも抱きしめることができないという動作は、もともとホメロスの『オデュッセイア』で、冥界を訪れたオデュッセウスが母の霊を抱きしめようとした場面のものであり、ウェルギリウスはアエネーアスに、エリュシオン（極楽）での父との再会の場面でも同じ動作を繰り返させている。そして『神曲』のダンテも煉獄の島で、旧友カゼッラに同じ動作をしていた。この叙事詩の伝統のなかで繰り返され、様式化された動作を、ウルフはそのまま再現はしなかったが、妻を失ったラムジー氏を描くとき、アエネーアスが妻と死別する場面を踏まえていたことは明らかである。その上で『アエネーイス』と『灯台へ』を比較すると、『灯台へ』の記述が現代の死を象徴的に示していることがわかる。『アエネーイス』では、逃走中にはぐれた妻を必死になって捜していると、妻はすでに死んでおり、亡霊となって現れるという劇的な設定が、妻を抱こうとするアエネーアスの動作を痛切なものにしている。しかし妻のクレウーサは死後、悲惨と混乱に満ちたこの世を超越した霊となり、優しくアエネーアスに声をかけて、嘆くことをやめるようにと諭す。しかし『灯台へ』には、そのような死者と生者のコミュニケーションはない。死とは決定的な別離であり、無に帰すことである。

残されたラムジー氏に慰めが与えられることはない。

ラムジー夫妻は、作者ヴァージニア・ウルフの両親レズリー・スティーヴンとジュリアがモデルになっている。母ジュリアは、ウルフが十三歳の時に亡くなった。そのときのことを彼女は、「過去のスケッチ」で次のように述べている。


ジョージが、お別れを言わせようと、私たちを下に連れていった。私たちが行くと、父が寝室からよろめき出てきた。私は父を止めようと両手を差し伸べた。だが父ははねのけて私を通り過ぎ、わけのわからぬことを叫んでいた、すっかり取り乱して。そしてジョージが母にキスさせるため私を部屋のなかに連れていくと、母はたった今死んだところだった。[1]

実際にはウルフが父に手を差し伸べたのだが、小説のなかでは夫が死んだ妻を求めて手を伸ばしたとされているのである。

ウルフの父レズリー・スティーヴン（一八三二―一九〇四年）は、信仰を持たない不可知論者として有名で『不可知論者の弁明』（一八九三年）という本も著している。もともと彼は敬虔な福音主義派（儀式より個人の回心体験を重視する英国国教会の一派）の家に生まれた。子供の頃レズリーとその兄弟は、母親の膝元で祈ること、朝晩家族全員で祈りをあげること、聖書をあらゆる物語の本のなかで最良のものとして読むことを教えられた。彼らは、両親が毎日イエスに話しかけているので、イエスは生きていると信じていた。イエスは世界中を旅していると同時に常に自分たちのそばにいるのだと思い、イエスのことをあたかも同じ屋根の下に住む、もうひとりの家族のように感じていたという。[2] レズリーはやがてケンブリッジに進み、大学でのポストを得るにあたって聖職者となる。だが、ミルやコント、ホッブス、イギリス経験主義の思想家たちの著作を読むうちに、信仰に疑問を抱き、ついにはケンブリッジの職を辞すに至る。[3] 彼は、肉体を離れた魂の存在は想像しがたいとし、教会は、信徒たちに罪の意識を植えつけるために、意図的に天国と地獄の教義を説いているのだと考えた。[4]

レズリー・スティーヴンは二度結婚し、二度とも妻に先立たれている。最初の妻は、小説家サッカレーの娘ミニーであった。彼女は妊娠中に健康を損なったのがきっかけで、一八七五年、スティーヴン四十三歳の誕生日に亡くなった。彼は激しいショックを受け、ひどくふさぎ込むようになり、人との交渉を絶って外食もしなくなった。以後スティーヴンは、二度と自分の誕生日を祝うことはなかった。彼は、霊魂の不滅にも死者の復活にも慰めを求めようとしなかった。むしろ彼は、死の現実から目をそらすまいとする姿勢を示す。『不可知論者の弁明』によると、彼はミニーの死後まもなく、次のように自問したという。人は朝《あした》にもえでて、夕べにしおれる草のように消えてゆくと言明し、我々のはかない命は神の御手《みて》にあるとの思いにのみ慰めを見いだす旧約聖書の「詩篇」（九〇の四、五）と、人は朽ちない姿で復活するのであると、持って回った論法や誤った類推によって主張する聖パウロの「コリントの信徒への手紙一」（一五）のどちらが共感を呼ぶかと。そして、詩篇作者は人間として自分の悲しみを引き受けているのに対し、パウロは不可避なものを必死になって避けようとしているのであり、虚構のヴェールで恐ろしい現実を包み隠そうとしているのだと感じざるを得ない、という結論に達する。「私はむしろ目を見開いて、不可避のものを直視しよう」[5]。

スティーヴンがジュリアと面識をもったのは、まだ彼が独身の頃だった。ジュリアはその美貌で知られ、画家のホウルマン・ハントと彫刻家のトマス・ウルナーの求愛を受けていた。彼女は法律家のハーバート・ダックワースと結婚するが、一八七〇年ダックワースは、ジュリアと幼い三人の子を残して世を去った。スティーヴンがミニーと死別したとき、ジュリアは近所に住んでおり、彼は一度ならずジュリアを頼りにすることがあった。やがて彼は、自分がジュリアに恋をしていることに気づき、プロポーズする。ジュリアは驚いて拒絶するが、スティーヴンのねばり強い求愛が実を結んで、一八七八年に二人は結婚した[6]。

十七年後の一八九五年、ジュリアはインフルエンザがもとで死亡する。六十三歳のスティーヴンは、十四歳年下のジュリアに先立たれるとは夢想だにしていなかった。彼の愁嘆ぶりは異常なまでで、家のなかを行ったり来たりしながら、大げさな身振りを交えて、妻のことをいかに愛していたか、一度も妻に面と向かって言わなかったと泣き叫ぶ、そんなことを幾度となく繰り返したという。子供たちは皆、彼の腕のなかで共に泣き、彼を慰めることを強いられた[7]。

ヴィクトリア時代、多くの人々は、キリスト教教会の説く復活や来世に希望や慰めを見いだしていた。そのなかで不可知論者は、身近な人の死に接したときうまく対処するすべをもたず、死別によって受ける打撃は、一般に非常に大きかった。ジャランドは、ヴィクトリア時代から二十世紀初めのエドワード時代にかけての、イギリスの上流及び中流階級の家系に残る書簡や日記などの文書から、死にまつわる記録を詳細に調べ、分析している。そのなかから、敬虔なクリスチャンと不可知論者が、それぞれ死別に対して示した態度の典型的な例を二、三挙げておきたい。

スティーヴンよりも少し時代はさかのぼるが、一八五六年、カーライルの主任司祭で後にカンタベリーの大主教となるアーチバルド・テイトの七人の子供のうち五人が、猩紅熱で死亡するという悲劇が起きた。テイト夫妻は共に、そのときのことを克明に記録している。必死の看病の甲斐もなく、子供たちが次々と死んでゆくさまは凄惨を極めるが、テイト家の人々は強い信仰に支えられていた。死とは、神の御許《みもと》、より良き世界へゆくことであり、そこでいずれは皆再会できるのだと彼らは信じていた。一八七九年にテイト大主教の回想録が出版されると、大きな反響を呼び、子供を亡くした親たちから感謝の手紙が殺到したという。

一方『種の起源』(一八五九年)によってキリスト教界に大きな動揺をもたらしたチャールズ・ダーウィンも、幼い三人の子を亡くしている。そのうち赤ん坊の頃に亡くなった二人についてはほとんど記録を残していない。彼が最も強い衝撃を受けたのは、一八五一年にかわいがっていた二人目の子アニーが十歳で死んだときだった。このときはダーウィンがアニーを遠隔地の医者に連れていったため、夫婦の間で手紙のやりとりがあり、ずっと多くの記録が残されている。ダーウィンは、テイト家の人々のように来世でわが子に再会する希望を持つことができなかった。彼は死の意味を論ずることはなく、アニーの死になんらかの意図を見いだそうとすることもなかった。彼はアニーの生前の思い出にいくらかの慰めを求めた。彼を支えたのは敬虔なクリスチャンであった妻のエマであった。しかしエマの方は、夫と信仰を分かち合えないことで、夫以上に苦しんだようである。ダーウィンはショックからなかなか立ち直れなかった。ほぼ十年がたってようやく彼は、時が、時だけが癒やしてくれる、という慰めの言葉を、友人でやはり子を失った不可知論者のトマス・ハクスリーにかけられるようになっている。
有名な社会学者で不可知論者だったビアトリス・ウェッブは、一八八二年に母親を亡くしたとき、精神的危機を経験した。彼女はキリスト教に代わる精神的支えの必要性を強く感じたが、不可知論ではそれを与えてくれないと悟った。▼8
レズリー・スティーヴンはジュリアの死後、それまで妻が果たしていた役割をジュリアの連れ子のステラに求め、彼女に全面的に頼るようになる。だがステラは、若い弁護士ジャック・ヒルズから求愛を受けていた。スティーヴンは結婚をしぶしぶ承諾したものの、露骨な不快感を示し、そのため結婚が数か月先延ばしにされたほどだった。一八九七年四月、二人は結婚する。しかし、新婚旅行から帰ってきたステラは病に倒れ、一旦回復の兆しを見せたものの、七月に子を孕んだまま亡くなった。スティーヴンの嘆きようは、ジュリアを失ったとき以上だったという。スティーヴン自身は一九〇四年に世を去っている。
『灯台へ』では、スティーヴン家の実際の出来事を反映して、ラムジー夫人の死後、ある年の五月に娘のプルーが結婚したこと、その夏に産褥の患いで死んだことが、第二部「時はゆく」における括弧でくくられた簡潔な文章で報告される（これに加え、息子のアンドルーが第一次世界大戦で戦死したことが同様の形式で述べられる）。そして第三部「灯台」では、十年ぶりにスカイ島の別荘に来たラムジー氏が、死んだ人々を追憶するため、娘のキャムと息子のジェイムズをむりやり道連れにして、十年前果たせなかった灯台行きを敢行する。

作者ウルフの日記によれば、『灯台へ』の最初の構想は、父レズリー・スティーヴンを中心に描くというものだった。

一九二五年　五月十四日　火曜

（……）私は今、ジャーナリズムの仕事をやめて『灯台へ』に取り組みたい気持ちで全身張りつめている。これはかなり短いものになるだろう。父の性格を余すことなく描くこと、それに母も、それからセント・アイヴス、幼年時代、そして書き入れようと思う日常のことすべて──生、死、その他。だが中心は父の性格だ、舟のなかに坐り、死にかけた鯖《さば》をつぶしながら、我らは滅びぬ、孤独にて、と朗唱する。▼9

セント・アイヴスは、スティーヴン家の別荘があったコーンウォールの海辺の保養地。小説では、スコットランドのスカイ島に変えられている。「我らは滅びぬ、孤独にて」という詩句は、十八世紀の詩人ウィリアム・クーパーの「漂流者」の一節で、レズリー・スティーヴンは実際にこの詩を口にしていたものと思われる。『灯台へ』の第三部では、ラムジー氏が、灯台に向けて出かける前から舟のなかで本を読み始めるまで、ずっとこの詩をつぶやき続ける。「漂流者」は、嵐のなか、海の藻屑と消える船乗りの悲劇から、それ以上に悲惨な語り手の魂の破滅に言及した詩である。クーパーのペシミズムは神の存在が前提となっており、十九世紀の不可知論とは異なるものである。▼10

しかし「我らは滅びぬ、孤独にて」というくだりは、レズリー・スティーヴンの、そしてラムジー氏の悲観的人生観を象徴的に表す言葉であった。
だがこの詩をことさらに声に出し、「ため息をつき、優しく悲しげに」言ってみせることは、「妻に先立たれ、やもめとなった寂しい男の役割」を「演ずる」ことであり、周囲の者たち、特に女性たちの同情を引こうとするラムジー氏の手管でもあった（第三部第四章一三七）。彼はその朝、灯台に向けて出かける前、まず画家のリリーに同情を求める。リリーは、ラムジー氏を慰めるすべを知らず、当惑し腹立たしく思う。彼女は、ラムジー氏が「魂を慰めることを求めているときに」、見当違いなことに彼の履いている靴をほめてしまい、そのことをひとり恥じ入る。ところが、それが意外な効果を発揮する。ラムジー氏は心を和ませて靴を自慢し、ふたりの気持ちは通じあう。そしてラムジー氏は、靴ひものうまい結び方をリリーに教える。

私たちはたどり着いたわ、とリリーは感じた。平和が住み、健やかな精神が支配し、永遠に太陽が輝く、日向《ひなた》の島、立派な靴のある祝福された島へ。彼に対する気持ちが暖かくなった。「ところで、君は靴のひもがうまく結べるかな、やって見せてごらん」と彼が言った。彼は、その頼りないやり方をくさして笑った。そして自分で考え出した結び方を披露した。いったんこう結んだら、絶対にほどけないからね。三たび彼は彼女の靴ひもを結び、三たびそれをほどいた。

（第三部第二章一二七）

夫人を失ったとき、ラムジー氏の腕のなかは空のままだった。彼は、いかに相手を愛していても死者とは意思疎通ができない。だが本来性格の合わないリリーと、ひょんなことで心を通わせることになる。三たび靴ひもを結び、三たびそれをほどくという最後の文は、ふたたびアエネーアスとクレウーサの場面を想起させる。この何気ない動作が、英雄とその妻の亡霊の悲劇的な別れと対比されて、生きている者同士の和合の瞬間を象徴的に示す。

父親の灯台行きに無理やりつき合わされたキャムとジェイムズは、ラムジー氏に強い反感を持ち、「死ぬまで圧政に抵抗すること」という盟約を暗黙のうちに結んでいる。特に十年前、「明日は雨だろう、灯台には行けまい」と父に言われ、楽しみにしていた灯台行きの夢を打ち砕かれたジェイムズは、そのことをずっと恨みに思い、殺意さえ抱いている。だが灯台に向かう舟のなかで、子供たちの気持ちに変化が生ずる。まずキャムは、ラムジー氏が悲しげに口にするクーパーの詩に心を揺さぶられると共に、寄る辺のない海に浮かぶ小舟のなかで、そばに父親がいてくれることを頼もしく思うようになる。一方ジェイムズは、最後まで逆らい続ける覚悟でいたが、むき出しの岩の上に荒涼と立つ灯台を目の当たりにしたとき、それが自分と父に共通する姿であったことを実感する。つまり人生を孤独なものととらえているという、その点において二人は共感しあえるのである。またキャムはラムジー氏から、「今日、子犬の面倒は誰がみているのかね」と尋ねられたことが、ジェイムズは自分の舵取りを最後に「よくやった」とほめられたことが、心を開くきっかけになっている（第四章一三四、一三八、第八章一五二、第十二章一六八）。リリーが靴をほめることでラムジー氏の心を和ませたのと同様、些細で単純なことが人の心を結びつける。

夫人を永久に失ったラムジー氏が得たものは、子供たちとの、生きている者同士の融和であった。

2　感覚の交流《コミュニティー》

『灯台へ』の第一部では、ラムジー夫人が人間味のある魅力的な女性として登場し、その日常の生活ぶりが、実に生き生きと描かれる。ラムジー夫人は八人の子の母親で五十歳を過ぎているにもかかわらず、非常に美しい女性である。だが自分が美人であるということについて、子供ほどにも意識しておらず、しばしば端正な顔立ちとは不似合いな行動をとる――「彼女は鳥打ち帽をひょいと頭にのせる、子供のいたずらを止めようと、オーバーシューズのまま芝生の上を駆けていく」（第五章二七）。また街を行くときは、「日傘をまっすぐに持ち、角を曲がると誰かに会うのを期待しているかのような足取りで」歩く。彼女は慈善事業にも熱心で、貧しい人の家を訪問し、灯台守の病気の男の子のために靴下を編む、心優しい女性でもある。と同時に、灯台守の親子への贈り物として、靴下のほか、「古雑誌の一束とたばこを少々、それにここにころがっているもの、特に必要なくて、ただこの部屋に散らかっているものは何でも」あげてしまおうなどと考えるところは、彼女の慈善に潜む偽善性をユーモラスに示し、それによってかえって彼女の人間らしさを印象づけていると言えよう（第一章十五、八）。以上のことに加え、第一部ではラムジー夫人の心理描写が、夫人自身の「意識の流れ」の手法でなされている部分が多く、そのため読者はラムジー夫人の内面に入り込み、ほとんど彼女と一体化してこの小説を読むしくみになっている。それだけに第二部の途中で、何の前触れもなく突然夫人が死んでしまう展開は衝撃的だ。夫人の死は唐突であるばかりではない。冒頭の引用が示すように、それについての叙述はあまりに簡潔である。そこには祈りも、すすり泣きも、家族に別れを告げる場面もなく、伝統的な臨終、つまりヴィクトリア時代の人々が抱く臨終のイメージとはおよそかけ離れていた。[11] ウルフ自身は、母ジュリアの臨終の瞬間には立ち会えなかったが、瀕死のジュリアから言葉をかけられている。「過去のスケッチ」の別の箇所に、次のような回想がある。

それから母を最後に見たときのこと。母は死にかかっていた。私は、母にキスをしに行って、その後そっと部屋から出ようとすると、母は言った、「しっかりなさい、私の子やぎさん」[12]

しかし『灯台へ』では、死に際してのラムジー夫人と家族とのコミュニケーションはいっさい描かれていない。

文学作品において、ヴィクトリア時代の典型的で、あるべき臨終の姿を描いたとされるのが、ディケンズの『骨董屋』のヒロイン、ネルの死である。当時の読者の万感の涙を誘った彼女の死は、次のように語られている。

彼女が死んだのは二日前のことだった。死期の近いことを知っていたので、そのとき人々は皆まわりに集まっていた。彼女は、夜が明けるとすぐに亡くなった。前の晩、早い時分には、彼らは彼女に本を読んであげたり、話をしたりしていたが、いつの間にか時間が過ぎて、彼女は眠りに落ちた。かすかに発せられる言葉から、彼女がおじいさんとの放浪の旅のことを夢に見ていることがわかった。それは、つらい場面ではなく、助けてくれたり、優しくしてくれた人々のことだった。というのも、彼女はしばしば、「ありがとう、あなたに神のご加護がありますように」と大変力を込めて言ったのである。目覚めているときは決して心がさまようことはなかったが、ただ一度だけ、美しい音楽があたりに響いていると言った。誰が知ろう、さもありなん。

とても静かな眠りから、最後に目を開けると、彼女は皆にもう一度キスしてほしいと言った。それが済むとおじいさんの方を向いて、とても愛らしいほほえみを浮かべ——そんな愛らしいほほえみはそれまで見たことがなかったし、決して忘れられない、と彼らは言った——そして両腕をおじいさんの首にかけた。彼らは初め、彼女が死んだことに気づかなかった。

（……）かわいそうなキットに会いたいと最近彼女はよく言っていた。誰かキットによろしく伝えてほしいと言った。そのときでさえ彼女は必ず、かつての明るく陽気な笑い声をたてて、彼のことを思い出して話すのだった。

それ以外のことで、彼女は決して不平や愚痴をこぼさなかった。穏やかな心とまったく変わりのない態度で——日を追うごとにより真剣になり、彼らへの感謝の気持ちをつのらせはしたが——夏の夕べの光のように消えていった。

（第七十二章）▼13

十九世紀の前半においては、死を神の意思によるものと受け止め、魂の救いを得るべく、信仰の上での備えを当人も家族も充分にするのがよい死に方と考えられた。そのため信仰の篤《あつ》い人々は、長患いを歓迎しさえした。これに対し、そのような備えができない急な死は悪い死に方であった。[14] ネルのモデルはメアリー・ホガースである。メアリーは心臓発作によって急死したので、悪い死に方だったはずである。だがディケンズは、『エヴァンジェリカル・マガジン』等、当時流布していた福音主義派の雑誌やパンフレットに掲載された敬虔な人物の模範的な死に方の記述を参考に、かつキリスト教の教義へのはっきりした言及や宗教的教訓は避け、センチメンタリズムを強めてネルの死を描き出した。[15] そこにはディケンズ個人の思い入れに加え、読者の反応を意識した、職業作家としての計算が働いていたと考えられる。

『骨董屋』には最後に後日談がついている。少年時代、ネルに好意を持っていたキットは、やがて結婚し、子をもうける。子供たちが六、七歳になると、キットはその子たちにせがまれて、幾度となく心優しいネルの話を聞かせるようになる。子供たちがもっと聞きたいとせがむと、彼は、良き人々が皆そうであるように、ネルも天国に行ったのだよと言い、もしネルのように善良であったなら、おまえたちもいつかそこに行くことができ、ネルに会えるかもしれない、と話して聞かせるのである（最終章）[16]。

ここでは生前のネルを知っているのはキットのみであり、子供たちはキットの話を通じてネルのことを知る設定になっているが、いずれにしても親しかった人や家族とあの世で再会する期待を、ヴィクトリア時代の人々は現実のものとして持っていた。すでに述べたように、ディケンズは「いつの日か悲しみも別離もないところで」メアリーと再会するという思いに慰められ、テイト夫妻は、五人の子供を同時期に失ったが、天国で再会できると信じていた。ダーウィンの妻エマは、一八三二年に妹のファニーを亡くしたときに、次のように神に祈ったと書き記している――「汝《なんじ》の御許にいる妹に私が加わり、二度と別れることがありませんように。（……）彼女とふたたび一緒になり、どんなに私が彼女を愛していたかを告げることは、至上の幸福となりましょう」。エマはまた、ファニーの死によって来世を現実のものと感じるようになったと、叔母への手紙に書いている。▽17

十九世紀後半になると、苦しい長患いより安楽な死が好まれるようになる一方、来世での家族や親しい人との再会の期待はむしろ高まっている。ジャランドはその理由として、家族の絆が重視されるようになって、天国が神の住む神聖なところから家族再会の場に代わるという、いわば世俗化が起きたこと、キリスト教の教義が自然科学や不可知論に脅かされるなかで、平穏で家庭的な生活を死後も享受したいという欲求がかえって強くなったことなどを挙げている。一八八〇年、妻を失ったセルボーン卿は、国教会のパーマー大執事に宛てた手紙で、「我らが主イエス・キリストの限りない慈悲によって、永遠の世界で」親兄弟や妻に再会できるものと確信していると述べている。▼18

次の引用は、有名な政治家W・E・グラッドストンの娘婿で牧師のハリー・ドゥルーによる説教の一部で、二十世紀に入ってからのものである。

［キリストによる］死は、もはや別れのない国への真の入り口である。（……）我々は、この世で愛した人々にふたたびまみえるであろう。そしてかつて彼らを愛し、知っていた時よりも、はるかに彼らのことをよく知り、愛するであろう。すべて穢《けが》れのない地上の幸福は、そのとき完

全で永遠のものとなろう。[19]

『灯台へ』のラムジー夫人は、極めて伝統的な価値観の持ち主でありながら、キリスト教の教義ばかりか、神の存在そのものにも否定的な考えをもっている。

何がそんなことを私に言わせたのだろう、と夫人はいぶかった、「我々は神の御手にある」などと。真実のなかにすべり込んできた欺瞞に、彼女は憤り、苦しんだ。ふたたび編み物の手を動かし始めた。この世界を神が造ったなんてことがあるかしら。この世には、道理も、秩序も、正義もない、あるのは苦しみ、死、貧しい人々、という事実をいつも心のうちに把握してきた。どんな卑劣な裏切りだって起こりうる、ということを私は知っている。どんな幸福も長続きしない、ということも知っている。

（第一部、第十一章五四）

ウルフの母ジュリアは、最初の夫ハーバート・ダックワースと死別したとき、非常に大きな精神的打撃を受けた。「私はまだ二十四でした。その時に全人生が暗礁に乗り上げてしまったように思えたのです」と彼女はレズリー・スティーヴンに話している。[20]

彼女は、ヴィクトリア朝精神を体現したような古風な女性であったが、この死別がきっかけになって信仰を失っている。そのことで、大好きだった、信心深い母親を傷つけたという。[21] ジュリアがやがて、ハーバート・ダックワースとは全くタイプの違うレズリー・スティーヴンに惹かれるようになったのは、彼の不可知論に共鳴したためだった。[22]

ウルフの姉ヴァネッサは、『灯台へ』のラムジー夫人が、あまりにジュリアと生き写しなのに感動し、ウルフへの手紙で次のように述べている。

（……）お母さんを、こんな風に死者のなかからよみがえらせるのは、ほとんど痛々しいまでです。あなたは、お母さんの性格の並々ならぬ美しさを感じさせてくれました。（……）まるで自分自身が成長し、対等の立場になってお母さんと再会したかのようでした。彼女とこんな風に会うことを可能にしたなんて、本当に驚くべき創造の業のように思われます。

（一九二七年五月十一日付[23]）

ただいかにウルフが、ラムジー夫人の性格造形において、母ジュリアの姿を再現することに成功したとしても、十三歳の時に死別した母の内面生活まで知り尽くしていたとは考えにくい。当然のことながら、ラムジー夫人の心理描写には、多分にウルフ自身の思い入れがあると言えよう。

その生き生きとした性格が周囲の人間を魅了してやまないラムジー夫人であるが、同時に彼女はとても悲しげな様子を見せることがあり、何か事情があるのではと、さまざまな憶測を呼んでいる（第一部、第五章二六―七）。彼女は人生と対峙しており、時に「大いなる和解の場面」もあるが、「たいていの場合、不思議にも、彼女が人生と呼ぶものは恐ろしく、敵意に満ちていて、隙を見せようものならたちまち飛びかかってくるように感じることを認めざるを得ない」。無邪気でまだ人生の荒波にさらされていない自分の子供たちが、いつまでも今のままでいて、大人にならなければいいのに、と言って、「なぜそんな暗い人生観をもつのだ」とラムジー氏にしかられる（第十章五〇―一）。

ラムジー夫人は死を「永遠の問題」のひとつに数えている（第十章五一）。彼女は、死を容易に意味づけする事ができない。スイスから来たメイドのマリーが、目に涙を溜めて窓の外を見ながら、癌で死にかかっている故郷の父親のことを思い、「［くにでは］山々がとってもきれいなんですの」と言うのを聞いて、言葉を失って立ちつくす。翌日そのことを思い返したときも、何の望みもないと心のなかでつぶやいていらだつのみである（第五章二六）。また彼女は自らの死に思いを馳せ、無常観にとらわれて恐れおののく。別荘まで聞こえてくる潮騒《しおさい》は、たいていの場合子守歌のように心をなだめるが、時に別の響きをもつ――

だがそれとは別の不意の思いがけないとき、特にやりかけの仕事からふと気持ちが離れたようなときには、［波の音は］そんな優しい意図は持たず、恐ろしげな太鼓の音のように、仮借なく生命の時を刻み、この島が滅び、海に飲み込まれてしまうように思わせ、次々の雑事にかまけて日を過ごしてきた彼女に、人生は虹のようにはかないものであることを警告するのであった。――この波の音が、それまで他の音にほとんどかき消されていたのだが、突如雷鳴のように耳に響いたので、彼女ははっとおびえて目をあげた。（第三章一七）

ウルフが、海辺の保養地セント・アイヴスをモデルにしながら、物語の舞台をスカイ島に設定したことはすでに述べたが、この小説では、島は生命、楽園のイメージをもち、海は死の連想を伴っている。右の引用において、ラムジー夫人は死を単なる消滅ととらえ、恐れている。

ラムジー夫人は、この世は悲惨に満ちていると認識するがゆえに、信仰を持つことができなかった。そしてそれゆえに彼女には、結局この世しかなかった。ヴィクトリア時代の多くの人々のように、来世の存在を信じることも、天国での家族との再会に希望を見いだすこともできないラムジー夫人がよりどころとしたのは、この世での家庭的幸福、家族や友人との生きている者同士の心のつながりである。

彼女は非常に恵まれた家庭生活を送っている。夫のラムジー氏は気むずかしい哲学者で、二人の性格は正反対だったにもかかわらず、互いに信頼し合っている。ラムジー氏は、息子のアンドルーが成績優秀で奨学生になったら誇りに思うと言い、ラムジー夫人は、私はあの子が奨学生にならなくたって誇りですわ、と答える。それでもラムジー夫人は、奨学生にこだわる夫のことが好きであり、ラムジー氏は、息子が何をしようと誇りにする妻を好いている（第十二章五六）。リリーには、ボール投げをする子供たちを見守る夫妻の姿が、結婚の象徴と映る（第十三章六〇）。またラムジー家の別荘は、「眠っている子供たちと、耳を傾けるラムジー夫人、シェードのかかった明かりと、規則正しい寝息に満ちているように思われた」という（第九章四三）。

このようなラムジー夫人は、誰かれかまわず結婚を勧める。独身主義者のリリーに向かって、「あなたも、ミンタも、みんな結婚すべきよ」と言い、結婚しない女は人生で最高のものを取り逃がしている、そのことに疑いはないと主張する。リリーの目には、ラムジー夫人のその押しつけがましさ、伝統的価値観を信じて疑わない素朴さが滑稽に映る（第九章四三）。だがラムジー夫人は、リリーが思うほど単純ではなかった。夫人は、ミンタとポールが結婚するように仕向けたことを、本当にそれで良かったかと省みている。彼女自身は、「誰にでも起こるとは限らないような経験」をしてきて、人生を敵意に満ちたものととらえているのに、「まるで自分にとっても逃げ道ででもあるかのように、ほとんど意識さえしないうちに、人は結婚しなければいけない、子供を持たなければいけないとせき立てられるように言ってしまった」と反省する（第十章五一）。また彼女は、結婚を求める男性の女性への真剣な愛は、「その内奥に死の種を宿している」とも認識している（第十七章八二）。つまり結婚とは、本来的には子孫を残すためのものであり、それは自らの死を前提にしているのである。人生の厳しさ、人生のはかなさを知っているにもかかわらず、むしろそれゆえに、結婚を唱道してしまう。ラムジー夫人の保守的な結婚観の背景には、このような現実認識があった。

第一部「窓」のクライマックスをなすのは、第十七章の晩餐の場面である。ここでラムジー夫人は、食卓に集った人々の心を何とかひとつにまとめようと必死に努めている。初め皆の気持ちは離れていて打ち解けない。「融け合うものは何もないようだった。皆ばらばらに坐っていた」（六九）。それをひとつに統一するのは、すべてラムジー夫人の努力にかかっている。彼女の涙ぐましいまでの気配りにもかかわらず、その場はなかなか良い雰囲気にならない。ところがあたりが暗くなってテーブルの上にろうそくが灯されると、娘のローズが盛りつけた果物の皿が、鮮やかに浮かび上がる。夫人は、それをひとつの世界のように感じて魅了されるが、うれしいことに普段夫人に心を開かないカーマイケル氏も、その果物の山で目を楽しませており、「それが瞬時二人に共感をもたらした」。二人の見方、楽しみ方は異なっているようだが、「それでも共に見ることが二人を結びつけた」のである（七九）。さらにろうそくの火は、そこにいる一同の者をひとつにする。

いまやすべてのろうそくが灯されると、テーブルの両側に坐る人々の顔が、その明かりで引き寄せられ、たそがれの時にはなかった一団が、テーブルのまわりに形づくられた。というのも夜が窓ガラスの向こうに閉め出されたからで、窓は外の景色を少しもはっきり見せず、奇妙に波だたせ、そのため、この部屋のなかは、秩序だっていて陸地のようで、一方外は、水面に揺れては消える影のように見えた。

それが実際に起こったかのように、たちまちある変化が全員にいきわたった。皆が、孤島の洞窟に身を寄せる一団になったことを意識したのだ、外の流動体に抗するという共通の動機をもったのだ。（七九—八〇）

ろうそくの光は、外の夜の世界の不安定感、得体の知れなさに対して、部屋のなかの安定感を際だたせた。また列席した人々の距離を近づけて見せる効果を持ったために、皆の間に、孤島に流れ着いて洞窟に身を寄せた一行がもつような連帯感を生んだのである。

やがてラムジー夫人は、すべてが順調に運ぶようになったので、安心の境地に達する。彼女は、

「喜びの大気のなかにたなびく旗のような」気分になり、「その喜びに全身の神経のすみずみまで心地よく満たされる」。というのもその大気は、「夫や子供たちや、友人たちから湧き上がって」きているからである。またそれは「立ち昇る煙のように、蒸気のように漂って、皆を安全に守っている」ようにみえ、「永遠なるものに連なっている」と夫人には感じられる。「平安と休息」の感覚を味わったラムジー夫人は、「こうした瞬間から、未来永劫に残るものが作られる」のだと考える。「この今の瞬間はきっと残るだろう」(八五)。

だがラムジー夫人は、この体験に永遠の価値があると考えながら、現に今味わっている安息のひとときはじきに終わるものであること、その持続時間がごく短いものであることも同時に意識している――「でも、これは長続きするものではないわ」(八五)。やがて食事の席はお開きになる。

> 敷居に足を止めて、見守るその瞬間のうちにさえ消えてゆく情景のなかに、夫人はもう一瞬だけたたずんだ。それから歩き出し、ミンタの腕をとって部屋を出ると、部屋の様子は変わり、別の様相を帯びた。肩越しに最後の一瞥を送りながら、夫人は知った。それはもうすでに過去になってしまった、と。(九〇)

それでもラムジー夫人は、今宵晩餐に列席した人々が、「どんなに長く生きようと、この夜、この月、この風、この家、そしてまた、この私に帰ってくるだろう」と考える。彼らの心に、自分の存在がいつまでも織り込まれるだろうと考えて、喜びに満たされる。彼女は、「感情が引き起こす、他の人々との感覚の交流《コミュニティー》」を感じ、あたかも人と人とを隔てる「仕切りの壁が非常に薄くなって、実質的にすべてひとつの流れになったかのよう」な気がする。それは「安堵と幸福」の感覚である。そして自分が死んだときは、今日婚約したポールとミンタがその「感覚の交流《コミュニティー》」を受け継いでいってくれるだろう、と考える（九二）。

このように、信仰のないラムジー夫人は、この世において、家族や友人たちとの融合の場を作り出し、その記憶が、自分の死んだ後も、他の人々の心に生き続けるだろうと考えることで、永遠性を確保しようとした。だがその心の通い合った瞬間は、無常観に裏打ちされているがゆえになおさらいとおしく、それゆえに永遠の価値を付与される、というパラドックスを秘めている。

3　芸術の永遠性

ヴィクトリア時代における、クリスチャンと不可知論者の、死別に対する態度の違いは、第一次世界大戦で様変わりする。未曾有の大戦争がもたらす、戦場での若者たちの悲惨な大量死は、敬虔なクリスチャンにとっても死を受け入れることを困難にした。たとえば三人の息子を一九一五年から一八年のうちに戦争で失った、エクセターの主教ウィリアム・セシルは、「苦しみが増すだけだ」と言ってお悔やみの手紙をすべて焼き捨てたという。▼24 この戦争を機に、多くの人が死を意味づけできなくなり、死はタブー視されるようになっていった。そしてそれは生の意味をも見失う結果を招き、この問題は現在に至っても未解決であるとジャランドは指摘している。▼25

『灯台へ』の第三部「灯台」は、第一部から十年が経過した、九月のある日に設定されている。すでに述べたように、第一次世界大戦はこの間の出来事とされ、息子のアンドルーが戦死している。またこの十年の間に、ラムジー夫人と娘のプルーも死んでいる。

この第三章で、画家のリリーは、十年前に完成できなかった絵に再度取り組みながら、ラムジー夫人によって作り出された「友情と好意に満ちた瞬間」を回想している（一三二―三）。それは、ある日、皆で浜辺に行ったとき、ラムジー夫人が岩のそばに坐り、その前でタンズリーが無邪気にも小石を投げて波の上でスキップさせる水切り遊びを始め、リリーもそれに加わった、という何気ない日常のひとコマだった。手紙を書いていたラムジー夫人は、ときどき目を上げ、鼻眼鏡の上から彼らを見やって笑った。タンズリーは、画家のリリーに向かって「女に絵は描けない、ものは書けない」と平気で言う男で、普段二人は反目し合っていた。だがこのとき、彼はラムジー夫人の前で、「精一杯気持ちよく振る舞うようになり」、二人は「急にしっくり」したという。岩かげにただ坐って、手紙を書いているだけのラムジー夫人が、「怒りも、いらだちも、古いぼろ切れのように払い落とし」、「すべてを単純化した」のである。夫人は長い年月を経ても、完全に残っているあるものを作り出した。リリーは、この回想体験が「人生の意義とは何か」という問いに対するひとつの答えとなりうる可能性を示唆する――

大いなる啓示は決して来なかった。おそらく大いなる啓示は、決して来ることはないだろう。ただあるのは、小さな日々の奇蹟、輝き、暗闇のなかで思いがけなく点けられたマッチ。今の

もそのひとつなのだ。　（一三三）

リリーには、人生の意味を明確にしてくれる宗教的な啓示が与えられることはない。ただ日常性のなかにあって、ひときわ輝きを放っていつまでも記憶に残る出来事が、それに代わる慰めをわずかながらも与えてくれるのである。「ラムジー夫人はそんな瞬間から永遠なるものを作り出した（……）――これは啓示の性質を持つものである」と彼女は思う。そして心のなかでラムジー夫人に呼びかけ、「この啓示はあなたのおかげです」と言う。

リリーは、浜辺の場面に思いを馳せ、それが長い年月を経ても完全な形で残っていて、「ほとんど芸術作品のように胸にとどまっている」と考えたところで、「芸術作品のように」という言葉をもう一度心のなかでつぶやいている。ラムジー夫人はその瞬間を永遠のものにしたが、リリーは「別の領域で瞬間から永遠なるものを作ろうとしている」と言う（一三三）。つまりリリーは、絵によって、芸術によって永遠性を確保しようと努めているのである。この小説において、リリーは作者ウルフの分身のような存在である。ウルフはリリーを通じて、自らの芸術観を表そうとしているように思われる。

リリーが描いている絵は、どのようなものであったのだろうか。

第一部で、バンクス氏が、リリーの絵を見て質問をする箇所がある。この紫の三角形は何を指すのか、という質問に対し、「ラムジー夫人がジェイムズに本を読んでいるところです」とリリーが答えるのを聞いて、バンクス氏は驚く。彼は単に、具体的な人物が抽象化されたことに驚いたのではなかった。植物学者でありながら、アムステルダムでレンブラントを、ローマのシスティーナ礼拝堂でミケランジェロを、パドヴァでジョットを見てきたバンクス氏は、伝統的絵画に対する造詣があり、母と子を描いたと聞いてすぐ聖母子像を連想したのである。リリーの説明を聞き、バンクス氏は、「普遍的な崇敬の対象」のモチーフである母と子を、なんら冒瀆ではなく紫の影にしうるということをおもしろいと感じている（第九章四五、第十三章六〇）。第三部でリリーは、このときのことを回想し、「ラファエロが神聖なものとして扱った（……）主題を見くびるつもりはない。私はシニカルではない。その反対だ」と言っている（第五章一四五）。つまりリリーの絵は写実的ではなく、宗教的な主題ももたない。その一方、聖なるものを冒瀆したり、揶揄したりする意図はなく、前衛的ではあっても、世界と人生の意味を真摯に問うものであった。

第三部でリリーは、絵のモデルとなっていたラムジー夫人が死んで、彼女のかつて坐っていた踏み段ががらんとしていることを意識している（第一章一二四）。にもかかわらずリリーは絵を描こうとする。モデルであったラムジー夫人の不在は、絵を描くことを困難にしているはずである。だがリリーは、単にモデルであっただけでなく、まわりの人々をひとつにまとめていたラムジー夫人がいないという空虚感を強く感じながら、自分の絵で何とかそれを埋め合わせようとしている。彼女は、なんども人生の意味、世界の意味を自分に向かって問いかけ、終始無言でそばにいるカーマイケル氏には、すべてがわかっているのではないかと思う。「『あなた』にしろ『私』にしろ『彼女』にしろ、皆消え失せてゆく、何も残らない、すべては変化する、だが言葉は別、絵は別だ」――リリーは自分の絵を見て、これがカーマイケル氏の答えではないかと想像する。また彼女は、死んだ人は無力だとも思っている――「死んだ人々！　と彼女はつぶやく、人は死んだ人々を憐れむ、はねのける、幾分軽蔑さえする。死んだ人々は、我々の思いのままだ。ラムジー夫人は色褪せ、消えてしまった」。ラムジー夫人の思い出を一種の啓示ととらえたリリーであったが、ここでは生き残った人々の記憶のなかに確保される永遠性より、芸術の永遠性の方がより確かだと思っているようである。しかしすぐさま、自分の絵は屋根裏部屋にかけられたり、巻かれてソファの下に投げ込まれるかもしれない、という不安に駆られている。それでも、絵そのものは残らなくとも、それを試みたということは「永遠に残る」のだと自らに言い聞かせるなど、不安定に気持ちが揺れる（第五章一四三、一四七）。

彼女はふたたび人生の意味を問い、なぜ人生は「はっと驚かし、思いがけず、知られざる」ものなのか、無言でカーマイケル氏に尋ねる。そしてもし、なぜ人生はこんなに短く、不可解なものなのか、自分とカーマイケル氏がふたりして敢然と答えを求めたならば、美が姿を現し、空白は満たされるだろう、と考える（第五章一四七―八）。彼女はラムジー夫人を呼び求め、その幻影を見る。過去を回想しながら、絵のヴィジョンをつかもうとする。そして絵を描きながら、「日常の経験のレベルにおいて、あれは椅子、あれはテーブルと単純に感じながら、同時に、それは奇蹟だ、法悦《エクスタシー》だと感じる」ことが必要だと考える（第十一章一六四）。ラムジー夫人が記憶の世界のなかに現出させた小さな奇蹟を、リリーは絵において現出させようとする。それが人生に意味を与えるのだと考えている。

リリーは最後に至って、急に確信を得て、カンヴァスのまんなかに一本の線を引き、絵を完成させる。「極度の疲労のうちに絵筆を置きながら、彼女は思った。そう、私は自分のヴィジョンをとらえたわ」(第十三章一七〇)。

ヴィクトリア時代のクリスチャンは、来世において永遠の命が授けられ、そこで親しい人々と再会することに希望を見いだしていた。『灯台へ』の主要な三人の登場人物は、いずれもその希望をもつことのできなかった人々である。ラムジー氏は妻を永久に失う。ただ最後に、子供たちとの心の交流を得る。ラムジー夫人は家庭的幸福を重んじ、人々との交流の場を作り出し、死後も人の心のなかに生き続けるという形での永遠性を確保した。そしてリリーは、芸術に人生の意味を求めつつ絵に取り組み、ついにそれを完成させる。この結末は、芸術が宗教の代替物足りうることを示しているように見える。だがリリーがヴィジョンをとらえるに到るまでの道のりは長く、彼女は極度の疲労感を覚えている。作品に小さな奇蹟を現出させ、それが後世に残って人々に感動を与え続けるという意味での芸術の永遠性は、故人が生き残った人々に記憶されるという意味での永遠性と同じく、あくまでこの世のことであって、天国の永遠性とは次元を異にしている。それでも、リリーが頼みにできるのは芸術だけだった。ウルフは、リリーにおいて、宗教がもはや与えてくれなくなった意味を何とか芸術に求めようとするその苦闘の姿、ウルフ自身が直面した苦悶自体を描いたと言えるだろう。

第七章　死者への冒瀆と愛

――『若い芸術家の肖像』と『ユリシーズ』

ジェイムズ・ジョイス（一八八二―一九四一年）はヴァージニア・ウルフと同年、アイルランドのダブリン郊外で生まれた。当時のアイルランドは全土がイギリスの統治下にあった。その一方、宗教的には、支配階級のアングロ・アイリッシュがプロテスタントであったのに対し、多数のケルト系住民はカトリックを信奉し、ローマ・カトリック教会が大きな力をもっていた。ジョイスはイエズス会系の学校で初等中等教育を受け、成績優秀であったために、聖職者になることを学校当局から勧められる。だが、信仰に疑念を抱くようになっていた彼は、誘いを断って大学に進学し、卒業後パリに遊学する。クリスチャンでないという点では、ヴァージニア・ウルフと共通しているが、両親が不可知論者であったウルフと異なり、ジョイスは熱心なカトリック信者の母の期待に背いて棄教した体験を持つ。それゆえ彼の作品には、宗教的なモチーフが多く見受けられる。

1　信仰から芸術へ──『若い芸術家の肖像』

ジョイスの自伝的小説『若い芸術家の肖像』（一九一四─一五年）には、主人公のスティーヴンが信仰を捨てて芸術家を志すに至る経緯が描かれている。

スティーヴンは、ジョイス自身と同じ、イエズス会系のクロンゴウズ・ウッド校とベルヴェディア校に学び、厳格な宗教教育を受ける。そのベルヴェディア校時代、思春期を迎えたスティーヴンは、心のなかに湧き起こる欲情に悩まされる。ある日、彼は街をさまよった挙げ句、売春宿に入って女を知る。以来、罪に意識にわななきながらも、繰り返し足を運ぶようになる。

そんなとき、学校で静修を受けることになる。静修とは、イグナティウス・デ・ロヨラによる『霊操』（一五四八年）以来、広く行われるようになった精神修養で、一定の期間、俗世間を離れ、講話を聞いて、祈りや黙想をして過ごすものである。『肖像』で、静修を施すアーノル神父は、自分がこれから数日間にわたって話すのは、「四終」すなわち「死・審判・地獄・天国」についてであると言う（実際には天国の話はない）。アーノル神父からまず、死と審判についての話を聞くスティーヴンは、神父の説くままに自分の最期を思い描く。それは、本書第四章で引用した、ルイス・デ・グラナダの『祈りと瞑想』と同種の内容であるが、売春宿に通うようになって、自らを罪深い人間と感じていたスティーヴンにとっては、大変切実で恐ろしい体験だった。

助かるすべはない！　助かるすべはない！　ぼくが、ぼく自身が、すべてを委ねてきたぼくの体が死んでゆく。体と一緒に墓に行く。木の箱に詰められ、くぎを打たれ、屍《しかばね》となって。人夫たちの肩にかつがれ、家の外に運び出される。人の視力の届かぬ地中の細長い穴へ、墓穴のなかへ押し込められる。そして腐って、這いまわる蛆虫の群れの餌食となり、駆けまわる腹の膨らんだねずみどもに貪《むさぼ》り食われる。（一一二）

アーノル神父は続いて、死の直後の私審判と終末の公審判（最後の審判）を厳しく恐ろしいものとして語る。死のあとには審判が待っており、いったん死んだらもはや悔い改めることはできない。死は誰にも必ずやってくる、しかもそれはいつどんな形でやってくるかわからない。だから常にいつ死んでもいいように心の準備をせよ、と言う。このメメント・モリの教えもすでに触れたように、ルイス・デ・グラナダを初め、多くのキリスト教指導者が説くところである（一五二）[1]。アーノル神父の説教の大半は、地獄の恐怖を述べることに費やされる。神父の口から雄弁かつ執拗に語られる地獄の情景は、スティーヴンの心に焼きついて離れなくなる。

地上の炎は、また、どんなに強烈であろうと、燃え広がろうと、範囲は常に限られています。しかし地獄の炎の湖は果てしがなく、岸も底もない。記録によれば、悪魔自身がある兵士に質問されて白状したのですが、仮にひとつの山をまるごと地獄の燃える海に投げ込んでも、一瞬にしてろうそくのかけらのように燃えてしまうそうです。しかもこの恐ろしい火は地獄に堕ちた人々の体を外側から責めさいなむばかりでなく、ひとりひとりの魂が自分にとっての地獄となり、際限のない炎がその中枢で燃えさかるのです。おお、これらのみじめな人々はなんと恐ろしい運命にみまわれることか。血は血管で煮えたぎり、脳は頭蓋で沸騰する。胸では心臓が白熱して破裂し、はらわたは燃える管の赤く焼けたかたまりとなり、やわらかい目は溶けた球になって炎を吹くのです。（一二一）

ジョイスが地獄を描く上で典拠にしたとされるのが、十七世紀イタリアのイエズス会修道士ピナモンティの『キリスト教徒に口を開く地獄』（一六八八年）である。この小冊子は各国語に訳され、英訳も十八世紀初めより版を重ねた。ダブリンでも、一八六八年より幾度か英訳が出ている。ピナモンティは、地獄の七つの苦痛（牢獄の苦しみ、業火、罪人や悪魔との同居、神を喪失する苦痛、良心の呵責、責め苦の増大、苦痛が永遠に続くこと）をひとつひとつ具体的に述べているが、ジョイスも同じ特徴を同じ順序で述べている。ダブリンで一八八九年に出たと推定される本に収められた英訳と『肖像』を比べると、比喩や言い回しに至るまで酷似している。引用した地獄の業火の描写も内容はほぼ同じで、表現の上では『肖像』のほうがよりわかりやすくリアルになっている。ジョイスは、この英訳をもとに手を加えたものと思われる。▽2

『キリスト教徒に口を開く地獄』の内容は、宗教的瞑想の伝統にそくしたものだった。ルイス・デ・グラナダは、地獄の瞑想は、それによって我々が悔い改め、神を畏《おそ》れ、罪を憎むようになるという点で有益であると言っている。ただピナモンティの場合、その意図は、もっぱら読者を「恐れさせ、義務を果たすように仕向ける」ことにあり、地獄の刑罰の恐怖を超えて、神の愛と慈悲の考察へと読者を導こうとするものではなかった。[▼3]

だが、英訳で簡単に入手できる状況にあったとはいえ、ジョイスはなぜ二百年以上も前の宗教的瞑想を持ち出して使ったのだろうか。

ジョイスが生まれ育った十九世紀の終わりから二十世紀の初めは、カトリック内部に「近代主義」が生まれたのに対する反動として、教皇庁が中世に回帰する動きを見せた時代だった。近代主義にはさまざまな思想や立場があり、まとまった運動とは言いがたいが、自然科学の成果を認め、聖書の歴史的批評的研究を取り入れようとする傾向をもっていた。これに対し教皇庁はスコラ哲学への回帰を唱え、十三世紀のスコラ哲学者、とくにトマス・アクィナスの思想に帰ることを主張。世界は不変であって、発展するものではない。歴史的変化が人間や制度の本質に影響を及ぼすことはないので、歴史的研究には信憑性がないとした。教皇庁はこのような教えを広めるとともに、ローマ教皇の絶対的権威への服従を求め、ピウス九世は、一八七〇年、ヴァチカン公会議で「教皇の不可謬性」を採択させた。アイルランドの聖職者のなかには、短編集『ダブリンの市民』(一九一四年)の「恩寵」で登場人物たちの話題にのぼるマクヘイル大司教のように、当初、教皇不可謬説に異議を唱えた者もいたが、「近代主義」の危機の時代を通して、アイルランドのカトリック教会は教皇庁に最も忠実だった。[▽4]『肖像』の前身として書かれた『スティーヴン・ヒーロー』には、すでに信仰を捨てたスティーヴンが登場し、神父の顔色をうかがう学友たちを軽蔑して次のように言う連中はイエスとマリアとヨセフを崇め、教皇の不可謬性と、彼の説くおぞましい悪臭ふんぷんたる地獄の存在を信じている。奴らは至福千年の到来を待ち望むが、それは信者が栄光に包まれ、無神論者が油で揚げられる時ってわけだ（……）ああ慈悲深き全能の主よ![5]

ピナモンティは全く古びていなかった。そして『肖像』に描かれたような静修は実際に行われていた。ジョイス自身、ベルヴェディア校在学中に少なくとも五回の静修を受けている。一八九六年には、ジェイムズ・A・カレン神父主宰の静修に参加している。カレン神父の説教は、イグナティウス・デ・ロヨラの『霊操』に基づきながら、地獄の業火の苦痛を並はずれて強調するものだった。ジョイスはこのとき、自分の行為についてつのっていた良心の呵責の恐ろしい根拠をそこに見いだしたという。また弟のスタニスロースは、ある四旬節の静修の折に、ジョイスが恐怖と悔恨の錯乱状態に陥ったことを回想している。[6]地獄の恐怖をあおる説教は、十九世紀の末に至ってもほとんど変わることなく、連綿と続いていたのである。

さて『肖像』のスティーヴンは、アーノル神父の静修を受けて、罪の意識にさいなまれ、町の礼拝堂に行って、淫行の罪を犯したことを懺悔する。その後は不断の苦行を自らに課すことによって、罪をつぐなおうとする。だが彼は、祈りや瞑想の最中にもふたたび肉欲のささやきを聞いてしまう。そして自分は地獄への恐怖からあわてて懺悔したに過ぎず、心から悔い改めていないのではないかと疑問を抱き始める。

表面上はあくまで模範生だったスティーヴンは、やがてその態度が買われて校長に呼ばれ、聖職者になることを勧められる。校長と面談した後の帰り道、彼は聖職者になったときの生活を想像する。それはかつてクロンゴウズ・ウッド校の寄宿舎で過ごしたのと同じ、規律正しくて重々しい、生気のない生活である。その生活は、彼にとって精神的な死を意味していた。スティーヴンは聖職者の道を捨て、大学に進学する。

ある日、彼がドリー・マウントの海岸に行くと、そこで海水浴をしていた友人たちが、ふざけて彼の名スティーヴン・ディーダラスをギリシア語風に変えて呼んでいるのを耳にする。ダイダロスと呼びかけられた彼は、自ら作った翼で天《あま》がけたギリシア神話の名匠ダイダロスを思い、それを芸術家の象徴ととらえる。そして、自分の使命は芸術家になることだと悟る。彼は自身の解放を叫びたい思いに駆られてのどが疼《うず》くが、それは「魂に対する命の呼びかけで、義務と絶望の世界の鈍く粗雑な声ではなく、祭壇での蒼ざめた礼拝を彼に求めた、あの非人間的な声でもない」。「夜も昼も逃れられなかった恐怖、自分を取り巻いていた懐疑、内からも外からも自分を貶めてきた恥辱」、そういったものはもはや「死体から脱げ落ちた死装束」にすぎないと彼は思う。スティーヴンは、自分が受けてきた宗教教育を死のイメージでとらえ、それに対して、芸術家は自由な存在で、芸術作品は生きておりかつ不滅なものだととらえる――

ぼくの魂は少年期の墓場から立ち上がり、死装束を脱ぎ捨てた。そうだ！　そうだ！　そうだ！　魂の自由と力から誇らかに創造しよう、ぼくと同じ名のあの偉大な名匠のように、生き

たものを、新しく、飛翔し、美しいもの、精妙で不滅なるものを。　　（一六八—七〇）

スティーヴンが浜にできた小川に足を浸して歩いて行くと、小川のまんなかにたたずんで海を見つめているひとりの少女がいる。きゃしゃな足をすらりと伸ばして立っている彼女の姿は水鳥のようで、大胆にもスカートを腰までたくしあげ、太ももや下着まであらわにしている。彼女はスティーヴンに見つめられていることに気づき、こちらに目を向けるが、その様子には恥じらいもみだらな感じもない。やがて静かに目をそらし、うつむいて流れを見つめながら、そっと足先で水をもてあそぶ。そのかすかな音が静けさを破り、水に反映した光が「かすかな炎」となって「彼女の顔で震えた」。

少女の出現は「彼に向かって呼びかけた生命の到来」であった。彼女は「野生の天使、この世の若さと美の天使、うるわしい生命の宮廷からの使節」であるという。この少女との出会いには、『新生』および『神曲』におけるダンテとベアトリーチェの出会いが意識されている。[7]『新生』においてベアトリーチェは、「彼女は死すべき人の子とは思えず、神の子のように見えた」（第二章）、「彼女は女ではない、天の最も美しい天使のひとりだ」、「あたかも奇蹟を示すために、天上から地上に降りてきた者のようだった」（第二十六章）と形容されている。そして『神曲』ではダンテを救いに導き、文字通り天の使いの役目を果たす。一方ダンテは初めてベアトリーチェを見た瞬間に、心が震えて「愛」のとりこになる（『新生』第二章）。地上楽園で亡きベアトリーチェと再会したときは、「全身の血が震え」、「昔の炎の痕跡」を感じる（『神曲』「煉獄篇」第三十歌）。

スティーヴンは、少女を見たあと踵《きびす》を返して歩くが、「頬は燃え、体はほてり、四肢は震えていた」。『肖像』では、ダンテから字句や言い回しをそっくり借りることはないものの、少女を天使にたとえ、炎と震えのイメージを用いているなどの類似点が見られる。

だがジョイスは、浜辺の少女を描くにあたって、彼女を「天使」と呼びながら、同時に「この世の（mortal）」とか「生命（life）」という言葉を繰り返し使っている。『神曲』のベアトリーチェはダンテを天国に導くが、浜辺の少女のまなざしは、スティーヴンの心に「生き、過ちを犯し、堕落し、勝利し、生から生を再創造すること」を喚起する。彼女はスティーヴンに対し、「一瞬の恍惚のうちに、過ちと栄光に通ずるすべての門を押し開いた」。少女は、スティーヴンにとって一種の啓示であり、彼は思わず「天なる神よ！」と心に叫ぶ。ただそれはあくまでこの世の美に対する感動であり、その意味で「瀆神的な喜びのほとばしり」であった（一七〇—一）。スティーヴンはこの啓示によって、天上の至福や神の栄光を知るのではなく、芸術家としてこの世の生を前向きに生き、栄光と堕落の双方を経験しながら、創造活動を行う決意をするのである。

『肖像』はスティーヴンの日記で終わる。彼は最後に、芸術家を目指しパリに旅立つ上での抱負を述べ、ダイダロスに呼びかける——

四月二十六日（……）ようこそ、おお人生よ！　ぼくは行く、現実の体験と百万回も出会い、ぼくの魂の鍛冶場で、ぼくの民族のまだ創られていない意識を鍛えるために。

四月二十七日　古代の父よ、古代の名匠よ、今より常にぼくに力を貸し給え。（二五二—三）

『肖像』の冒頭には、タイトルのあとにエピグラフとして「そして彼はいまだ知られぬ技に没頭する——オウィディウス『変身物語』第八巻一八八行」というラテン語の一節が掲げられている。これは、ミノスによってクレタ島の迷宮に幽閉されたダイダロスが、ミノスといえども空だけは支配できないので空を飛んで逃れようと、翼作りを始めるところの引用である。この小説はダイダロスについての引用で始まり、ダイダロスへの呼びかけで終わる、「若い芸術家」の誕生の物語である。ジョイスは『肖像』において、宗教を束縛と死のイメージで描き、芸術を自由と生に結びつける。ヴァージニア・ウルフが『灯台へ』で、芸術が宗教にとってかわりうることを示そうと苦闘したのに対し、ジョイスは芸術および芸術家をよりポジティヴに肯定していたように思われる。

だが『肖像』において、宗教の問題が完全に解決されているわけではない。スティーヴンは信仰を捨てたことで、母親との間に確執を生む。日記の前には、学友クランリーとの長い対話があるが、そこでスティーヴンは、母親と信仰のことで不快なけんかをしたと打ち明ける。母親が彼に対し、復活祭に聖体拝領するよう求めたのを拒否したのである。クランリーが理由を尋ねると、スティーヴンは「私は仕えることをしない」と答える（二三九）。これは「エレミヤ書」二・二〇にあって、伝統的にサタン（ルシファー）の言葉と考えられているものだが、静修の場面でアーノル神父が次のように説明している——

神学者たちは、［ルシファーの罪を］高慢の罪、一瞬心に浮かんだ「ワレ仕エジ」(*non servium*)

すなわち「私は仕えることをしない」という罪深い考えだったとみなしています。その瞬間が彼の破滅でした。一瞬の罪深い考えによって神の威厳を損ない、神は彼を天国から地獄へ永遠に投げ入れたのです。（一一七）

従って、スティーヴンの言葉は非常に挑戦的であると言える。

宗教的儀式に関してかたくなな態度をとるスティーヴンに対し、クランリーは「おかしなことに、君の頭は君が信じていないという宗教のことでいっぱいじゃないか」と言う（二四〇）。信じていないのなら聖体拝領は単なる形式にすぎないと彼は指摘し（二四一）、スティーヴンがそれを拒むのは、冒瀆的な聖体拝領をしたらカトリック信者の神によって撃ち殺され、地獄に落とされると恐れているためではないかと尋ねる（二四三）。クランリーはまた、この醜い世の中で唯一確かなのは母の愛だと言い、母親の望みをかなえてやるよう勧める。スティーヴンはクランリーに反論してゆずらないが、この議論ではむしろクランリーの方に分があるように思われる。

三月二十四日の日記では、スティーヴンはふたたび母と信仰を巡って口論したことを述べている。そして先ほど引用した四月二十六日の日記では、芸術家としての抱負を述べる前に、母の様子について次のように記している――

四月二十六日　母はぼくの買ったばかりの古着を仕立て直している。母は、ぼくが家や友達を離れたひとり暮らしで、心とは何か、それは何を感じるかを学ぶよう祈っていると言う。アー

メン。そうなりますように。ようこそ、おお人生よ！（……）　（二五二）

スティーヴンのアーメンという祈りの言葉は、素朴で敬虔な信者である母への皮肉とも、自分を気遣ってくれることへの感謝ともとれるし、息子の成長を願いながらここでは敢《あ》えて改宗を求めなかったのでこちらも譲歩したともとれる。そういった、複雑な思いが入り交じった言葉であると解釈できる。

このように『肖像』には、宗教の呪縛から解き放たれ、芸術家として飛び立つ若者の物語という単純な図式の内には収まりきらない部分がある。スティーヴンのその後は『ユリシーズ』（一九二二年）に描かれ、この問題が引き継がれていく。

2　スティーヴンのトラウマ――『ユリシーズ』

『ユリシーズ』第十挿話に、スティーヴンの二人の同居人マリガンとヘインズが、スティーヴンの噂をする場面がある。その朝スティーヴンと信仰の問題を論じあったというヘインズが、彼についで「あの男にはなにか『固定観念』がある」と言うと、マリガンが「地獄のヴィジョンを叩きこまれて頭がいかれちまったんだ」と答える。マリガンによれば、スティーヴンはそのために、美的なものを最優先する古代アテネの芸術や、それに憧れた唯美主義のヴィクトリア朝詩人スウィンバーンの詩の調べをつかみとることができない。「それがやつの悲劇さ。あいつは詩人にはなれない」

とマリガンは言う。「永劫の罰ってやつか」とヘインズはうなずく（十、一〇六八―七六）。宗教を捨てて芸術に生きる決心をしたスティーヴンだったが、学校時代に植えつけられた地獄のヴィジョンが固定観念となっていて、そのために優れた詩人になれない、とマリガンは皮肉な見方をしている。『ユリシーズ』は、第四挿話でもうひとりの主人公ブルームが登場するまで、『肖像』の続編の形をとっている。パリに旅立ったスティーヴンは、母危篤の知らせを受けて帰国し、その最期を看取った。彼はそのままダブリンにとどまり、浜辺の塔でマリガン、ヘインズと共同生活をしている。第一挿話は、そのマリガンとスティーヴンのやりとりで始まる。この場面に、スティーヴンの母の死に対するこだわりが見てとれる。

母の死後、初めてマリガンの自宅に行ったとき、誰が来ているの、と母親に尋ねられたマリガンが、「なあに、あのディーダラスだよ、母親がひでえ死に方をした」と答えたことに、スティーヴンはずっと腹を立てている（一、一九八―九）。彼はまた、黒い喪服を着続けていて、マリガンに勧められても、他の服は着ようとしない。

医学生のマリガンは、死を即物的にとらえている。彼は「毎日（……）患者がぽっくりいって、解剖室で切り刻まれて屑になるのを見ている」。「死なんてなんでもないことだ」と彼は言う。だがそのマリガンが、スティーヴンの母親に対する思いやりのなさを責める。スティーヴンは、母親から臨終の際にひざまずいて祈ってくれと頼まれたのに、それを拒んだのである。マリガンに言わせるとスティーヴンの振る舞いは、彼がもっている「いまいましいイエズス会士の血」によるもので、「ただ、そいつが逆に流れている」のだという。マリガンはスティーヴンに「ロヨラ［イグナティウス・デ・ロヨラ」とは縁を切れ」と言う（一、二〇四―九、二三二）。『肖像』のクランリーと同じく、マリガンは、スティーヴンがイエズス会の教え、ひいてはキリスト教の信仰を、ことさらに否定するという形でかえってそれにとらわれていることを指摘している。

スティーヴンは、マリガンがその場を離れていくときに何気なく口ずさんだ歌に心をとめる。それはたまたま自分が、死の床にある母に歌って聞かせた歌、イェイツの「ファーガスと行くのは誰か」だった。そのときのことを彼は思い浮かべる。スティーヴンは、母の寝室の扉を開けておいて隣の部屋でひとりで歌った。歌い終わって母のもとに行くと、母はベッドのなかで泣いていた。また彼は、枕元に置いてあったボウルに、母が苦しみながらはきだした緑色の胆汁がたまっていたこと、彼女がぜいぜい息をしながら彼を見据えて、なんとかひざまずかせようとしたことを思い出す。さらに死後、彼の夢に出てきたことも繰り返し想起する――

死んだあと、夢のなかで、何も言わずに母はやってきた。茶色のゆるい死装束にくるまれた、やせ衰えた体は、蠟と紫檀の匂いを漂わせていた。無言で秘密の言葉をはきかける息は、かすかに濡れた灰の匂いがした。（一、二七〇―二）

スティーヴンはこの母の姿を頭から振り払おうと「幽鬼よ！　死肉をしゃぶり食らうものよ！いやだ、母さん、このまま生きさせてくれ」と心のなかで叫ぶ。

ここでは死んだ母を哀惜する思いと、臨終と死をグロテスクなものととらえ、それを嫌悪する気持ちがないまぜになっている。ジョイスは『ダブリンの市民』の「姉妹」で死の即物的な不気味さを、「死者たち」で死によっても消えることのない愛を描いたが、その両方が同じ人物に対して感じ取られており、死のもつ複雑な様相が表されている。

第二挿話では、教師をしているスティーヴンが、出来の悪い居残りの生徒に算数を教えながら、この子にも母親がいて子を愛し守ってきたのだろうと思う。そしてふと、この世で確かなものは母親の愛だけだ、という『肖像』のクランリーの言葉を思い起こす。「じゃあ、あれ［母の愛］は実在していたのか、人生でただひとつの真実なのか」と自問し、紫檀と濡れた灰の匂いを思い起こす（二、一四三）。これらの思い出や「母ノ愛」（*Amor matris*）という言葉は、ほかの挿話でもスティーヴンの心理描写がなされるところで断片的に繰り返され、絶えずスティーヴンの脳裏に浮かぶことが示される。

奇想天外な夢幻劇が繰り広げられる第十五挿話では、実際に母の亡霊が登場する。彼女は、「斑紋の浮き出た灰色の衣装、しおれたオレンジの花束を手に、破れた花嫁のヴェールをかぶり、顔はやつれ、鼻はもげ落ち、墓の黴《かび》で緑色。艶《つや》のないまばらな髪を長く垂らしている」という、見るも無残で恐ろしい姿で現れて、スティーヴンをおびえさせる。亡霊は彼に、濡れた灰の匂いのする息をそっと吹きかけ、「死は誰でも通らねばならない道なのよ」と言う。また口の端から緑色の胆汁をしたたらせながら、「おまえはあの［ファーガス］の歌を聞かせてくれたね」と言う。スティーヴンは、臨終のときに祈らなかったことを亡霊に弁解し、「あの言葉を言ってよ、お母さん、今はわかっているのなら。誰もが知っているあの言葉を」とすがるように言う。「あの言葉」とは「母ノ愛」を指し、それが真実であることをスティーヴンは確認しようとする。

ところが亡霊が悔い改めを求めると、スティーヴンは、彼女を「幽鬼め！　ハイエナめ！」、とののしり、母の亡霊を悪霊として退ける。亡霊は「向こうの世界で、おまえのためにお祈りをあげているわ。（……）息子や、私の初めての子だもの、おなかのなかにいたときからずうっとずうっとおまえを愛してきたのよ」と優しい言葉をかける一方で、なおも悔い改めを要求して、地獄の業火に言及する。彼女はスティーヴンに灰の息を吹きかけ、彼を指さして「神様の御手《みて》に気をおつけ！」と言う。途端に緑色の蟹（胆汁と癌を表すと考えられる）が現れ、悪意に満ちた目をして、鋏《はさみ》をスティーヴンの心臓深く突き立てる。スティーヴンは怒りにかられて「ワレ仕エジ」と叫ぶ。亡霊はうめき声をあげながら、「この子を地獄から救いたまえ」とイエスの聖心に祈る。必死になって抵抗するスティーヴンはトネリコのステッキを振りかざし、シャンデリアを打ち砕く。すべては廃墟と化し、母の亡霊は消える（十五、四一五七―二四五）。

ここにはスティーヴンの、母親に対する錯綜した思いが悪夢の形で表れている。彼は、母親の死に際に祈らなかったことを後ろめたく思っている。彼が祈らなかったのは、カトリックの教義を否定していると同時に、それにとらわれているからである。悔い改めを求める母の亡霊を、彼は悪霊ととらえる。その一方で、彼は母を愛しており、母の子への愛は真実であり、それは母の死後も続くと信じたがっている。この後、兵士に殴られて路上に倒れたスティーヴンは、とぎれとぎれに「ファーガスの歌」をつぶやく（十五、四九三二―四三）。このようなスティーヴンには、ジョイス自身が投影されていると思われる。ジョイスはスティーヴンと同じく、パリ遊学中に母危篤の電報を受け、帰国する。母のメイは、容態が少し持ち直すと息子の不信心を気にし、彼が懺悔し聖体拝領を受けることを望んだ。だが彼は聞き入れなかった。また臨終のときメイは昏睡状態になり、家族はベッドを囲んで祈ったが、ジョイスと弟のスタニスロースは、叔父から強く命じられてもひざまずいて祈ることを拒んだ。[8]

しかしジョイスがそのままスティーヴンであるわけではない。彼は『ユリシーズ』において、教会の教えにとらわれず、死を茶化してしまう、もうひとりの主人公ブルームをも造形しているのだから。

3　ブルームの不謹慎な想像――『ユリシーズ』

スティーヴンが二十二歳の若者であるのに対し、ブルームは三十八歳の中年男性である。ユダヤ人だが、生まれたときにプロテスタントの洗礼を受け、妻のモリーとの結婚の折にカトリックの洗礼を受けている（十七、五四〇―六）。[9] しかし信仰心は薄く、スティーヴンのようにことさらに信仰を否定することもない。

『ユリシーズ』第六挿話では、そのブルームが友人ディグナムの葬儀に参列する。ここでブルームは、少しも厳粛な気分にならずに雑念にとらわれてばかりいる。司祭が唱える「天国に」（*In Paradisum*）というラテン語を聞いて、「天国に行くとか、居る、とか言ったらしい。誰に向かってもあれを言う。退屈きわまる仕事。だがとにかく何か言うしかないからな」などと思っている。墓地に移動するときには、うっかり鼻歌を歌いそうになってあわてて自分を戒める。道すがら、参列者のひとり、カーナン氏が、さきほどのカトリックの司祭のお祈りを批判して、英国国教会系のアイルランド教会のお祈りのほうが簡潔で感銘深いと言い、「われは復活《よみがえり》なり、生命《いのち》なり」という言葉など、人の心の奥底までしみとおると言う。ブルームは、口ではそれに同意しながら、心のなかでは、「おまえの心にしみとおるとしても縦六フィート横二フィートの棺のなかで雛菊に足を突っ込んでいる男にとってはどうなんだ。しみとおるはずがない」と思っている。心（心臓）は、愛情が宿る場所というが、血を送り出すポンプにすぎず、栓がふさがったらそれで終わりだ。「復活《よみがえり》なり、生命《いのち》なり、か。死んだ者は死んだ者さ」と彼は考える。埋葬が済んだあとには、ぶらつきながら墓や彫像を見て、「どうせ金をかけるなら生きている人間のための慈善のほうが有意義だよ。魂の安息のために祈る。本気かね、みなさん？」と心中で問いかけると思えば、墓碑銘に生前のことまで書くともっとおもしろいと考え、「何のなにがし、車大工。私はコルク・リノリュームの注文とりであった。私は破産して借金の四分の一しか返済できなかった。もし女なら墓石は鍋の形にして。私はおいしいアイリッシュ・シチューを作っていた」などと冗談半分に銘文を思い描いているぐらす。（六、六二九―七七、九三〇―四〇）。

死を厳粛にとらえないブルームは、埋葬のときには、死体についてとてもグロテスクな想像をめ

確かに土地を肥沃にするには死体肥料がいいだろう、骨だの、肉だの、爪だの。納骨堂。ぞっ

とする。緑やピンクに変色しながら分解して。早く腐って行くのは湿気の多い土地。やせた老人はもちがいい。そのうちに牛脂みたいなチーズみたいなものになる。それからだんだん黒くなって、黒い糖蜜みたいなのがにじみ出て。それから干からびる。（……）それにしても蛆がものすごくわくだろうな。大地の至るところで蛆虫が渦を巻くにちがいない。

（六、七七六—八四）

一方、自分自身についてはまだ死ぬものかと思っている。

まだこれから見たり聞いたりさわったりしたいものがいっぱいある。すぐそばで生きている暖かい体の感触。彼らは彼らの蛆虫だらけのベッドで眠っていればいい。まだ当分おれは彼らにつかまらないぞ。暖かいベッド、暖かい血のみなぎる生命。

（六、一〇〇三—五）

このように不謹慎で勝手な想像ばかりしているブルームだが、墓の管理人ジョン・オコネルが陽気に振る舞うのを見ると、自身のことは棚に上げて、「どんな人生観なのか。冗談まで飛ばして。それで心をなごませている」といくぶん非難めいた思いを抱く。そのくせその種の冗談のひとつを思い浮かべ、「ときにはこうやって笑ったほうがいいよ。『ハムレット』の墓掘り人夫たち。［シェイクスピアが］人間の心をいかに深く理解していたかがわかる」と考えるのである（六、七八五—九三）。

ここで管理人のオコネルから『ハムレット』に登場する墓掘り人夫が連想されているが、それだけにとどまらず、これまで述べてきたブルームの想像には、『ハムレット』の墓場の場面を想起させる点が多い。

『ハムレット』五幕一場では、墓掘り人夫が冗談を飛ばし、歌を歌いながら墓穴を掘っている。そこにハムレットがホレイショーと登場し、その様子を見て、「この男、自分の仕事がわかっているのかな、墓を掘るのも鼻歌まじりとは」と驚く（六一―二行）。ハムレットは、墓掘り人夫がつぎつぎ掘り出す古い頭蓋骨を見て、その生前の姿を想像するのだが、その場面は、『ユリシーズ』でブルームが墓碑銘に故人の生前のことが書かれるさまを想像するところに似ている。またブルームは、湿気の多い土地では死体は早く腐るがやせた老人はもちがいい、と考えている。この発想は、人は土のなかで腐るまでどのくらいかかるかというハムレットの質問に対し、墓掘り人夫が、たいてい八、九年だが革なめし屋はもちがいいと答え、「商売がてらてめえの皮がなめしてあるから、長いこと水をはじくんだ。なんせ死体を腐らす張本人は水だからな」と言うのと共通している（一五四―六二行）。

本書第四章で述べたように、『ハムレット』の墓場の場面は、ルイス・デ・グラナダの『祈りと瞑想』に代表される宗教的瞑想のパロディーである。また宗教的瞑想には、肉体が滅びるさまを思い描くものと死後の魂のゆくえ（審判）を思う「二つの旅」があったが、死後の世界を未知であるとする『ハムレット』は「魂の旅」を欠いている。ブルームは墓の管理人のオコネルの様子を見てあるジョークを思い出し、「ときにはこうやって笑ったほうがいいよ」と言った。それはスパージョンが、午前四時に死んで天国に向かったが、「午後十一時（閉店時間）」になってもたどりつかず、天国の扉の鍵をもつ聖ペテロが「いまだ到着せず。ペテロ。」との掲示を出したというものである。スパージョンは十九世紀イギリスの説教者。プロテスタントのバプテスト派に属し、すぐれた説教で知られた。「天国と地獄」と題する説教で彼は「天国にはかつて酔っ払いだった者も大勢いるでしょう」と言い、「人生の半分を千鳥足で居酒屋に出入りした連中」も神の恩寵によって「酒のカップを地面にたたきつけることができ」、天国入りを果たしていると言っている。ブルームが言及している午後の十一時とは、法律で決められているパブの閉店時間を指し、彼が思い出したジョークとは、天国をパブになぞらえてスパージョンをからかったものである。[10] ここで笑いの対象となっているのは、あの世での魂の旅のほうだ。『肖像』の静修の場面で、スティーヴンがアーノル神父の説くままに、死後、自分の肉体が墓で朽ち果て、魂が審判にかけられるさまを思い描く箇所からわかるように、ジョイスは『ハムレット』のみならず宗教的な瞑想の「二つの旅」を熟知していた。すでに指摘したようにプローサー、フライら現代のシェイクスピア学者たちは、『ハムレット』の背後に宗教的瞑想の伝統があることを強調しながら、『ハムレット』がそのパロディーであることを見落としている。だがジョイスはそれに気づいていた。彼は『ハムレット』の墓場の場面が宗教的瞑想のパロディーであること、『ハムレット』には「魂の旅」がないことを意識した上で、『ユリシーズ』においてそのパロディー性をいっそう押し進めている。ハムレットは、宗教的な死の瞑想にもはや意味を見いだせないが、生と死とは彼にとって大問題だった。常に死ととなりあわせのハムレットが、人生のはかなさについておどけて歌う様子には、不気味なアイロニーがある。これに対しブルームは、死を深刻に受けとめない。ブルームはオコネルと同じく、ハムレットではなく、墓掘り人夫の末裔なのだ。死体についてのグロテスクな想像は、完全に意味を失って、ただのエンターテインメントとなっている。葬式に参列しながら、いくらかの後ろめたさは感じつつも死を人ごとと考え、ふざけた想像をめぐらすブルーム。ジョイスはそれによって、信仰心の薄い平凡な現代人にありがちな心的態度を見事に描いている。

4　ブルームの死者との邂逅——『ユリシーズ』

『ユリシーズ』は、ホメロスの『オデュッセイア』を小説の枠組みとして用いており、第六挿話は、『オデュッセイア』の第十一巻、オデュッセウスが冥府ハデスを訪れる話に対応している。またこの挿話には、ウェルギリウスの『アエネーイス』第六巻への引喩《アリュージョン》が随所に見られる。『アエネーイス』の第六巻も、主人公のアエネーアスが冥界に行く話であった。本書第一章で述べたように、『オデュッセイア』の第十一巻で、オデュッセウスは多くの死者たちに出会い、母の霊と対面した。また『アエネーイス』第六巻では、アエネーアスがエリュシオンで父の霊と再会している。

『ユリシーズ』第六挿話は、ブルームが友人ディグナムの葬儀に行く話で、死がモチーフになっているという点では『オデュッセイア』や『アエネーイス』と同じだが、死者と直接対面する場面はない。ブルームは会葬馬車のなかから、誰に対するともなく訴えかける死者の影像を見るにすぎない。

右手に石屋の仕事場。(……)細長い地面にぎっしりと物言わぬ像たちが、白く、悲しげに、静かに両手を差し出したり、ひざまずいて悲嘆にくれたり、何かを指さしたりしている。石に刻まれた人体の断片。白く黙ったまま、訴えかけている。
(……)
プロスペクト墓地の高い柵が、彼らの視野のなかでさざ波を立てながら走り去った。黒っぽいポプラ並木、ときたま白い石像。次第に像の数が増えて、木々の間に白い姿がひしめき、白い人体の断片が黙って流れ過ぎながら、中空で空しいポーズを取り続けている。

(六、四五九―六一、四八六―九)

オデュッセウスもアエネーアスも、母の霊、父の霊と抱き合おうと試みて果たせなかったが、再会することはできた。だがここでは、死者は命のない彫像となり、生者と意思をかよわせることはない。ここに現代の死が示されている。

では『ユリシーズ』第六挿話においては、生者と死者は全く断絶しているのだろうか。実はブルームは、ちょうどスティーヴンが繰り返し亡き母を思い起こすように、死んだ自分の両親や、とりわけ亡くなった息子のルーディーのことをなにかにつけて思い出している。もし生きていたら十一歳になっていたはずのルーディーは、生後わずか十一日で死んだ。妻のモリーは心を痛め、真冬だったので、子羊の毛で胴衣を作って遺体に着せたという(四、四二〇/十四、二六四―七二)。ディグナムの葬式に向かう馬車のなかで、スティーヴンの父サイモンが、マリガンのような悪いやつと息子がつきあうのはけしからん、とまくしたてるのを聞き、ブルームは次のように思う――

やかましい身勝手な男だ。自分の息子のことばかり。無理もないな。自分を受けついでくれるもの。ルーディーがもし生きていたら。成長する姿を眺めて。家のなかでその声が響き。イートン・スーツを着てモリーと並んで歩く。おれの息子。息子の目に映ったおれ。なんとも不思議な感じだろうな。おれから出たもの。（六、七四―七）

途中、埋葬に向かう霊柩車とすれちがって、小さな棺に納められているのが子供だと知ると、死んだときのルーディー同様「藤色でしわだらけ」の顔をしているのだろうと想像し、そのことを思い出して気持ちが暗くなってしまう。さらにディグナムの埋葬のときには、自分の家の墓に思いを馳せ、そこに自分の母親とルーディーが眠っていることを思う。「おれのはあっちのフィングラスのほう、おれが買った一画だ。ママ、かわいそうなママ、そして小さなルーディー」（六、三二一―三〇、八六二―三）。

この死んだルーディーとブルームが対面する場面が、『ユリシーズ』に一箇所だけ、第十五挿話の末尾にある。この挿話では、現実と幻覚が錯綜し、容易に解釈を寄せつけない夢幻劇が繰り広げられるが、最後の場面で死によっても断ち切れない親子の愛情が浮き彫りにされるのである。

ブルームは、倒れたまま「ファーガスの歌」をつぶやくスティーヴンを介抱し、彼にその亡き母親の面影を認めて感慨にふけっている。そしてフリーメイソンの誓いの言葉をつぶやき、秘儀的なしぐさをすると、ルーディーとおぼしき人影が出現する。

（〔……〕暗い壁を背にしてゆっくりと人影が現れる。十一歳の妖精の少年、さらわれた、取り替え子、イートン・スーツにガラスの靴、小さなブロンズの兜を身につけ、手に本を持っている。聞き取れない声で右から左に読み、ほほえんで、ページにキスをする）

ブルーム

（驚きのあまり茫然として、声もなく呼びかける）ルーディー！

ルーディー

（見えぬままにブルームの目をのぞき込み、なおも読み続け、キスをし、ほほえむ。きゃしゃな藤色の顔をしている。服にダイヤモンドとルビーのボタンがついている。空いている左の手に、すみれ色のリボンを蝶結びにした細い象牙のステッキを持っている。チョッキのポケットから白い子羊が顔をのぞかせている）

（十五、四九五七―六七）

「取り替え子」とはアイルランドその他の民話で、妖精がかわいい人間の赤ん坊をさらい、代わりに残していく醜い子を指すが、さらわれた子を指す場合もある。またタラ・ウィリアムズによると、洗礼を受ける前に死んだ子供は妖精になるという言い伝えがあるという。[11] 生後まもなく両親のもとから「さらわれた」ルーディーが、「妖精の少年」となってここに出現したと考えることができる。ルーディーは、ブルームが思い描いたとおりに、十一歳に成長してイートン・スーツを着、またユダヤ人としてヘブライ語が読める（右から左に読むのはヘブライ語の本であることを示す）ようになっている。

ブルームの前に出現したこのルーディーは、非常に奇妙な出で立ちをしており、多分に寓意性を帯びている。第二章で述べたように、ダンテが地上楽園でベアトリーチェと再会したとき、ベアトリーチェは寓意的な行列を伴って登場し、自身も信仰、希望、愛を表す、純白のヴェール、緑のマント、赤い衣をまとっていた。そして中世のダンテにとって、寓意とリアリティーは両立するものだった。一方、ディケンズの『クリスマス・キャロル』で、スクルージの前に現れたマーリーの亡霊は、生前金儲けのことしか考えなかった彼の罪を反映して、貯金箱や鍵、帳簿などの形にして作られていた鋼鉄の鎖を身にまとい、そのあからさまで滑稽な寓意性がこの物語の虚構性を印象づける効果をもっていた（本書第五章）。これに対し、ルーディーの装いの寓意性の特徴は、多義的でかつ何を意味するのかが明確でないところにある。

ギフォードによる『ユリシーズ』の注釈では、「ガラスの靴」に妖精譚である『シンデレラ』のあらすじが付され、「ダイヤモンドとルビーのボタン」に関してはそれぞれの宝石が象徴するものと効力の説明があり、「ブロンズの兜」、「細い象牙のステッキ」、「白い子羊」はギリシア神話のヘルメスを示唆する表象だとしている（子羊についてはさらにユダヤ教、キリスト教それぞれにおける宗教的表象の解説がある）[12]。しかし個々の字句についたギフォードの註からは、ルーディーの寓意について一貫した解釈は得られない。

タラ・ウィリアムズは、ギフォードの註は的はずれであると批判した上で、ルーディーが「取り替え子」とされている点に注目し、取り替え子を巡るアイルランド民話やユダヤ教の神話からの説明を試みている（たとえばガラスの靴は、アイルランド民話において異なる段階や次元への移行を意味することがあり、ルーディーがさらわれて人間界から妖精の世界に行ったことを表すとしている）。一方、これより早くハーは、ルーディーに関するそれまでの解釈を概観した上で、その奇妙な出で立ちをパントマイムショーで女優が演じる男役の衣装だとし、彼が持つステッキは変身のための魔法のつえだと主張している[13]。

ルーディーの出現とその表象が意味するものについてはいろいろな解釈があるが、どの解釈に拠っても、ルーディーが持つすべての寓意を説明し尽くすことはできない。アイルランド民話とユダヤ教神話によって解読を試みたウィリアムズも、この二つのみならず、ギリシア神話、キリスト教、フリーメイソン、イギリスの妖精譚の表象が『ユリシーズ』では駆使されていると述べ、ルーディーのイメージの多義性を認めている[14]。夢幻の世界が現出されている第十五挿話は、『ユリシーズ』のなかでもとりわけ前衛的で合理的解釈を寄せつけない。「不信の中断」をして作品の世界にひとたび入れば、その内部において完結した物語が成立している通常のファンタジーとは異なり、この挿話では、テクストがいわば意図的に「脱構築」されていて、一貫した意味を読み取ろうと努めても、その試みはくじかれてしまう。だがそのテクストのなかに、読者の心の琴線に触れるキーワードが織り込まれている。

ブルームの前に現れたルーディーは過剰なシニフィアン（意味するもの）を身にまとっていて、それに対応するシニフィエ（意味されるもの）を完全に特定することができない不可解な存在である。彼は、妖精の子として異化されていて、もはや地上の人間の理解が及ばない遠い存在として描かれているとも言える。しかし第十四挿話までで、ルーディーの遺体が藤色でしわだらけだったこと、モリーが子羊の毛で胴衣を作って遺体に着せたこと、ブルームがイートン・スーツを着た十一歳のルーディーを思い描いていることを知っている読者には、ルーディーのもつさまざまな指標のなかから、「きゃしゃな藤色の顔」、「イートン・スーツ」、「十一歳」、「チョッキのポケットから顔をのぞかせる白い子羊」の四つが目に留まるだろう。それによって読者はブルーム同様、ここでルーディーと「再会」し、ブルームが感じているであろう痛切な思いをかきたてられることになるのだ。

実はブルームが対面する、亡くなった肉親はルーディーだけではない。この挿話では、父ルドルフと母エレン・ブルーム、祖父ヴィラーグもよみがえって登場し、ブルームは特に驚く様子もなく彼らと会話をしている。また両親とのやりとりは若干のペーソスはあるもののコミカルで、祖父ヴィラーグはブルームを相手に、長々と卑猥な内容の雑学的知識を披露する（十五、二四八―九二、二三一一―六〇三）。彼らとの出会いは、『オデュッセイア』や『アエネーイス』に見られる、死んだ肉親との感動的な再会とは大きく異なっている。色町を舞台に猥雑で混沌とした場面が繰り広げられるこの夢幻劇では、死んだディグナムやその場にいるはずのないモリーも登場し、さらには「石鹸」、「帽子」、「扇」、「キス」、「世界の終わり」などのキャラクターが出てきて台詞《せりふ》を言う。そこではどんな奇想天外なことも起こりうるように思われる。だが最後に至って、スティーヴンが死を前にした母に歌って聞かせた「ファーガスの歌」を切れぎれにつぶやき、スティーヴンを介抱しながらその母のことを思い出していたブルームが死んだ息子と対面し、驚きのあまり声にならない声で息子の名を呼び求める。狂騒の果てにクローズアップされるのが、死によって終わることのない肉親の愛なのである。現実と幻想が不分明で、現代社会の不確かさを象徴するような第十五挿話の夢幻劇の最後で、それは打ち消すことのできないものとして読者の心に訴えかけてくる。

第八章　癒やしと忘却
――『失われた時を求めて』

1　プルーストの出自・生い立ち、母との関係

フランスの作家マルセル・プルースト（一八七一―一九二二年）は、ウルフやジョイスよりやや年長ながら、この二人とほぼ同時代に活躍した。ジョイスと同じくカトリック圏に生まれ育ったが、同じカトリック圏でもアイルランドとフランスでは精神風土が大きく異なっていた。家庭の状況と受けた教育もジョイスとは異なる。ジョイスが熱心なカトリック信者を母に持ち、厳格なイエズス会系の学校で学びながら信仰を捨てたのに対し、プルーストの場合、生まれ育った家庭も受けた教育も概ね非宗教的だったと言える。

プルーストの代表作『失われた時を求めて』（一九一三―二七年）では、ジョイスの『ユリシーズ』以上に愛する人との死別が大きなテーマになっている。『失われた時を求めて』において、このテ

ーマはどのように扱われているのだろうか。ジョイスとの違いを意識しつつ、先行作品への引喩《アリュージョン》と、プルーストの伝記的背景やそれに関連する時代思潮に注目することで、この作品に見られる死生観の特徴を明らかにしたい。

プルーストの父アドリアンは高名な医者だった。彼は子供の頃にカトリックの神学校に通ったこともあったが、成人してからは信仰をもたなかった。フランスでは十九世紀なかばに、キリスト教に否定的な、オーギュスト・コント（一七九八―一八五七年）、エミール・リトレ（一八〇一―八一年）、エルネスト・ルナン（一八二三―九二年）らの実証主義者が輩出した。初期のコントは来世に依拠するキリスト教の倫理体系を批判し、その後リトレがその思想を広めた。ルナンは『科学の未来』（一八四八―四九年執筆、一八九〇年出版）で地獄と天国の存在を否定している。またこれとは別に、生理学者のクロード・ベルナール（一八一三―七八年）が実験医学で先駆的役割を果たすなどして、科学万能主義の潮流が生まれた。アドリアンも科学を信奉する現実主義者だった。▼1

母のジャンヌは、ユダヤ系で裕福なヴェイユ家の生まれだった。ヴェイユ家の人々はユダヤ教の戒律を厳格に守るようなことはなかったので、カトリックのプルースト家との縁組みにも大きな支障はなかったと思われる。ただ結婚に際して、生まれてくる子供たちにはカトリックの洗礼を施すとの約束がなされ、マルセル・プルーストも洗礼と聖体拝領を受けている。しかしジャンヌ自身はカトリックへの改宗を拒んだ。▼2

このようにプルーストの出自と生い立ちは、同じカトリック圏で生まれ育ったジョイスとはずいぶん異なっている。ただプルーストにおいても、母親との関係が人格形成の上で、ジョイスとは違った意味で重要な要素を成していた。ジョイスは敬虔なカトリック信者の母親の期待を裏切り、信仰を捨てて、母親が死んだときも祈ることを拒んだ。ジョイスの分身とも言える『ユリシーズ』の主人公のひとりスティーヴンには、その経験がトラウマとなっている。プルーストの場合は、本人も母のジャンヌも信仰心がなかったので、宗教上の対立はなかった。ユダヤ人の血を受け継ぎながら、形式的にキリスト教の洗礼を受けている、という点では、プルーストは『ユリシーズ』のもうひとりの主人公ブルームに近い。もちろんジョイスがユダヤ人の友人エットーレ・シュミッツをモデルに造形した作中人物と、プルースト自身を単純に比べることはできないだろう。加えて当時のフランスでは、ユダヤ人将校ドレフュスへの冤罪事件「ドレフュス事件」（一八九四年）で、反ユダヤ主義の風潮が顕在化していた。人種問題は、母親に対するプルーストの意識に複雑な影響を及ぼしていたものと推測できる。その一方、彼は喘息《ぜんそく》持ちの病弱な子供であったために、母親に大変甘やかされて育った。その甘えん坊ぶりは『失われた時を求めて』冒頭の、主人公の「私」が母親にお休みのキスを求める場面によくあらわれている。この親密さはその後もずっと続いたが、やがて、息子の将来や、その浪費癖、不規則な生活を心配するジャンヌと、成長したプルーストとの間に確執が生ずるようになっていった。▼3

ジャンヌは一九〇五年、プルースト三十五歳の時に亡くなった。宗教的儀式は行われず、葬列は直接パリのペール・ラシェーズ墓地に赴《おもむ》いた。宗教的な慰謝を得られない不可知論者は、一般に死別のショックが大きい。特にプルーストの場合、母親との濃密な精神的つながりがあった上、病気や同性愛の性癖ゆえ、自分は母親の期待を裏切り、その死期を早めたのだという罪悪感にさいなまれた[4]。そのため尋常ならぬ打撃を受けることになる。こらえがたい悲しみと不眠に苦しみ、一か月間床についたままだった。弔問に訪れたモンテスキウ伯爵への礼状で彼は、母が亡くなって、「唯一の目的、唯一の甘美さ、唯一の愛、唯一の慰め」を失ったと言い、「私は彼女にとって、いつまでも四歳の子供でした」と述べている[5]。

2 「電話のエピソード」

『失われた時を求めて』では、主人公の「私」の母は最後まで生きている設定になっている。だがこの作品の第三篇「ゲルマントのほう一」の終わりから「二・一」にかけて、「私」の祖母が発作を起こして死に至るまでが詳細に描かれ、そこにはプルーストの母ジャンヌの末期《まつご》の様子が投影されている。そして「ゲルマントのほう一」の中ほどには、その祖母の死を予感させる「電話のエピソード」がある。

　このエピソードも実際には、プルーストと母ジャンヌの間に起きた出来事がもとになっている。一八九六年十月、『ジャン・サントゥイユ』（未完成に終わった三人称の語りの小説、一九五二年没後刊）執筆のため、プルーストはフォンテーヌブローのホテルにこもることにする。ところが着いた翌日、不順な天候のせいか、ひどく憂鬱になった彼は、だしぬけにパリにいる母に長距離電話をかける。だが回線の状態が悪く、電話は途中で切れてしまう。プルーストはこの体験を文章にし、それは「電話で聞くジャンの母の声」というタイトルで『ジャン・サントゥイユ』に取り入れられる。そこに描かれているのは、母親と距離的に離れたために息子が感じた寂しさ、執筆時プルーストが二十五歳であったことを考えると、いささか辟易してしまうような母親への恋慕である。電話で聞く母の声はか細く、「あたかも母が初めて話しかけているような、死後に天国で再会したかのようであった」[6]と形容されているが、死の予感ははっきりとは表されていない。

一方、母の死後、一九〇七年に発表したエッセイ「読書の日々」では、一般論として電話によるコミュニケーションの特性を述べ、通話という行為そのものが相手との死別を予感させるとしている。ただ、通話の相手として想定されているのは肉親ではなく、離れたところに住む恋人である。ここでは、恋人の声を耳元で聞きながら実際には遠く隔たっていることが、相手の身に何か起きて、恋人を永遠に失ってしまうのではないかという不安につながっているが、相手が近い将来に死ぬかもしれないという危機感を現実に抱いているわけではない。[7]

これらに基づいて、『失われた時を求めて』の「電話のエピソード」は一九一九年に書かれた。そこでは、友人サン＝ルーのいるドンシエールに滞在している「私」が、サン＝ルーの計らいで、パリにいる祖母から、当時つながったばかりの電話を受けることになる。プルーストは新しい文明の利器であった電話での通話を、おとぎの国で魔法使いがこちらの望む人を出現させてくれる魔法になぞらえる。しかし彼が強調するのは、その便利さではなく、こころもとなさである。

あの人だ、あの人の声だ、私たちに話しかけ、そこに聞こえているのは。だがその声はなんと遠いことか！　何度あったことだろう、声はすぐ耳元で聞こえているのに、長時間の旅を経たあとでないと会えないかのように、不安を感じずには耳を傾けられなかったことが！　そのたびに私は、いかに甘美な接近と思えても、そこには期待はずれのものがあり、手を伸ばすだけで愛する人をつかまえられそうに思えるときも、実ははるかに隔てられていることを実感するのだった。こんなに近くに聞こえるこの声は——現実の別離のなかにある——実在なのだ！　しかしまた永遠の別離の前触れでもある！　しばしば私は、こんな風に、遠くから話しかけてくる人の姿を見ずに声だけ聞いていると、その声が二度とはい上がれない深淵から叫んでいるような気がした。そしていつか胸を締めつけられるような思いをするのではないかとの不安を覚えた。すなわち、ある日、声が（もう決して見ることのできない肉体とは無縁になった声だけが）このように戻ってきて私の耳元に言葉をささやくが、その唇に口づけをしたいと願っても、唇はすでに永久に土くれと化しているのだ。

（Ⅱ四三二）

この一節は「読書の日々」の文章をほぼ忠実に再現している。ただし冒頭の「あの人だ、あの人の声だ」が「読書の日々」では恋人のことを指していたのに対し、ここでは誰か特定されていない。だが、祖母と電話をする話のなかにこの一節を入れていることから、「読書の日々」の場合とは異なって、相手は死期の近いことが予想される人と読める。

右の引用の直前にはやはり「読書の日々」と同じく、電話交換手の女性たちの描写があり、交換手たちは、同じ作業を繰り返すという点でダナイスに、電話で恋をささやいているようなときに割り込んで邪魔をしてくるという点でフリアイにたとえられる。ダナイスとは、ギリシア神話でアルゴスの王ダナオスの五十人の娘たち。父の命を受け、四十九人は夫を殺したため、タルタロス（地獄）において穴の空いた壺で水を汲み続けるという刑罰を科せられている。フリアイは、ローマ神話でタルタロスにいる復讐の女神たちである。電話交換手たちの描写は、右の引用と異なり、いくぶんコミカルだが、同時にギリシア・ローマ神話の冥界のイメージを呼び起こす効果をもっている。それゆえ「手を伸ばすだけで愛する人をつかまえられそう」でいながらそれができず、死別を予感させるこの箇所には、ホメロス『オデュッセイア』第十一巻で、オデュッセウスが冥界で母の霊に出会い抱擁しようとするが、母はすでに肉体を失っているために抱くことができないという場面（二〇四―八行）を想起させ、またその影響を受けた、ウェルギリウス『アエネーイス』第二巻のアエネーアスと妻の死別の場面、アエネーアスが戦乱のなかではぐれた妻を捜し求めていると、すでに亡霊となった妻に出会い、オデュッセウスと全く同様の動作をするくだり（七九〇―四行）を想起させる▼8。

祖母との実際の通話の場面では、「私」は初めて祖母の声だけを聞き、これまで気づかなかった優しさに気づく。普段は干渉的な祖母から、ドンシエールにゆっくり滞在するよう優しく言われると、無性にパリに帰りたくなってしまう。しかし思いがけず祖母が自由を与えてくれたことから、不意に「私」は祖母の死後に訪れる自由、「私はまだ祖母を愛しているのに、祖母は私を永久に見放してしまうときの」自由に思い至り、悲しくてたまらなくなる――

「お祖母《ばあ》さま、お祖母さま」と私は叫んだ。そして祖母を抱擁したかった。しかし私のそばにあるのは祖母の声だけだった。その声はたぶん死後に私を訪ねて戻ってくる亡霊同様、手に触れることができなかった。

そして回線は急に途切れてしまう――

祖母にはもう私の声は聞こえておらず、通話できなくなっていた。私たちは互いに向き合い、相手の声が聞こえる状態ではなくなっていた。それでも私は闇のなかを手探りしながら祖母を呼び続け、祖母の呼び声もさまよっているに違いないと感じた。遠い昔、まだ幼い子供だった頃、ある日人込みのなかで祖母とはぐれたことあったが、そのときと同じ不安に私はおののいた。それは祖母が見つからない不安というより、祖母も私を捜していて、私が彼女を捜しているると考えているだろうと感じる不安だった。その不安は、もう向こうから返答できなくなった人に対し、せめて言っておかなかったことをみな聞かせてあげたい、こちらが苦しんでいないことを納得させたい、と思うときに感じる不安に似ていた。私には、いとしい祖母がすでに亡霊になっていて、それを私が他の亡霊たちのなかに迷い込ませてしまったように思われた。電話の前でひとり、私は「お祖母さま、お祖母さま」と空しく繰り返していた。ちょうど取り残されたオルペウスが、死んだ妻の名を呼び続けるように。　　　　（Ⅱ四三四）

オルペウスは、冥界から妻エウリディケを連れ戻す許可を得るが、地上に戻る途中、約束に反して妻の方を振り返る。そのためエウリディケはふたたび冥界に引き戻されてしまう。プレイヤッド版『失われた時を求めて』の註は、ここで特にウェルギリウスの『第四農耕詩』が踏まえられていることを示唆している（Ⅱ一五九一）。そこでは、その後も妻のことだけを思い続けたために、トラキアの女たちの嫉妬を買い、八つ裂きにされ首だけになったオルペウスがなおも「ああ、あわれなエウリディケよ！」と妻の名を呼び続ける（五二五—七行）。ここにはまた先ほど指摘した『アエネーイス』の影響も明らかに見てとれる。妻クレウーサとはぐれたアエネーアスが、夜の闇のなか、陥落したトロイアの街で、妻の名を呼び続けていると、クレウーサの亡霊が出現する（第二巻七六八—九一行）。ただ『アエネーイス』では亡霊となったクレウーサが夫に語りかけ、嘆かないよう諭《さと》していてコミュニケーションが成立しているが、ここでは、愛する人を失ったとき、こちらの思いをもはや相手に伝えられなくなることの不安を述べている。

以上のように「電話のエピソード」は、プルーストと母ジャンヌとの間に実際にあった出来事がもとになっているが、母は祖母に置きかえられて「甘え」の要素は目だたなくなり、古典文学を踏まえて現代の死生観を表した、印象的なエピソードに変貌しているのである。

祖母の死を予感する「電話のエピソード」では、「私」と祖母のコミュニケーションは、途切れ途切れで結局断絶してしまうが、ある程度は成り立っていた。この後、祖母の死があり、さらに一年以上の時が経過して「私」が祖母の死を実感する、有名な「心情の間歇《かんけつ》」のエピソードがくる。そこではもはやコミュニケーションが全く成り立たなくなってしまう。

3 「心情の間歇」

「心情の間歇」は一九二一年、雑誌《NRF》(『新フランス評論』)に発表され、『失われた時を求めて』第四篇「ソドムとゴモラ二・一」と「二・二」の中間に、独立した表題をもつ一章として挿入された。だがその萌芽は、一九〇八年の「カルネ(創作手帖)一」に見られる。このエピソードについても「祖母」のモデルは母ジャンヌであるとの見方が一般的である。タディエは、プルーストは母を亡くすとすぐに悲嘆に暮れており、しばらくたってから死んだことを実感するということはあり得ないとし、ここでのモデルは母方の祖母アデル・ヴェイユであると主張しているが、草稿では、一旦「母」と書きながら「祖母」に訂正している箇所がいくつかあり、プルーストが母を意識しながら書いたことがわかる。「電話のエピソード」とは異なって、「心情の間歇」は実際にあった出来事がもとになっているわけではない。肉親とのいくつもの死別を経験したプルーストが、それらを踏まえて、このエピソードに結実させたと言えるだろう。[9]

「私」は、久しぶりに海辺の保養地バルベックに滞在することになる。到着した晩、ホテルで靴を脱ごうと身をかがめた瞬間、「私」は激情に襲われ涙があふれでる。かつてはじめてバルベックに来たとき、同じホテルで今は亡き祖母が「私」の靴を脱がせてくれたことを不意に思い出し、そのときの記憶がありありとよみがえってきたのだ。「私」は祖母のことが大好きだったが、祖母が死んでもなぜか悲しいという気持ちが起こらず、ずっとそのことをうしろめたく思っていた。ところが亡くなって一年以上もたって、「私」は初めて思い出の祖母を実感し、悲しみの発作に襲われたのである。だが皮肉にもふたたび祖母を見いだしたことにより、実は永遠に彼女を失ってしまったのだと気づく。

私の全人格を転倒させる衝撃。到着した日の晩から、疲労のあまり心臓が発作を起こしたように苦しいので、その胸苦しさを抑えようと努めながら、靴を脱ぐためにゆっくりと慎重に身をかがめた。ところがハーフブーツの最初のボタンに触れた途端、私の胸は、未知の聖なる存在に満たされてふくれあがり、嗚咽《おえつ》に身を揺すられて、涙があふれ出た。私を助けに来て心の枯渇から救ってくれた存在、それは数年前、同じような悲しみと孤独に陥っていたとき、すっかり自分を失っていたときに、私のなかに入ってきて、私を私自身に返してくれた存在だった。なぜならそれは私であり、私以上のもの（中身を上まわる容器でその中身を私にもたらしてくれた容器）だったからだ。私はたった今、記憶のなかに、疲れた私にかがみ込み、優しく、心配そうで、落胆した祖母の顔を、到着した最初の晩そのままに認めたのだった。今まで、死んでも悲しいと思わず、そのことをいぶかり、気がとがめていた祖母、名前だけの祖母、そんな祖母の顔ではなく、私の本当の祖母の顔だった。シャンゼリゼで祖母が発作を起こして以来はじめて、無意識的で完全な記憶のなかに、生き生きとした祖母の実在を見いだしたのだった。（……）こうして、祖母の腕のなかに飛び込みたいという狂おしい欲求に駆り立てられ、今初めて――祖母の埋葬から一年以上もたって、事実の暦と感情の暦の一致をしばしば妨げるあの時間の錯誤のために――祖母が死んだことを知ったのだった。

（Ⅲ一五二―三）

ここで「私」は祖母を亡くした悲しみを実感しつつ、同時に救われた気持ちにもなっている。悲しいという気持ちが起きなかったこれまでの期間は、祖母の死という事実に目をそむけていて、このとき初めて受け入れることができたのである。プルーストはこの経験を「未知の聖なる存在に満たされ」と宗教的な救いの語彙で表現している。しかしそれをもたらしたのは、超越的な存在ではない。日常的な自我を超えた、無意識的記憶をもった自我であるという意味で「私以上のもの」であるが、それでも「私」自身なのである。

『失われた時を求めて』全篇を通し、無意識的記憶による過去の蘇生は重要である。紅茶に浸したマドレーヌを口にした途端、幼い頃の思い出がよみがえったという、最も有名な第一篇「スワン家のほうへ一」第一部「コンブレー」のエピソードに代表されるように、他の主だった無意識的回想は喜びをもたらす。だが祖母の思い出がよみがえることで、祖母を亡くしたことを実感する「心情の間歇」では、感動と苦痛とが同時に湧き起こっている。

やがて「私」は眠りにつく。語り手の「私」は、眠りの世界では「内的な認識が、器官の混乱に依存して心臓や呼吸のリズムを早める」と言い、自分の見た夢を、血流に乗って体内をめぐる旅にたとえる――

地下都市の動脈を巡ろうと、六つも折り返しのある内面のレーテ川に乗り出すように、私たちが自分自身の血の黒い波の上に乗り出すや否や、偉人たちのおごそかな姿が現れ、私たちに声をかけ、涙に濡れる私たちを残して去っていった。私は暗いポーチにさしかかるたびに、空しく祖母を捜し求めた。（Ⅲ一五七）

冥界で偉人たちに出会うというイメージは『オデュッセイア』と『アエネーイス』に由来する。特に「血の黒い波」という変わった表現は、『オデュッセイア』第十一巻で、死者たちがまず生《い》け贄《にえ》の羊の黒い血を飲んでから生者と話すことを踏まえていると考えられる。一方レーテ川は、その水を飲むと現世を忘れる川で、『アエネーイス』（第六巻七〇五行）に登場し、エリュシオン（極楽）を流れている。最終稿以前の草稿ではここがステュクス川になっていて、こちらの方が冥界の暗いイメージに合っていると言える。しかし後述するように、「忘却」がこの小説の重要なテーマであるので、プルーストはレーテ川に変えたのであろうと吉田城は推測している。またタディエは、このくだりは、母の死後、プルーストがよく眠れず、恐ろしい想念にさいなまれた状況を反映しているとしている▼10。

「私」はこの夢のなかで、父に対し、祖母のいるところを教えるようせがみ、「知っているでしょう、死んだ人はもう生きてないなんて嘘だって。人が何と言おうとやっぱりそれは嘘なんだ。だってお祖母さまはまだ生きているもの」と言う。だが父はさびしくほほえんで曖昧な返事しかしない。翌朝、目を覚ますと壁に目をやり、かつては祖母がとなりの部屋にいて、毎朝目覚めたとき、間の壁をノックしあったことを思い出す。そしてもし「天国」というものがあって、そこで祖母と壁をノックしあうことができ、そこに永遠にとどまることができたら、それ以上に神に願うものは何もないと思う。

次の日「私」が砂浜に寝そべり、まぶたを閉ざすと祖母のまぼろしが現れる。そして夢のなかと同じように、現実にはその場にいない父と会話し、祖母は死んで一年以上になるけれど、それでも生きているのだと主張する。しかし祖母に生気はなく、「私」を認識している様子もない。「お祖母さまがもうぼくを愛していないなんて、そんなはずはない。キスをしてもだめでしょうか、もう二度とほほえんではくれないのでしょうか」と「私」は尋ねる。これに対し父は「仕方がない、死んだ人は死んだ人だ」と答えるのである（Ⅲ一五八―六〇、一七五―六）。

「心情の間歇」のエピソードは、このような夢幻的世界でのみ構成されているのではない。「私」はバルベックでのリゾートライフを送りつつ、祖母の死に思いを馳せる。日常の意識のもと「私」は生前の祖母をこころない言葉で傷つけたことを悔やみ、「死者たちはもはや我々の内にしか存在しないので、死者たちに加えた打撃を執拗に思い出すとき、我々は自分自身を打ちのめす」と言う。また、祖母の死を悼み続ける母が、次第に祖母に似てきたことに気づく。それは、もともと潜在的に備わっていた祖母に似た性質が、祖母を追慕するうちに母のなかに芽生え、表にあらわれてきたのだと「私」は考える。ここには自分の母親を亡くしたときのジャンヌの様子が反映されているのだろう。「私」は「そういう意味においてこそ（……）死はむなしいものではなく、死者たちは我々に働きかけ続ける」と言う（Ⅲ一五六、一六六）。

日常の意識において「私」は基本的には死後の生を信じていない。「私」の見た夢とまぼろしに登場する「父」も、同様の立場と考えられる。この「父」も「私」の自我の一部であるが、同時に現実主義者だった、プルーストの父アドリアンを彷彿させる。しかし夢とまぼろしのなかで「私」は「父」に向かって、祖母はまだ生きていると必死になって訴えている。そして目覚めているときも、天国が存在していてほしいという願望を捨てきることができない。理性においては来世を否定しても、死を虚無とする考え方は簡単には受け入れがたいことが示されている。

ジョイスの分身と言える『ユリシーズ』のスティーヴンは、母親の死がトラウマになっていた。友人のマリガンに「地獄のヴィジョンを叩きこまれて頭がいかれちまった」（第十挿話）と言われるスティーヴンは、第十五挿話の夢幻劇で、恐ろしい母の亡霊に出会う。その亡霊は、地獄の業火に言及して悔い改めを要求し、スティーヴンは必死になって抵抗する。[11] 一方プルーストは、母の死後、浅い眠りのなかで恐ろしい想念にさいなまれたという。だがそれが反映されているとタディエが指摘する「心情の間歇」の冥界巡りは、『ユリシーズ』の夢幻劇と比べるとさほどおどろおどろしくはない。両者の差異に何か社会的背景はあるのだろうか。

『近代フランスにおける死と来世』においてクセルマンは、『若い芸術家の肖像』で主人公のスティーヴンが静修（一定の期間、俗世間を離れ、神父の講話を聞き、祈りや瞑想をして過ごす精神修養）を受けたときに聞かされた恐ろしい「地獄の説教」を引き合いに出し、十九世紀初めのフランスの教会ではこのような説教がよく行われていたと言う。フランス革命期に思想的攻撃を受けたカトリック教会は、革命の嵐が過ぎると、人々の恐怖心に訴える戦略をとった。これは十六、七世紀の対抗宗教改革のときに盛んになったやり方だが、それが人々の魂の救済のためにもっとも効果的な方法だと考えたのである。一方で地獄の概念は十七世紀より知識人によって批判されており、十九世紀になると地獄への懐疑が広まる。一八三〇、四〇年代、パリのノートルダム大聖堂で大勢の会衆を集めた説教師のラコルデールとド・ラヴィニャンは、死と来世にほとんど言及せず、恐ろしい話題を避けたという。地獄の業火を説くことは、都会人にはもはや有効な手段ではなくなっていた。この傾向は次第に地方にも広まり、十九世紀後半になると田舎《いなか》でも、聖職者が地獄の業火で信徒をおびえさせることは少なくなった。そして二十世紀に入ると、死とは信者にとって天国に行くことであるとし、天国の喜びを強調する説教がされるようになる。さまざまな機会における説教の例を提供する、雑誌『教区聖職者の友』の一九〇一年の総索引では、地獄への言及のある説教が一例に対し、天国の説教は十三例だったという。また天国のイメージ自体も変化し、次第に家族や親しい人との再会の場となっていった。一方、アイルランドに生まれ育ったジョイスは、イエズス会系のベルヴェディア校在学中（一八九三―九八年）、数回にわたって静修を受け、その体験が、『若い芸術家の肖像』でスティーヴンが「地獄の説教」を聞く場面に反映されている。アイルランドのカトリック教会は保守的で、教皇庁にもっとも忠実だった。同じカトリック教会でも、フランスとアイルランドではずいぶんと異なっていたのである。[12]

またフランスには、歴史的にキリスト教の教義そのものに否定的な知識人が多いと言える。特に十八世紀の啓蒙主義時代はその傾向が強い。だがマクマナーズによれば、十八世紀において来世の可能性を否定する者はほとんどいなかったという。啓蒙主義思想の主流は理神論で、無神論ではなく、不可知論でさえなかった。来世の存在はほとんど疑われず、神の審判の恐怖から解き放たれて、希望をもたらすものとなっていた。[13]

フランス革命期の革命家たちは、キリスト教に代わる新たな宗教を生み出そうとしたが、無神論を唱える者と理神論の伝統を受け継ぐ者とに分かれた。一八一四年の王政復古後、無神論は革命の恐怖政治と結びつけられて否定され、理神論の流れをくむ唯心論が盛んになる。中心的な思想家だったヴィクトル・クザン（一七九二―一八六七年）は、来世を措定することで、世界が善であるとの確信を持ち続けることができる、としている。クザンの思想は弟子でソルボンヌ大学哲学教授のジュール・シモン（一八一四―九六年）に受け継がれ、その著書『自然宗教』は十九世紀後半から二十世紀初頭にかけ十九版を重ねた。実証主義者たちが来世を否定したことはすでに述べたが、実証主義の創始者であるコント自身は、熱愛していたクロチルド・ド・ヴォーが一八四六年に亡くなると、「人間教」を標榜し、人間の「主観的不滅性」を唱えるようになる。また十九世紀なかばより、霊媒を通じて死者と交信する降霊術が英米で盛んになるが、その流行はフランスにも伝わった。文豪ヴィクトル・ユゴー（一八〇二―八五年）は、一八五五年、亡命していた英領ジャージー島での降霊会で、事故で水死した愛娘レオポルディーヌの霊に出会ってから、降霊術にのめり込んでいった。[14]

以上からわかるように、実証主義・科学万能主義だけが十九世紀フランスの思想界を席巻したわけではなかった。プルーストがリセで教えを受けた教師に、哲学者のアルフォンス・ダルリュ（一八四九―一九二一年）がおり、卒業後も個人指導を受けている。プルーストは彼から神なき唯心論を学んだとタディエは言う。ダルリュが一八九一年《ＲＭＭ》（『形而上学・倫理学雑誌』）創刊号にマニフェストとして書いた序文からは、彼が理性と倫理を重んじ、実証主義・科学万能主義にも降霊

術のような神秘主義にもくみしなかったことが伺える。▼15

「心情の間歇」における「私」の死生観、基本的には来世に否定的でありながら、天国というものがあってほしいと願い、夢のなかでは自我が、亡き祖母に会いたがる「私」と現実主義的な「父」に分裂する、死に対するこの錯綜した態度は、そのような時代思潮を反映していたと言えるだろう。

同様の態度は、かつて「私」が祖母に、死別についての「哲学」を語った箇所にも見られる。最初のバルベック滞在の折、「私」は祖母に対し、「さまざまな最新の科学的発見があっても、不思議なことに唯物論は破綻したようにしか見えず、いちばん確かなことは依然として魂の不滅であり、来世での再会です」と言う。だが、この言葉をこのときの「私」の本心と単純にとることはできない。前日、祖母が「私」に対し、自分がいなくなっても強く生きていかなくてはいけない、と諭していた過程で、二人ともが祖母の死による別れに思い至り、暗い気分になってしまう。「私」は自分の不安以上に祖母の不安を案じ、祖母を慰めようとする。そのとき「私」が言ったことは、自分は何にでも慣れることができ、いちばん愛している人と別れると、最初の数日はつらいけれど、やがて変わりなく愛し続けながらもその状態に慣れることができ、生活も落ち着いていく、というものだった。「私」はそのまま口をつぐみ、祖母は部屋を出て行ってしまう。翌日改めて、「できるだけさりげなく、それでいて祖母が私の言葉に耳を傾けるよう気を配りながら」語ったのが、魂の不滅と来世での再会の「哲学」である（Ⅱ八七）。つまりこれは、祖母が死んでもその状況に慣れることができる、と言っただけでは充分な慰めにならないと感じた「私」が、祖母のために改めて語った言葉である。信念に基づく「哲学」とは言いがたく、本当に「私」が魂の不滅を信じているかどうかは疑わしい。そして「心情の間歇」においては、祖母の死後一年以上がたって、その現実に向き合い、千々に思い乱れながらもやがて状況に「慣れ」ていくことになる。

祖母の死を実感し、祖母への追慕に心を占領されていた「私」は、近くに来ている恋人アルベルチーヌにも会おうとしなかったが、やがて保養地に訪れた、夏を思わせる陽気に誘われ、彼女に会うことにする。だが、恋人との再会はアンチクライマックスに終わってしまう――

そしてある日私は、近いうちに来てほしいと、アルベルチーヌに伝えてもらうことにした。それは季節に先駆けたとても暑い朝のことで、遊び戯れる子供たちや、ふざけている海水浴客たちや、新聞売りらがあげる千の叫び声が、飛び交う火花となって、燃え立つ浜辺を火の輪郭で描き出していた。そこに小さな波がひとつまたひとつと押し寄せ、冷たさを注いでいた。波の音に混じって交響楽団のコンサートが始まっていて、ヴァイオリンが海の上に迷い出たみつばちの群れのように震えていた。(……)一方その間に海はゆっくりと満ちてきて、波が砕けるたびに流出する水晶で完全にメロディーを覆ってしまい、楽節は互いに切れぎれになって現れた。それはちょうどあのリュートをもった天使たちが、イタリアの大聖堂の天辺《てっぺん》で、青い斑岩と泡立つ碧玉の頂きの間に立ち上がっているようだった。けれどもアルベルチーヌが来た日には、天気はふたたび崩れて涼しくなり、そのうえ彼女の笑い声を聞くこともできなかった。とても不機嫌だったのだ。「バルベック、つまらないわ、今年は」と彼女は言った。「長くいないようにするわ。だってほら、復活祭からここにいるでしょう、もうひと月以上よ。誰もいないんですもの。これが面白いところだと思えて」

（Ⅲ一七六―七）

ヴァイオリンの音色をみつばちの羽音にたとえるのは理解できるが、人々の叫び声を火花に、切れぎれになった楽節を大聖堂に描かれた天使たちになぞらえる比喩はとてもユニークである。これはいかなる着想に基づいているのだろうか。

『神曲』「天国篇」で至高天に昇ったダンテは、光の川を目にする――

そして私は見た、光が川となって
すばらしい春の彩りの両岸の間を
輝き流れているのを。
この川から、生きた火花がほとばしり、
それぞれの岸の花のなかに落ちていったが、
それはさながら金にはめこんだルビーのようだった。
ついで花の香りに酔いしれたかのように
火花はふたたび、妙なる流れのなかに飛び込んでいったが、
ひとつが沈むとまた別のひとつが出てくるのだった。

（第三十歌六一―九行）

この火花は天使たちを表している。次の第三十一歌では、神と人間の霊との間を行き交う天使たちがみつばちにたとえられている（七―一五行）。『神曲』にはリュートをもった天使は登場しないが、聖母マリアのまわりでは千余の天使たちが踊り、歌っている（第三十一歌一三〇―五行）。また大聖堂の丸天井に天使たちが描かれているのは、それが天国の情景であることを示していると言える。さらにプルーストは「イタリア」、「復活祭」という言葉をさりげなく出しているが、中世イタリアの詩人ダンテが『神曲』で来世を旅したのは復活祭の季節だった。

　このようにここでは『神曲』の天国が踏まえられている。人生の道に迷ったダンテは、神の恩寵により現《うつ》し身のまま、来世を旅することが許される。夭折した憧れの女性ベアトリーチェに地上楽園で出迎えられると、天国に導かれ、至高天で永遠の至福を目の当たりにする。一方『失われた時を求めて』の「私」の心を浮き立たせた楽しげな情景は、つかの間のものにすぎない。そしてその短い間においてすら、ヴァイオリンの音色は「海の上に迷い出たみつばちの群れのように震え」、潮が満ちると砕ける波によって「楽節は切れぎれになって」しまうなど、天国の永遠性とは相容れない展開を見せる。そして天気が変わってからの、恋人アルベルチーヌとの再会はつまらないものに終わってしまう。現実の女性であるアルベルチーヌは、不機嫌な態度で「私」に接し、こちらの一方的な期待はいくぶんコミカルな形で裏切られる。しかしこのくだりはそのまま、美しい春の自然描写へと続き、それが「心情の間歇」の結びとなっている――

　雨が降ったばかりで、空模様は刻々と変化していたが、それでも私は、まずアルベルチーヌをエプルヴィルまで送ってから（……）かつてヴィルパリジ夫人と私が、祖母を連れて散歩に行くとき、夫人の馬車で通ったあの街道の方へと、ひとりで散歩に出かけた。輝く日ざしにもまだ乾ききっていない水たまりのために、地面は沼地同然であった。私は、かつて祖母が二歩と歩まぬうちに泥だらけになったことを思い出した。だが街道に着いてみると、そこはまばゆいばかりだった。八月に祖母と来たときには、ただりんごの葉とりんご畑とおぼしき場所が見えるだけだったが、そこが今は見わたすかぎり一面の花ざかり、前代未聞のはなやかさで、りんごの木々は、足こそ泥につかりながら舞踏会の装いに身を包み、日ざしを浴びて輝く、見たこともないようなすばらしい薔薇色のサテンを汚すまいと気を使うふうもなかった。海のはるかな水平線は、りんごの木々に対して、まるで日本の浮世絵のような背景をなしていた。花の間から空を見ようと私が頭をあげると、空は晴れわたった青、ほとんど暴力的なまでの青色を見せ、花々はこのパラダイスの深さを示すために間を開けてくれるように思われた。この青空の下で、軽やかだが冷たいそよ風は赤みがかった花の束をかすかに震わせていた。青いシジュウカラが数羽やってきて、枝にとまり、花の間をのんきに跳びはねていた。それはまるで異国趣味と色彩の愛好家がいて、その生き生きとした美を人工的に作り出したかのようだった。だがその美が涙を誘うまでに心を打ったのは、洗練された技法の効果をどんなに高めても、その美は自然のものだと感じられたからであり、それらのりんごの木が、フランスの一街道沿いの野原のまんなかに農夫たちのように立っていたからであった。やがて日ざしにとってかわって、不意に糸を引くような雨が降ってきた。それは地平線の全体に縞模様《しまもよう》を引き、りんごの木々の列を灰色の網に包みこんだ。それでも木々は、降り注ぐ驟雨《しゅうう》の下、凍らんばかりに冷たくなった風のなかにあって、花で薔薇色に染まった美しい姿を立たせ続けていた。それは春の一日だった。
（Ⅲ一七七―八）

引用文中、天を指す「パラダイス」（原語は‘paradis’、パラディ）という言葉が出てくる。祖母と天国で会いたいと言ったときの「天国」も同じ‘paradis’だが、ここの風景全体は、天国よりもむしろ地上楽園を思わせる。光、花、鳥、そよ風といった楽園につきもののイメージが頻出する。りんごの木も、エデンの園の禁断の木のイメージと結びついて示唆的である。しかし、ここに描かれているのはあくまで現実の自然の風景であって、そこに何らかの寓意、宗教的な意味があるわけではない。地上楽園でダンテはベアトリーチェに迎えられ、救いに導かれた。だが「私」は恋人アルベルチーヌと会ったあと、ひとりになってここに来ている。この風景は祖母の思い出に彩られてはいるものの、死んだ祖母が姿を現すこともない。『神曲』の地上楽園は地上にありながら常春の永遠の世界である。それに対し、ここでは天候の変化があり、また季節の変化への言及があって、時間というものを意識させる。

祖母の死を実感し、強い喪失感に見舞われて、天国で永遠に祖母と暮らすことを希求した「私」だったが、その後一定の時が過ぎ、今この美しい自然にふれて、「私」の心は癒されている。ここに描かれているのは「癒やし」の風景である。死んだ祖母の思い出がよみがえった瞬間、私は「未知の聖なる存在に満たされ」、ある種の「救い」を感じている。だがそれは宗教的な救いではなく、初めて祖母の死を受け入れた瞬間であり、この時点から「癒やし」が始まっていたと言える。つまりプルーストにおいては、「癒やし」が「救い」にとってかわっているのだ。永遠の世界で救われることをもはや期待できない現代人のプルーストには、時と自然のなかでの癒やしだけが残されていたのである。

4　忘却

「癒やし」とは何か。プルーストによれば、それは忘却に他ならない。『失われた時を求めて』の後半は、アルベルチーヌとの同棲、彼女の失踪、突然の死、「私」の苦悩と回復、と物語が展開する。祖母の死にまつわるエピソードが、形を変えて反復されていると言えよう。もちろん、肉親との死別と恋人との死別を全く同列に論じることはできない。「私」を愛し続けた祖母と異なり、アルベルチーヌの場合は、「私」と恋愛関係にありながら、他の少女たちと同性愛の関係をもっていた。「私」は早くから彼女の行動に疑念を抱いていたが、アルベルチーヌの死後、彼女の「恋人」だったアンドレから、アルベルチーヌが単に同性愛的な浮気をしていたばかりでなく、背徳的な行為もしていたことを明らかにされる。アルベルチーヌとの関係においては、疑惑や嫉妬、幻滅が大きな要素を成しており、祖母との関係よりもずっと複雑であると言えるだろう。それでも語り手は「祖母やアルベルチーヌへの愛のように、この上なく強い感情も、数年もたつと自分の知らないものになる」(Ⅳ四八二)と述べ、アルベルチーヌとの死別と祖母との死別をパラレルにとらえ、癒やしが忘却であることを示すのである。

第六篇「消え去ったアルベルチーヌ」でプルーストは、アルベルチーヌを忘却する過程を三つの段階に分けて述べている。▽16 第一の段階は、ある初冬の日曜日にブーローニュの森に行ったときに始まる。そこに「私」はアルベルチーヌと来たことがあった。「私」はヴァントゥイユのソナタを口ずさみ、その曲を彼女がよく演奏してくれたことに思いを馳せる。そして彼女の思い出が、もはや苦しみではなくむしろ安らぎを与えてくれることに気づく。また「私」は、道端に立ち止まる女性がみな自分の思っている人に似ている、ひょっとすると本人かもしれない、と考える人のように、ときどき身震いした、と言う。夕陽を浴びて金色に輝く木の葉に憂愁の美を感じた「私」は、今も変わらずアルベルチーヌを愛しているためにそのような魅力が感じられるのだと思う。だが本当の理由は、反対に「忘却が私のなかで進行していたためであり、アルベルチーヌの思い出がもう残酷なものではなくなった、つまりは変化したためだった」(Ⅳ一三九—四二)。

その後、アンドレの打ち明け話を聞くことで第二の段階に至る。「私」はアンドレの話がすべて真実であるとの確信は持たないものの、いつの間にかアルベルチーヌに罪があると思う気持ちが、彼女の潔白を信じる気持ちにとってかわっていることに気づく。信じる気持ちを生むのは欲求だが、すでに「私」は信じたいという情熱的な欲求を失っていた(Ⅳ一七五、一八八—九)。

忘却の第三の段階は、ヴェネツィアに滞在している「私」に初恋の女性ジルベルトから電報が届いたことがきっかけになる。「私が死んだとお思いでしょう、許してください、私はとても元気です」という電報の文面と、紛らわしい署名の筆跡から、主人公の「私」は、その電報がアルベルチーヌから送られたもので、彼女がまだ生きていたと勘違いする。だがその電報は、「私」に喜びをもたらさない。このとき、祖母との死別に際して起きたのと同じことが、逆の形で起きた、と語り手は言う。祖母が死んだことを事実として知っても「私」は当初悲しみを覚えず、無意識的回想によって祖母が「私」にとって生きた存在になって初めて、その死がつらくなった。一方、アルベルチーヌへの思いは彼女の死を超えて生き延びていたが、その思いが死んでしまった今となっては、彼女が生きていたと知らされても愛はよみがえらないのである（Ⅳ二二〇）。

忘却が進行すると、もはやアルベルチーヌの肉体的な生死は重要ではなくなる。ここに至って、死別と離別の区別はなくなっている。死別といえども離別の一形態に過ぎないのである。プルーストによれば離別によって変わるのは、むしろ忘却していく自分の方である。忘却によって自分の方が一種の死を経験するといってよく、それゆえ別れを重ねると死は恐れるに足りないものとなる。「私」はジルベルトに対し、またアルベルチーヌに対して、新たな恋を経験するたびに、相手を愛している自分がやがて存在しなくなってしまうことを思っておののいたが、別離を繰り返すうちに恐れは穏やかな気持ちに変わっていったという。「もうずいぶん前から恋愛の思い出のおかげで、私は死を恐れなくなっていた」と語り手は言う。別離と忘却という擬似的な死を重ねることで、現実の死も既知のもののように感じられるようになったのである（Ⅳ六一四―五）。

「心情の間歇」のエピソードにおいて、アルベルチーヌに会う場面に『神曲』のエコーがあることを指摘したが、プルーストは「私」のアルベルチーヌとの恋愛体験を語るにあたって、ベアトリーチェについて語るダンテを意識し、ダンテの死生観を批判していると考えられる。夭折したベアトリーチェはダンテにとって理想の女性であり、聖女であった。プルーストによれば、そのような理想化は初期段階の忘却がもたらすものに他ならない。アルベルチーヌが失踪して、まだ死ぬ前、「私」は日々苦悩をつのらせる。それは「忘却が仕事を遂行しないからではない。そうではなくて、忘却自体が懐かしい人のイメージの理想化を助け」、苦しみを強化するからである（Ⅳ三一―二）。

ベアトリーチェは、死後、天国の住人となり、人生の道に迷ったダンテに救いの手を差し伸べる。死後の世界を旅するダンテは地上楽園でベアトリーチェとの再会を果たし、彼女の導きで、月天、水星天、金星天と天を昇っていき、至高天で神を見るに至る。『失われた時を求めて』でアルベルチーヌの死を知った「私」は、彼女と一緒に眺めた夕刻の空にその面影を求め、彼女が好きだった月の光のかなたまで愛情を高めて、彼女に届かせようと努める。遠い存在になった彼女への愛は宗教のようであったし、「私の思いはまるで祈りのように彼女の方へ高まっていった」。語り手は（一人称で語られる『失われた時を求めて』においては、語り手の「私」が常に主人公の「私」の行動を分析するが）、願望とは強烈なもので、信仰を生み出すのだと言う。「私」は降霊術の本を読むようになり、魂は不滅かもしれないと思い始める。そして回想は「切れぎれの瞬間の彼女」を都合良くつぎはぎし、「仮に生きていてももうそんなふうではあり得ないようなアルベルチーヌ」との奇蹟的な再会を求める。「私が死から得たものは、すべてを単純化して片をつけてしまう結末の便利さと楽天主義のみだった」と語り手は言う（Ⅳ九三）。「私」は、魂が不滅だけでは不充分で、肉体的快楽も失いたくない、と言っているので、この愛は、ダンテのベアトリーチェへのそれに比べると、ずっと官能的と言えるだろう。その違いはあるにせよ、プルーストの論理に従えば、地上楽園でダンテを出迎える天国の住人ベアトリーチェも、楽園と天国自体も、回想が生み出した幻想に過ぎないことになる。

5　芸術と永遠

プルーストはこのように回想を批判したが、一方で彼がもっとも重視したのもまた回想であった。楽園や天国は、実体としては存在しないかもしれない。だがそれらは回想のなかにこそ存在する。思い出が「不意に新しい空気を呼吸させるのは、まさしくこれがかつて私たちの呼吸した空気だから」であり、「すでに一度呼吸された空気でなければ、あの深い再生の感覚を与えることはできない」と語り手は言う。過去の詩人たちは純粋な楽園を描き出そうとしてきたが、それは空しい努力であった。経験したことのない理想の楽園を現出するのは不可能なのだ。「本当の楽園とは、失われた楽園にほかならない」のである（Ⅳ四四九）。

「私」は、ゲルマント邸の中庭の敷石につまずいた瞬間に、ヴェネツィアのサン＝マルコ寺院にある洗礼堂のタイルに足を乗せたときの感覚を覚え、スプーンが皿に当たった音からかつて停車中の汽車のなかで聞いた、鉄道員がハンマーで車輪をたたく音を思い出す。お茶に浸したマドレーヌの味が幼年時代をよみがえらせたことと合わせ、プルーストはこのような無意識的回想のもたらす幸福感が、死を無力化すると言う。「皿に当たるスプーンの音、不揃いな敷石、マドレーヌの味などを、現在の瞬間において感じると同時に、遠い過去においても感じていた結果、私は過去を現在に食い込ませることになり、自分のいるのが過去なのか現在なのか判然としなくなっていた」。つまり「私」はこのとき「超時間的な存在」となってこの印象を味わっていたことになる。かつて知らず知らずにマドレーヌの味を再認した瞬間に、死に関する不安がやんだが、その理由はここにあった、と語り手は言う。時間を超越した特権的瞬間においては、生の横溢感に満たされ、将来の苦難は気にならなくなるのだ（Ⅳ四四九―五〇）。

だが、プルーストはこの至福の時間はつかの間に過ぎないことを認識していた。「けれども、現在と両立できない過去の一瞬を私のかたわらにおいたこのだまし絵は長続きしなかった」と語り手は言う（Ⅳ四五二）。それを定着させるものこそ、芸術に他ならない。人間の有限性を乗り越えるものとしてプルーストが頼みとしたのは、芸術であった。そして無意識的回想により、また別離とその忘却により死を恐れなくなった語り手は、別の意味でまた死を恐れ始める。自分の作品を完成させる前に死が訪れることを恐れるのである。

ところで、少し前から死が私にとってどうでもよいものとなっていたまさにそのときに、いまや私はふたたび死を恐れ始めたのだ。確かにその恐怖は別の形のもので、私のためではなく、私の書物のためではあったが、その書物を開花させるために、少なくともまだ当分の間は、多くの危険におびやかされているこの生命が絶対に必要だった。ヴィクトル・ユゴーは言っている――

草は生い茂り、子供たちが死ぬのも天のことわり。

私は言おう。芸術には残酷な法則があって、それは、人々が死んでこそ、また私たち自身がありとあらゆる苦悩をなめつくして死んでこそ、草が生い茂るということだ。忘却の草ではなく、永遠の生命の草、豊穣な作品がうっそうと茂る草が。その草の上に後の世代の人々がやってきて、地中に眠る人たちのことなど気にも掛けず、陽気に彼らの「草上の食事」を楽しむことだろう。（Ⅳ六一五）

ユゴーの引用は、『静観詩集』「ヴィルキエにて」の一節である。一八四六年に書かれたこの詩は神に呼びかける形式で書かれたエレジーで、「子供たち」とは、複数形で一般化されているが、特に三年前にヴィルキエ付近のセーヌ川で夫とともに水死した愛娘レオポルディーヌを指す。ユゴーは初めに、子を失った悲しみから癒えつつあることを述べ、「私は思います、死者の上に閉ざされた墓石は天を開く扉なのだと、また私たちがこの世では終わりだと思っているものが、じつは始まりなのだということを」と言う。詩の中ほどに、右記の一行を含む「草は生い茂り、子供たちが死ぬのも天のことわり。ああ神よ！　私はわかっています」というくだりがある。だが最後は「思ってもみてください、なんと悲しいことであるのかを、あの子がこの世から消えてしまうのを見るのは！」と神への恨みの言葉で結ばれるのである。[17]すでに述べたように、ユゴーはこの後、降霊術にのめり込んでいく。

プルーストはここでユゴーが求め、また「心情の間歇」において「私」が求めた生命の永遠性を否定し、それを芸術に求めようとしている。だが、作家は作品によって後世の読者を支配することはできない。読者は、作家の意図とは無関係に残された作品を享受するのである。

彼はこの数頁あとでは、芸術の永遠性さえ否定してしまう。「おそらく私の本もまた、私の生身の存在と同じく、いつの日にか死滅することになるだろう。しかし、死ぬことを甘受しなければならない。十年後には自分自身が、百年後には自分の本がもう存在しないという考えを受け入れるのだ。永遠の存在は作品にも人間にも約束されてはいない」と彼は言う（Ⅳ六二〇―一）。それでは作家は何のために作品を創造するだろうか。その答えとも言えるのが、死の前年に、自身の体験に基づいて書いた「ベルゴットの死」のエピソードである。プルーストは一九二一年五月、パリのジュ・ド・ポム美術館で開催されていたオランダ派絵画展に行き、フェルメールを鑑賞するが、途中で気分が悪くなってしまう。『失われた時を求めて』第五篇「囚われの女」に挿入されたそのエピソードでは、作家ベルゴットが、病身をおしてフェルメールの「デルフトの眺望」を見るためにオランダ派絵画展に行き、この絵を見ているうちに発作に襲われ、そのまま絶命してしまう。


彼は死んでいた。永遠に死んでしまったのか。誰がそうと言えよう。確かに降霊術の実験も、宗教の教義も、魂が存続するという証拠をもたらしはしない。（……）神を信じない芸術家にとっては、やがて彼の絵がひき起こす賞讃など、蛆虫に喰われてしまう自分の肉体にとっては

フェルメール「デルフトの眺望」。1660～61年頃，デン・ハーグ（オランダ）：マウリッツハイス美術館。

どうでもよく、作品を何度も繰り返し描き直さなければならないと思う（……）理由など何もない。そうしたいっさいの義務は現世では報われることがなく、この世とは全く異なる世界、善意と、細心と、犠牲の上に築かれた別の世界に属しているように思われる。我々はそこから出てきて、この地上に生まれ、おそらくはまたそこへ舞い戻って行って、ふたたびあの未知の掟が支配するもとで生きるのだろう。（……）だからベルゴットは永遠に死んでしまったわけではないという考えもあり得ないことではないのだ。

彼は埋葬された。しかし葬儀の日は夜もすがら、明かりが灯されたショーウィンドーに、彼の本が三冊ずつ並べられ、翼を広げた天使のように通夜をして、今は亡き人のために、復活の象徴のように見えるのだった。（Ⅲ六九二）

ここに出てくる肉体を喰う蛆虫は、もともと宗教的なイメージである。肉体は死後、蛆虫に喰われるはかない存在であることを思い、永遠なる魂の救いを求めるのが、カトリックの宗教的瞑想の決まったパターンのひとつであった。ジョイスの『若い芸術家の肖像』では、静修を受けるスティーヴンが神父の説くままに、自分の死体が蛆虫とねずみの餌食になる様子を思い描いている。[18] 一方、人生ははかなくとも芸術は永遠である、というテーゼも古くから見られ、特にキリスト教が来世の現実的イメージを提供できなくなってからは、芸術を宗教の代替物としようとする考え方が出てきた。先ほどのユゴーの詩に言及した「草上の食事」の一節もそれにあたる。だがここでは、降霊術も宗教も魂の存続を保証せず、人間がただ滅びるだけの存在だとしたら、作品が残ったところで作家にとっては無意味だと言う。にもかかわらず、プルースト自身がそうであったように、作家・芸術家は作品をより完成度の高いものにするため、たゆまぬ努力をする。だとしたら、その努力が報われるべき来世がやはりあるのかもしれない、とプルーストは論を展開している。締めくくりの段落は、ここだけを取り出せば、芸術が宗教にとってかわったことを示しているように思える。だがその前からのつながりを考えると、単に作品が残るということでは救いにはならず、努力の結晶としての作品がこの世とは別の世界を暗示していると解釈できる。

「ベルゴットの死」は、書かれた年代から言えば最晩年に属する。しかしプルーストはこのエピソードを小説の最後ではなく、アルベルチーヌと「私」との同棲生活を描く、第五篇「囚われの女」にいささか唐突に挿入している。これに対し、「草上の食事」や芸術の永遠性を否定したくだりの方が小説の終わりに近い箇所にある。それゆえ「ベルゴットの死」は有名なエピソードではあるものの、そこで語られている思想が『失われた時を求めて』の到達点であるとの印象を読者に与えることはない[19]。また、芸術家の努力が報われるために来世の存在が要請されるという考えをプルーストが本当に抱いていたのかもあいまいである。むしろ、芸術家がなぜ努力するのか自分でもわからない、ということを表明しているようにもとれる。

結局プルーストは救いの問題について、明確な回答を提示していない。ダンテが『神曲』で示した、来世の実在と宗教的な救いを彼は否定する。彼にとって、宗教的な救いの代わりとなりうるのは、無意識的回想のもたらす至福感であった。無意識的回想は時間を超越するとし、その一瞬の横溢感を作品に描くことによって定着させようとした。だが人生の意味は、そのつかの間の瞬間だけにかかっているのだろうか。もしそうだとしたら、彼はなぜこれほどまでに長大な小説を書いたのか。

すでに述べたようにプルーストは、時のもたらす忘却に注目し、その過程を詳細に語って、癒やしは忘却の一過程にすぎないことを明らかにした。しかし彼は、癒やしを否定的にとらえているわけではない。「心情の間歇」の末尾のりんご園の描写や、亡きアルベルチーヌを思いながらブーローニュの森を散策するエピソードは、マドレーヌの味がよみがえらせる無意識的回想にも匹敵する、印象的な場面である。

　また、電話をした祖母との死別を予感し悲嘆に暮れることや、死んだ祖母と天国で再会したいと願う気持ちが、忘却によって無価値なものにされ、無常観のみが強調されているわけでもない。プルーストは愛を軽んじてはいない。恋愛も肉親への愛も、作品のなかで大きなウェイトを占めている。その上で彼は愛を絶対視せず、愛に忘却が訪れることを述べるのである。彼はあくまで生の実相を緻密に丹念に描き出し、分析する。時間の世界に生きる人間のさまざまな相矛盾する心情を（時間を超越したものに対する願望をも含めて）余すことなく描き出そうとした、その試みが『失われた時を求めて』なのである。

結論

二十世紀には、死に対する態度に関して大きな変化があった。第六章で触れたように、特に第一次世界大戦を経て、死はタブー視されるようになる。その傾向は一九三〇年以降、人が病院で死ぬようになって一層強まった。アナール学派に属するフランスの歴史家で、人間の心性（メンタリティー）の歴史を語ったフィリップ・アリエスは、一九七三年のジョンズ・ホプキンズ大学での連続講演において、二十世紀において性が解放され、代わって死が禁忌となったことを次のように述べている――

かつては子供たちは、赤ん坊はキャベツのなかで生まれるのだと教えられていましたが、死に行く者の枕辺で別れの大場面に立ち会いました。今日では彼らは、ごく小さい時から愛の生理学の手ほどきを受けますが、祖父にもう会えなくなって驚くと、おじいさんは美しい庭園で花に囲まれて休んでいると教えられるのです。▽1

アリエスはまた、『死を前にした人間』の結論で、医療技術と衛生観念の進歩により死が隠蔽されるようになったことに異議を申し立て、死を排除するのではなく、受け入れる必要性を説いた。[2]医療技術はその後、さらにめざましい発展を遂げることになる。だが、それによってかえって終末医療や脳死の問題がクローズアップされるようになり、いかに死に向き合うかはますます重要な問題になってきていると言えよう。

このように二十世紀において、死に対する態度はタブー視する傾向からふたたび受容へと変化したと言えるが、死そのものについての考え方はどうだっただろうか。

本書では、バーナード・オドナヒューの短詩を皮切りに、古代ギリシアのホメロスにさかのぼり、中世、近代を経て、一九一〇年代から二〇年代にかけて活躍した三人の作家までを扱ったが、序で紹介した、オドナヒューの「テル・コナートゥス（三たび試みて）」（一九九九年）の死生観と、最後に論じた、プルーストの『失われた時を求めて』（一九一三―二七年）の死生観は同時代のもののように思われる。プルーストの（より正確にはプルーストが作品において表した）死生観は、古さを感じさせないのである。これはたとえば、十七世紀初頭にシェイクスピアの父ジョンが遺言でカトリック的なとりなしを求めていることや、[3]十九世紀末にヴァージニア・ウルフの父レズリー・スティーヴンや、若き日のジョイスが、肉親や周囲との死生観の相違に悩んだことを考え合わせると瞠目すべき事柄のように思われる。プロテスタント教会、カトリック教会双方が互いに、相手は地獄に落ちると説いていた宗教改革の時代には、世代間で埋めがたい信仰上の断絶が生じていたし、十九世紀の不可知論者は死別に際して慰めを得るのが極めて困難な状況にあった。それに比べて二十世紀を見ると、死と来世に関しては劇的な変化はなかったと言えるのかもしれない。

だが二十世紀において、医療の進歩はまた別の現象ももたらしている。重篤なけが人や病人が一命を取り留め、死の瀬戸際から生還するチャンスが増えて、不思議な臨死体験が多く語られるようになったのである。その研究は一九七〇年代のアメリカでさかんになり、精神科医のエリザベス・キューブラー＝ロス、心理学者のレイモンド・ムーディー、心臓外科医のマイクル・B・セイボムらによって広く知られるようになった。臨死体験によれば、「美しい庭園で花に囲まれて休む」という話も、単に死の現実をオブラートに包むための作り話とは言えなくなってくる。また臨死体験の内容は中世の幻視文学と非常によく似ており、アメリカの宗教学者キャロル・ザレスキーは『異界の旅――中世と現代における臨死体験の報告』で両者を比較した。臨死体験の報告は作家の想像力も刺激し、フランスの作家ベルナール・ウェルベールによる『タナトノート――死後の世界への航行』といったSFが生まれている。日本では、立花隆が、一九九一年三月、NHKのテレビ番組で臨死体験とその研究を紹介し、本人による調査レポートを雑誌に連載、さらに本として刊行したことでこの現象が注目を集めた。▽4

日本において戦後最悪の大災害は、二〇一一年三月十一日の東日本大震災であった。家や車が無残に津波にさらわれていく、生々しいニュース映像はまだ記憶に新しい。多くの人命が失われ、多くの人が愛する家族を奪われた。

二〇一三年八月二十三日に放映された『NHKスペシャル「亡き人が現れた……」いま被災地で語られる不思議体験・涙の再会』という番組では、東日本大震災の被災者が震災で死別した家族と再会する出来事が起きていることが報告された。目の前で津波にさらわれていった義母の苦悶の表情が忘れられない女性の前に、死んだ義母がやはり亡くなった義父と共に、穏やかな表情で姿を現した。幼い息子を亡くした母親の夢のなかに、息子が現れ、思わず抱きつこうとすると、腕が空を切ってしまった。しかし息子はにこにこほほえんでいた。わずか生後十一か月と生まれて七日で命を奪われた兄弟が、二年たってそれぞれそれだけ成長した姿で、父親の前に現れた。西欧の古代や中世の文学で語られてきた内容とよく似た出来事が、現代の日本人に起きていたのだ。これをどう解釈すべきかについてはいろいろな意見があるだろう。ただひとつ言えることは、現代では一般には迷信と見なされるような観念も、少なくとも人間のメンタリティーのなかには消えずに残っている、ということである。

本書では、西欧文学史に残る著名な作品に描かれる、死者と再会する場面に着目し、その場面が時代をさかのぼった先行作品の同種の場面を踏まえていること、そしてそこに修正を加えることで、新たな死生観を呈示していることを論じてきた。先行作品への引喩《アリュージョン》とは（そしてパロディーでさえ）、先行作品の思想の全否定ではなく、それを包含する技法と言えよう。第八章で論じたように『失われた時を求めて』「心情の間歇《かんけつ》」末尾に美しい春の自然描写がある。この箇所は『神曲』の常春の地上楽園の描写を踏まえつつ、天候の変化があり、季節の移り変わりを意識させる現実の自然の風景である。『神曲』の地上楽園では、ダンテはベアトリーチェに迎えられ、天国へと導かれた。それに対し、この場面の風景は祖母との思い出に彩られてはいるが、死んだ祖母が姿を現したりはしない。超自然的な現象は起こらないということで、プルーストはダンテの死生観を否定し、「救い」ではない「癒やし」の風景を呈示している。しかし『神曲』の地上楽園が踏まえられていることに気づいた読者には、プルーストの自然描写と『神曲』の地上楽園の場面が二重映しになる。それによって読者は、自然の美しさや「癒やし」の気分と同時に、超自然への憧れや、死者との再会、そして「救い」に対する願望も感じ取るのである。『失われた時を求めて』の主人公が「心情の間歇」の初めで聖なる感覚に満たされたり、天国で祖母と暮らすことを願ったりするのは、信仰を持たない現代人にも、そのような感性が残っていることを示している。現在、『神曲』に描かれた来世の様子を文字通り信じる人はいないだろうが、ダンテ的なメンタリティーは残っているのである。

だとするならば、『神曲』を読むことで、そのメンタリティーをよりはっきりと自覚することができるだろう。現代人が迷信として退け、または日常においては忘れ去っている、ものの感じ方見方を取り戻すことができれば、その立場から逆に現代人の考え方を相対的に見ることができ、現代の迷信にも気づくことができるかもしれない。特に過去のすぐれた文学作品に表された死生観を知ることは、死といかに向き合うかを考える上で（それはいかに生きるかという問題でもある）有用であるように思われる。

あとがき

本書執筆のきっかけは、大学生の時にダンテの『神曲』を読んだことにさかのぼる。この作品に魅了された私は、いつか原書で読んでみたいと思い、英文学を専攻しつつも、博士課程への進学を機にイタリア語を学び始めた。そして博士課程在籍中の一九八六年の秋から、イタリア文学の米川良夫《りょうふ》先生が國學院大學で主宰されていた『神曲』の読書会（「ダンテの会」）に参加するようになった。月に一回、土曜日の午後に開かれたこの会では、先生が『神曲』の各「歌」(canto)の二分の一を読んで訳され、語学の教員からなる参加者たちはそれぞれ自分の専門とする外国語の訳や日本語訳を参照しながら聞いた。先生の説明が終わると参加者が質問をしたり感想を述べたりして、そこからさまざまな話題に発展していった。この会に参加して『神曲』を読むのは、あくまで楽しみのひとつだと私は考えていたが、少しずつ読んでいく過程で、来世を旅するダンテが死者たちと出会う重要な場面に『アエネーイス』への引喩《アリュージョン》が見られ、それによって詩人ダンテが『アエネーイス』の来世観を修正しようとしていたことを知った。そこから、文学作品に描かれた、死別した肉親や恋人と再会する場面を集め、時代順に比較することを思いつき、ちょうどその頃、フィリップ・アリエスの『死と歴史』を読んだり、臨死体験が注目されていることを知ったりして、死の問題に関心を抱いていたこともあり、西欧文学に見る死生観の変遷というテーマで研究を進めることにした。

本書は、以下の論文がもとになっている（末尾に本書の該当する章を示した）。

①「死者との邂逅――ヨーロッパ文学に見る死生観の変遷（Ⅰ）」、『専修人文論集』第52号、一九九三年九月（第一章、第二章）

②「ジョイスと死」、『専修大学人文科学年報』第28号、一九九八年三月（第七章）

③「未知の世界となった来世――『ハムレット』の伝統的死生観からの逸脱」、高橋康也編『逸脱の系譜』研究社、一九九九年五月（第四章）

④「『灯台へ』の死生観」、『専修人文論集』第65号、一九九九年十月（第六章）

⑤「『ユリシーズ』の死生観」、『岩波講座　文学12　モダンとポストモダン』岩波書店、二〇〇三年六月（第七章）

⑥「Bernard O'Donoghue, '*Ter Conatus*'――悲しみを増幅する古典のエコー」、〈訳注式〉英語詩演習（29）、『英語青年』第一五〇巻第五号、研究社、二〇〇四年八月（序）

⑦「楽園と天国の風景――ダンテ、ボッカッチョ、ガウェイン詩人とプルースト」、米川良夫編著『ダンテと現代』沖積舎、二〇〇六年六月（第二章、第三章、第八章）

⑧「『クリスマス・キャロル』の生と死」、『専修人文論集』第87号、二〇一〇年十月（第五章）

⑨「『失われた時を求めて』の死生観」『専修人文論集』第92号、二〇一三年三月（第八章）

①の論文は本書とタイトルがほぼ同じで、これを書いた時には、本書のおおまかな構想ができあがっていた。この論文では、『オデュッセイア』、『アエネーイス』、『神曲』の「地獄篇」と「煉獄篇」を扱い、今後、時代順に続けて書いていくつもりで（I）と番号を付した。だが発表してから、古典語の知識が必要であることに気づき、ラテン語を学び始めるありさまで、結局すべてを書き上げるまでずいぶんと時間がかかってしまった。

③の論文は、編者の高橋康成先生の励ましがなかったら完成できなかっただろう。本書第四章で繰り返し言及したグリーンブラットの『煉獄のハムレット』は、③を書いたときにはまだ出ていなかった。その後、この本を読んで大いに触発されることになる。グリーンブラット氏が来日したとき、私は会って、この本の内容について質問し、死生観についての話を直接聞くことができた。それは奇しくも、氏が亡き高橋先生を追悼する記念講演に招聘された折だった。

研究を進める過程で、「序」で触れた現役詩人のオドナヒューによる「テル・コナートゥス」を知って⑥を執筆したが、オドナヒュー氏にも来日時に会って話を聞くことができた。

⑦の論文が掲載された『ダンテと現代』は、米川先生の定年退職と、「ダンテの会」で『神曲』全巻を読了したことを記念して出版されたものである。完成前に先生は体調を崩されたが、それにもかかわらず、執筆者ひとりひとりの原稿を丁寧にお読みになってアドバイスをされた。最後に序文をお寄せくださって、すべてととのったが、その一週間後に本の完成を見ることなく旅立たれてしまった。

拙論では中世の作品を主に論じながら、内容を本のタイトルにある「現代」と結びつけようとプルーストに触れた。だが、強引な印象は否めず、プルーストについてはもっと詳しく論ずる必要を感じて調べ直し、七年後に⑨の論文を発表した。

最初の論文を書いた頃から私は、「西欧文学に見る死生観の変遷」というテーマで講義を始め、数年おきに担当がまわって来るたびに改訂を重ねた。この講義も、本書の成立に重要な役割を果たしている。⑧の論文を執筆した頃から、一冊の本にまとめるため、それまで書いたものを書き直す作業に入った。その際、講義での学生たちの反応を思い浮かべて、文学研究者ではない一般の読者にわかるよう心掛けたつもりである。

またホメロスとウェルギリウスを論じた第一章については佐野好則氏から、ジョイスを論じた第七章については奥原宇氏から、プルーストを扱った第八章については小黒昌文氏から貴重なご教示を頂いた。しかし私の力不足から、本書のどの章をとってみても専門家から見ると不満足なところがあろう。ただ、死生観というテーマで古代から現代に至る作品の影響関係を論ずることにも一定の意味はあるのではないかと自負している。

このように本書を完成することができたのは、研究上の先達や仲間、学生たちのおかげである。名前こそ挙げなかったが、他にも多くの人々に助けられてきた。支えてくれた先生方、友人たち、そして家族に感謝したい。最後になるが、刊行にあたっては、作品社の青木誠也氏に大変お世話になった。篤く御礼申し上げる。

二〇一五年四月
道家英穂

(London: The Cresset Press, 1965)［邦訳G. ゴーラー『死と悲しみの社会学』宇都宮輝夫訳，ヨルダン社，1986年］.
Werber, Bernard, *Les Thanatonautes*（Albin Michel, 1994）［邦訳ベルナール・ウェルベール『タナトノート――死後の世界への航行』榊原晃三訳，日本放送出版協会，1996年］.
立花隆『臨死体験』全2巻，文藝春秋，1994年。
『NHKスペシャル　立花隆リポート　臨死体験――人は死ぬ時何を見るのか』1991年3月17日放映。
『NHKスペシャル　「亡き人が現われた……」いま被災地で語られる不思議体験・涙の再会』2013年8月23日放映。
『NHKスペシャル　臨死体験　立花隆　思索ドキュメント　死ぬとき人はどうなるのか』2014年9月14日放映。

［邦訳辻昶，稲垣直樹，小潟昭夫訳『ヴィクトル・ユゴー文学館　第1巻 詩集』潮出版社，2000年］.

第二次資料

Kselman, Thomas A., *Death and the Afterlife in Modern France*（Princeton UP, 1993）.

McManners, John, *Death and the Enlightenment: Changing Attitudes to Death among Christians and Unbelievers in Eighteenth-century France*（Oxford UP, 1985）［邦訳ジョン・マクマナーズ『死と啓蒙――十八世紀フランスにおける死生観の変遷』小西嘉幸，中原章雄，鈴木田研二訳，平凡社，1989年］.

Tadié, Jean-Yves, *Marcel Proust: Biographie*. 2 vols.（Gallimard, 1996）［邦訳ジャン＝イヴ・タディエ『評伝プルースト』吉川一義訳，全2巻，筑摩書房，2001年］.

井上究一郎『かくも長い時にわたって』筑摩書房，1991年。

鈴木道彦『マルセル・プルーストの誕生』藤原書店，2013年。

ミシェル＝チリエ，フィリップ『事典プルースト博物館』保苅瑞穂監修，湯沢英彦，中野知律，横山裕人訳，筑摩書房，2002年。

吉田城『『失われた時を求めて』草稿研究』平凡社，1993年。

和田章男「プルースト草稿研究の基礎と実践」，田口紀子，吉川一義編『文学作品が生まれるとき――生成のフランス文学』京都大学学術出版会，2010年。

和田恵里「ユダヤ性というプリズムが映し出す世界――プルーストとユダヤ問題」『思想』岩波書店，2013年第11号（第1075号）。

結論

Ariès, Philippe, *Essais sur l'histoire de la mort en Occident*（Éditions du Seuil, 1975）［邦訳フィリップ・アリエス『死と歴史――西欧中世から現代へ』伊藤晃，成瀬駒男訳，みすず書房，1983年］.

――――, *L'homme devant la mort,* 2 vols.（Éditions du Seuil, 1977），［邦訳フィリップ・アリエス『死を前にした人間』成瀬駒男訳，みすず書房，1990年］.

Gorer, Geoffrey, *Death, Brief, and Mourning in Contemporary Britain*

Proust, Marcel, *À la recherche du temps perdu*, sous la direction de Jean-Yves Tadié, Bibliothèque de la Pléiade, 4 vols.（Gallimard, 1987-9）.

———, *Correspondance de Marcel Proust*, texte établi, présenté et annoté par Philip Kolb, 21 vols.（Plon, 1970-93）.

———, *Jean Santeuil précédé de Les Plaisirs et les jours*, édition établie par Pierre Clarac avec la collaboration d'Yves Sandre, Bibliothèque de la Pléiade（Gallimard, 1971）.

———, 'Journées de lecture', *Contre Sainte-Beuve précédé de Pastiches et mélanges et suivi de Essais et articles*, édition établie par Pierre Clarac avec la collaboration d'Yves Sandre, Bibliothèque de la Pléiade（Gallimard, 1971）.

プルースト『失われた時を求めて』井上究一郎訳，全10巻，ちくま文庫，1992-3年。

———『失われた時を求めて』鈴木道彦訳，全12巻，集英社文庫，2006-07年。

———『失われた時を求めて』吉川一義訳，全14巻，岩波文庫，2010年-刊行中。

———『プルースト全集11　楽しみと日々　ジャン・サントゥイユⅠ』岩崎力，鈴木道彦訳，筑摩書房，1984年。

———『プルースト全集12　ジャン・サントゥイユⅡ』鈴木道彦，保苅瑞穂訳，筑摩書房，1985年。

———『プルースト全集13　ジャン・サントゥイユⅢ』保苅瑞穂訳，筑摩書房，1985年。

———『プルースト全集15　文芸評論他』粟津則雄他訳，筑摩書房，1986年。

———『プルースト全集16　書簡Ⅰ』岩崎力他訳，筑摩書房，1989年。

———『プルースト全集17　書簡Ⅱ』岩崎力他訳，筑摩書房，1993年。

———『プルースト全集18　書簡Ⅲ』岩崎力他訳，筑摩書房，1997年。

その他の第一次資料

Hugo, Victor, *Les Contemplations, Œuvres poétiques II*, édition établie et annotée par Pierre Albouy, Bibliothèque de la Pléiade（Gallimard, 1967）

Pinamonti, Giovanni Pietro, *Hell Opened to Christians, reproduction from British Library* (London? 1715. Gale Ecco Print Editions).
Spurgeon, C. H., 'Heaven and Hell, A Sermon Delivered on Tuesday Evening, September 4, 1855, in a field, King Edward's Road, Hackney', *The Spurgeon Archive*, 2015年3月19日現在 〈http://www.spurgeon.org/sermons/0039.htm〉.

第二次資料

Doherty, James, 'Joyce and "Hell Opened to Christians": The Edition He used for His "Hell Sermons"', *Modern Philology*, vol. 61, no. 2 (Chicago UP, November 1963).
Ellmann, Richard, *James Joyce* (Oxford UP, 1983) [邦訳リチャード・エルマン『ジェイムズ・ジョイス伝』宮田恭子訳，全2巻，みすず書房，1996年].
———, *The Consciousness of Joyce* (Oxford UP, 1977).
Gifford, Don, *Joyce Annotated* (California UP, 1982).
———, with Robert J. Seidman, *Ulysses Annotated* (California UP, 1988).
Herr, Cheryl, *Joyce's Anatomy of Culture* (Illinois UP, 1986).
Jodock, Darrell, 'Introduction I', *Catholicism Contending with Modernity*, ed. Darrell Jodock (Cambridge UP, 2000).
Lowe-Evans, Mary, *Catholic Nostalgia in Joyce and Company* (Florida UP, 2008).
Sullivan, Kevin, *Joyce Among the Jesuits* (1958; Westport: Greenwood Press, 1985).
Thrane, James R., 'Joyce's Sermon on Hell', *A James Joyce Miscellany*, 3rd Series, ed. Marvin Magalaner (Southern Illinois UP, 1962).
Williams, Tara, 'A Polysymbolic Character', *Joyce through the Ages*, ed. Michael Patrick Gillespie (Florida UP, 1999).

第八章

プルーストの作品

Clarendon Press, 1977).

第二次資料

Annan, Noel, *Leslie Stephen: The Godless Victorian* (Chicago UP, 1986).
Jalland, Pat, *Death in the Victorian Family* (Oxford UP, 1996).
Leaska, Mitchell, *Granite and Rainbow: The Hidden Life of Virginia Woolf* (London: Picador, 1998).
Lee, Hermione, *Virginia Woolf* (London: Vintage, Random House, 1997).
Sparlding, Frances, *Vanessa Bell* (New Haven and New York: Ticknor & Fields, 1983) [邦訳フランセス・スポールディング『ヴァネッサ・ベル』宮田恭子訳，みすず書房，2000年].

第七章

ジョイスの作品

Joyce, James, *A Portrait of the Artist as a Young Man*, ed. Chester G. Anderson, The Viking Critical Library (Penguin, 1968).
――――, *Dubliners*, ed. Robert Scholes and A. Walton Litz, The Viking Critical Library (Penguin, 1996).
――――, *Stephen Hero* (London: Jonathan Cape, 1956).
――――, *Ulysses*, ed. Hans Walter Gabler et al. (London: The Bodley Head, 1986).
ジョイス『ダブリンの市民』結城英雄訳，岩波文庫，2004年。
――――『ユリシーズ』丸谷才一，永川玲二，高松雄一訳，全3巻，集英社，1996-97年。
――――「若い芸術家の肖像」永川玲二訳『新集世界の文学30　ジョイス』，中央公論社，1972年。
――――『若い藝術家の肖像』丸谷才一訳，集英社，2009年。

その他の第一次資料

Joyce, Stanislaus, *My Brother's Keeper* (1958; Cambridge: Da Capo Press, 2003) [邦訳スタニスロース・ジョイス『兄の番人』宮田恭子訳，みすず書房，1993年].

Schlicke, Paul, ed., *Oxford Reader's Companion to Dickens* (Oxford UP, 1999).
『キリスト教大事典』日本基督教協議会文書事業部・キリスト教大事典編集委員会編，教文館，改訂新版第12版，2000年。

第六章

ウルフの作品

Woolf, Virginia, *The Diary of Virginia Woolf*, ed. Anne Oliver Bell, 5 vols. (London: The Hogarth Press, 1978-84).
———, *Moments of Being*, ed. Jeanne Schulkind, 2nd ed. (San Diego, New York, London: Harcourt Brace & Company, 1985).
———, *To the Lighthouse*, ed. David Bradshaw, Oxford World's Classics (1992; Oxford UP, 2006).
ウルフ、ヴァージニア「灯台へ」鴻巣友季子訳，『世界文学全集Ⅱ-01　灯台へ・サルガッソーの広い海』池澤夏樹編，河出書房新社，2009年。
———『燈台へ』中村佐喜子訳，新潮文庫，1955年。
———『灯台へ』御輿哲也訳，岩波文庫，2004年。

その他の第一次資料

Bell, Vanessa, *Selected Letters of Vanessa Bell*, ed. Regina Marler (1993; Wakefield, Rhode Island & London: Moyer Bell, 1998).
Cowper, William, 'The Castaway', *Cowper Poetical Works*, ed. H. S. Milford, 4th ed. (Oxford UP, 1967) [邦訳「漂流者」，『ウィリアム・クーパー詩集：『課題』と短編詩』林瑛二訳，慶應義塾大学法学研究会，1992年].
Dickens, Charles, *The Old Curiosity Shop*, ed. Elizabeth M. Brennan, Oxford World's Classics (Oxford UP, 1998) [邦訳ディケンズ『骨董屋』全2巻，北川悌二訳，ちくま文庫，1989年].
Evangelical Magazine and Missionary Chronicle, vol. XV (London: Thomas Ward and Co., January 1837).
Stephen, Leslie, *An Agnostic's Apology and Other Essays*, 2nd ed. (London: Smith, Elder & CO., 1903).
———, *Sir Leslie Stephen's Mausoleum Book*, ed. Alan Bell (Oxford:

O M Brack, Jr. and Leslie A. Chilton (Athens and London: Georgia UP, 2005) [邦訳ル・サージュ「悪魔アスモデ」中川信訳『集英社版　世界文学全集6　悪漢小説集』, 1979年].
Mitford, Mary Russell, *The Life of Mary Russell Mitford: told by herself in letters to her friends*, ed. Rev. A. G. K. L'Estrange, vol. II (New York: Harper & Brothers, 1870).
Owen, Robert Dale, *Footfalls on the Boundary of Another World* (1860; Philadelphia: J. B. Lippincott & Co., 1868).
Ruskin, John, *The Works of John Ruskin*, ed. E. T. Cook and Alexander Wedderburn, vol. 37 (London: George Allen, 1909).
Walpole, Horace, 'The Castle of Otranto', *Three Gothic Novels*, ed. Peter Fairclough (Penguin, 1968) [邦訳ホレス・ウォルポール『オトラントの城』井出弘之訳, 国書刊行会, 1983年].

第二次資料

Ackroyd, Peter, *Dickens* (1990; New York: Harper Perennial, 1992).
Castle, Terry, *The Female Thermometer* (Oxford UP, 1995).
Chambers, Paul, *The Cock Lane Ghost* (Phoenix Mill; Sutton Publishing, 2006).
Clery, E. J., *The Rise of Supernatural Fiction 1762-1800* (Cambridge UP, 1995).
Golby, J. M. & A. W. Purdue, *The Making of the Modern Christmas* (1986; Phoenix Mill: Sutton Publishing, 2000).
Handley, Sasha, *Visions of an Unseen World: Ghost Beliefs and Ghost Stories in Eighteenth-Century England* (London: Pickering & Chatto, 2007).
Hearn, Michael Patrick, ed., *The Annotated Christmas Carol* (New York: Norton, 1976).
Hill, Christopher, *The World Turned Upside Down* (1972; Penguin, 1991).
Kaplan, Fred, *Dickens and Mesmerism* (Princeton UP, 1975).
Kelly, Richard, ed., *A Christmas Carol* (Ontario: Broadview Press, 2003).
Parker, David, *Christmas and Charles Dickens* (New York: AMS, 2005).

———, *The Picwick Papers*, ed. James Kinsley, Oxford World's Classics (Oxford UP, 1988).
———, *The Letters of Charles Dickens, the Pilgrim Edition*, ed. Madeline House & Graham Storey, 12 vols. (Oxford: Clarendon Press, 1965-2002).
ディケンズ『クリスマス・キャロル』池央耿訳，光文社古典新訳文庫，2006年。
———『クリスマス・キャロル』村岡花子訳，新潮文庫，2011年。
———『クリスマス・キャロル』脇明子訳，岩波少年文庫，2001年。
———『ピクウィック・クラブ』北川悌二訳，全3巻，ちくま文庫，1990年。

その他の第一次資料

Browning, Robert and Elizabeth, *The Brownings' Correspondence*, ed. Philp Kelley and Ronald Hudson, vol. 8 (Winfield, Kans: Wedgestone Press, 1990).
Crowe, Catherine, *The Night Side of Nature or Ghosts and Ghost Seers* (London: George Routledge and Sons; Kessinger Publishing, 2003).
Defoe, Daniel, *Accounts of the Apparition of Mrs. Veal by Daniel Defoe and Others*, ed. Manuel Schonhorn, Augustan Reprint Society, 115 (1965; New York: AMS, 1999)［邦訳平井呈一編『こわい話気味のわるい話① ミセス・ヴィールの幽霊』沖積舎，2011年］.
———,'An Essay on the History and Reality of Apparitions' (1727), ed. G. A. Starr, *Satire, Fantasy and Writings on the Supernatural by Daniel Defoe*, vol. 8 (London: Pickering & Chatto, 2005).
Hibbert, Samuel, *Sketches of the Philosophy of Apparitions* (Edinburgh: Oliver & Boyd; London: G. & W. B. Whittaker, 1824).
Irving, Washington, *The Legend of Sleepy Hollow and Other Stories [The Sketch Book of Geoffrey Crayon, Gent.]*, ed. William L. Hedges (Penguin, 1999).
Jung-Stilling, Johann Heinrich, *Theory of Pneumatology*, trans. Samuel Jackson (1834; New York: J. S. Redfield, Clinton Hall, 1851).
Le Sage, Alain René, *The Devil upon Crutches*, trans. Tobias Smollett, ed.

イグナチオ・デ・ロヨラ『霊操』門脇佳吉訳・解説，岩波文庫，1995年。

『宗教改革著作集　第11巻　イングランド宗教改革Ｉ』八代崇他訳，教文館，1984年。

『宗教改革著作集　第14巻　信仰告白・信仰問答』徳前義和他訳，教文館，1994年。

第二次資料

Burns, Norman T, *Christian Mortalism from Tyndale to Milton* (Harvard UP, 1972).
Eliot, T. S., 'Hamlet' (1919), *Selected Essays* (London: Faber and Faber, 1932)［邦訳エリオット「ハムレット」工藤好美訳『筑摩世界文学大系68　イェイツ　エリオット　オーデン』1979年］.
Frye, Roland, *The Renaissance Hamlet* (Princeton UP, 1984).
Greenblatt, Stephen, *Hamlet in Purgatory* (Princeton UP, 2001).
———, *Will in the World* (London: Pimlico, 2005)［邦訳スティーヴン・グリーンブラット『シェイクスピアの驚異の成功物語 Will in the World』河合祥一郎訳，白水社，2006］.
Marshall, Peter, *Beliefs and the Dead in Reformation England* (Oxford UP, 2002).
Martz, Louis L., *The Poetry of Meditation* (Yale UP, 1962).
Prosser, Eleanor, *Hamlet and Revenge*, 2nd ed. (Stanford UP, 1971).
Spencer, Theodore, *Death and Elizabethan Tragedy* (Harvard UP, 1936).
West, Robert H., 'King Hamlet's Ambiguious Ghost', *PMLA*, 70 (1955).
Wilson, John Dover, *What Happens in Hamlet* (Cambridge UP, 1935).
大場建治編註訳『研究社シェイクスピア選集8　ハムレット』，2004年。
高橋康也，河合祥一郎編註『大修館シェイクスピア双書　ハムレット』，2001年。

第五章

ディケンズの作品

Dickens, Charles, *A Christmas Carol and Other Christmas Writings*, ed. Michael Slater (Penguin, 2003).

———『ハムレット』小田島雄志訳，白水Uブックス，1983年。
———『ハムレット』野島秀勝訳，岩波文庫，2002年。
———『ハムレット』松岡和子訳，ちくま文庫，1996年。

その他の第一次資料

Bullinger, Henry, *The Decades, the Fourth Decade*, trans. H. I., ed. Thomas Harding（1851; New York: Johnson Reprint Corporation, 1968）.

'The Castle Of Perseverance', *The Macro Plays*, ed. Mark Eccles, The Early English Text Society（Oxford UP, 1969）［邦訳「堅忍の城」，『イギリス道徳劇集』鳥居忠信，山田耕士，磯野守彦訳，リーベル出版，1991年］.

Coleridge, S. T., *Biographia Literaria*, ed. James Engell and W. Jackson Bate, 2 vols.（Princeton UP, 1983）［邦訳コウルリッジ『文学的自叙伝』東京コウルリッジ研究会訳，法政大学出版局，2013年］.

Fish, Simon, *A Supplication for the Beggers*, ed. Frederick J. Furnivall, The Early English Text Society（Woodbridge: Boydell & Brewer, 2001）.

Hardwick, Charles, 'Appendixes', *A History of the Articles of Religion*, 3rd ed.（London: George Bell & Sons, 1876）.

Luis de Granada, *Of Prayer and Meditation*, ed. D. M. Rogers, English Recusant Literature 1558-1640（Menston: Scolar Press, 1971）.

Luther, Martin, *Works of Martin Luther*, trans. & ed. Adolph Spaeth, L. D. Reed, Henry Eyster Jacobs, et al., vol. 1（Philadelphia: A. J. Holman Company, 1915）.

Marlowe, Christopher, *Doctor Faustus*, ed. David Scott Kastan（New York and London: Norton, 2005）, B-text［邦訳クリストファー・マーロウ『フォースタス博士の悲劇』平井正穂訳，『エリザベス朝演劇集』小津次郎，小田島雄志編，筑摩書房，1974年］.

St. Patrick's Purgatory, ed. Robert Easting, The Early English Text Society（Oxford UP, 1991）［邦訳『西洋中世奇譚集成　聖パトリックの煉獄』千葉敏之訳，講談社学術文庫，2010年］.

Saint Patrick's Purgatory, trans. Jean-Michel Picard（Dublin: Four Courts Press, 1985）.

Dante, Prose Latine, Epistole, a cura di Pier Giorgio Ricci (Milano, Napoli: Riccardo Ricciardi, 1965).

———, *Life of Dante*, trans. Philip Wicksteed (1904; Richmond: One World Classics LTD, 2009).

Pearl, ed. E. V. Gordon (Oxford: Clarendon Press, 1953, 1980).

『ガウェイン詩人全訳詩集』境田進訳，小川図書，1992年。

『ペトラルカ＝ボッカッチョ往復書簡』近藤恒一編訳，岩波文庫，2006年。

第二次資料

Andrew, Malcolm and Ronald Waldron, eds., *The Poems of the Pearl Manuscript* (1978; Exeter UP, 1987).

Gollancz, Sir Israel, ed., *Pearl, an Engilsh Poem of the XIVth Century* (New York: Cooper Square, 1966).

Kean, P. M., *The Pearl: An Interpretation* (London: Routledge & Kegan Paul, 1967).

Lansing, Richard, ed., *The Dante Encyclopedia* (New York & London: Garland Publishing, 2000).

Matsuda, Takami, *Death and Purgatory in Middle English Didactic Poetry* (Cambridge: D. S. Brewer, 1997).

Smarr, Janet Levarie, trans. *Eclogues*, by Giovanni Boccaccio (New York & London: Garland Publishing, 1987).

Zaleski, Carol, *Otherworld Journeys: Accounts of Near-Death Experience in Medieval and Modern Times* (Oxford UP, 1987).

成瀬正幾『中世英詩「真珠」の研究』，神戸商科大学学術研究会，1981年。

第四章

『ハムレット』のテキスト

Shakespeare, William, *Hamlet*, ed. Ann Thompson and Neil Taylor, The Arden Shakespeare, Third Series (London: Thomson Learning, 2006).

——— *Hamlet*, ed. Harold Jenkins, The Arden Edition (London and New York: Methuen, 1982).

シェイクスピア『新訳ハムレット』河合祥一郎訳，角川書店，2003年。

Bloom, Harold ed., *Dante: Modern Critical Views* (New York: Chelsea House, 1986).

Gardiner, Eileen, *Medieval Visions of Heaven and Hell: A Sourcebook* (New York & London: Garland Publishing, 1993).

Jacoff, Rachel and Jeffrey T. Schnapp eds., *The Poetry of Allusion* (Stanford UP, 1991).

Jacoff, Rachel, 'Vergil in Dante', *A Companion to Vergil's Aeneid and its Tradition*, ed. Joseph Farrell and Michiael C. J. Putnam (Malden: Wiley-Blackwell, 2010).

Lansing, Richard ed., *Dante: The Critical Complex*, 8 vols. (New York and London: Routledge, 2003).

McDannell, Colleen & Bernhard Lang, *Heaven: A History*, 2nd ed. (Yale UP, 2001)［邦訳コリーン・マクダネル，バーンハード・ラング『天国の歴史』大熊昭信訳，大修館書店，1993年］.

Morgan, Alison, *Dante and the Medieval Other World* (Cambridge UP, 1990).

Patch, Howard Rolin, *The Other World* (1950; New York: Octagon Books, 1980).

Siebzehner-Vivanti, Giorgio, *Dizionario della Divina Commedia* (Milano: Feltrinelli, 1965).

上田敏「詩聖ダンテ」『現代日本文學全集58　土井晩翠，薄田泣菫，上田敏，蒲原有明集』筑摩書房，1957年。

浦一章『ダンテ研究 I』東信堂，1994年。

小川正廣「ダンテにおけるウェルギリウス――『神曲』は叙事詩か」『名古屋大学文学部論集（文学54）』，2008年。

米川良夫編著『ダンテと現代』沖積舎，2006年。

ル・ゴッフ，ジャック『煉獄の誕生』渡辺香根夫，内田洋訳，法政大学出版局，1988年。

第三章

ボッカッチョ、ガウェイン詩人の作品

Boccaccio, Giovanni, *Opere in Versi, Corbaccio, Trattatello in Laude di*

———, *Vita Nuova*, trans. Mark Musa, Oxford World Classics (Oxford UP, 1992).

ダンテ『神曲』寿岳文章訳，全3巻，集英社，1987年。

———『神曲』原基晶訳，全3巻，講談社学術文庫，2014年。

———『神曲』平川祐弘訳，河出書房新社，1992年。

———『神曲』三浦逸雄訳，全3巻，1970-2年，角川ソフィア文庫，2013年。

———『ダンテ』野上素一訳，世界文學大系6，筑摩書房，1962年。

———『ダンテ全集』中山昌樹訳，復刻版，全10巻，日本図書センター，1995年。

その他の第一次資料

Cicero, *De Re Publica, De Legibus*, Loeb Classical Library (Harvard UP, 1928)［邦訳『キケロー選集8』岡道男訳，岩波書店，1999年］.
Gregory of Tours, *The History of the Franks*, trans. Lewis Thorpe (Penguin, 1974).
Ovid, *Ovid III, Metamorphoses I*, trans. Frank Justus Miller, Loeb Classical Library, 3rd ed. (Harvard UP, 1977)［邦訳オウィディウス『変身物語 上』中村善也訳，岩波文庫，1981年］.
アクィナス、トマス『神學大全　第9冊』高田三郎，村上武子訳，創文社，1996年。
———『神學大全　第23冊』稲垣良典，片山寛訳，創文社，2001年。
『聖書』日本聖書協会，1972年。
『聖書　新共同訳』日本聖書協会，1999年。

第二次資料

Auerbach, 'Figura', trans. Ralph Manheim, *Scenes from the Drama of European Literature* (Gloucester, Mass: Peter Smith, 1973).
Barolini, Teodolinda, *Dante's Poets: Textuality and Truth in the Comedy* (Princeton UP, 1984).
———, *The Undivine Comedy: Detheologizing Dante* (Princeton UP, 1992).

Sourvinou-Inwood, Christiane, *'Reading' Greek Death: To the End of the Classical Period* (Oxford: Clarendon Press, 1995).

Thomas, Richard F. and Jan M. Ziolkowski, eds., *The Virgil Encyclopedia*, 3 vols. (Chichester: John Wiley & Sons, Ltd, 2014).

Williams, R. Deryck ed., *Aeneid I-VI*, by Virgil (1972; Bristol Classical Press, 1996).

泉治典，渡辺二郎編『西洋における生と死の思想』有斐閣，1983年。

小川正廣『ウェルギリウス『アエネーイス』神話が語るヨーロッパ世界の原点』岩波書店，2009年。

———『ウェルギリウス研究——ローマ詩人の創造』京都大学学術出版会，1994年。

高津春繁『ギリシア・ローマ神話辞典』岩波書店，1960年。

第二章

ダンテの作品

Dante Alighieri, *La Commedia secondo l'antica vulgata*, a cura di G. Petrocchi, 4 vols. (Firenze: Le lettere, 1994).

———, *La Divina Commedia*, testo critico della Società Dantesca Italiana, riveduto, col commento scartazziniano rifatto da Giuseppe Vandelli (Milano: Ulrico Hoepli, 1989).

———, *The Divine Comedy*, trans. with commentary, Charles S. Singleton, 6 vols. (Princeton UP, 1970-75).

———, *Inferno*, trans. Robert & Jean Hollander (New York: Anchor Books, 2002).

———, *Purgatorio,* trans. Robert & Jean Hollander (New York: Anchor Books, 2004).

———, *Paradiso*, trans. Robert & Jean Hollander (New York: Anchor Books, 2008).

———, *Monarcia*, a cura di Bruno Nardi, *Opere Minori*, tomo II (Milano, Napoli: Riccardo Ricciardi, 1979).

———, *Vita Nuova*, a cure di Domenico De Robertis, in *Opere Minori*, tomo I, parte I (Milano, Napoli: Riccardo Ricciardi, 1984).

文献目録

序

O'Donoghue, Bernard, *'Ter Conatus', Here Nor There* (London: Chatto & Windus, 1999).

第一章

ホメロス、ウェルギリウスの作品

Homer, *The Iliad*, trans. A. T. Murry, ed. E. H. Warmington, 2 vols., Loeb Classical Library (Harvard UP, 1976-8).

———, *The Odyssey*, trans. A. T. Murry, rev. George E. Dimock, 2 vols., Loeb Classical Library, 2nd ed. (Harvard UP, 1995).

Virgil, *Eclogues, Georgics, Aeneid I-VI*, trans. H. R. Fairclough, Loeb Classical Library, rev. ed. (Harvard UP, 1935).

ホメロス『イリアス』全2巻，松平千秋訳，岩波文庫，1992年。

———『オデュッセイア』全2巻，松平千秋訳，岩波文庫，1994年。

———「オデュッセイア」高津春繁訳『筑摩世界文学大系2　ホメーロス』，1971年。

ウェルギリウス『ウェルギリウス　アエネーイス』岡道男，高橋宏幸訳，西洋古典叢書，京都大学学術出版会，2001年。

———『牧歌／農耕詩』小川正廣訳，西洋古典叢書，京都大学学術出版会，2004年。

第二次資料

Austin, R. G. (commentary), *P. Vergili Maronis: Aeneidos Liber Sextvs* (Oxford: Clarendon Press, 1986).

Harrison, S. J., *Oxford Readings in Vergil's Aeneid* (Oxford UP, 1990).

Martindale, Charles, ed., *The Cambridge Companion to Virgil* (Cambridge UP, 1997).

Otis, Brooks, *Virgil: A Study in Civilized Poetry* (Oxford: Clarendon Press, 1964).

人間』成瀬駒男訳，みすず書房，1990年，553].

▼3 Greenblatt, *Hamlet in Purgatory* 248-9.

▽4 Carol Zaleski, *Otherworld Jouneys: Accounts of Near-Death Experience in Medieval and Modern Times* (Oxford UP, 1987). Bernard Werber, *Les Thanatonautes* (Albin Michel, 1994) [邦訳ベルナール・ウェルベール『タナトノート——死後の世界への航行』榊原晃三訳，日本放送出版協会，1996年].『NHKスペシャル　立花隆リポート　臨死体験——人は死ぬ時何を見るのか』, 1991年3月17日放映。立花隆『臨死体験』全2巻，文藝春秋，1994年（初出『文藝春秋』1992年10月号～1994年4月号)。2014年9月14日放映の『NHKスペシャル　臨死体験　立花隆　思索ドキュメント　死ぬとき人はどうなるのか』では，立花が臨死体験に関する最新の科学的研究を取材している。

▼13　John McManners, *Death and the Enlightenment: Changing Attitudes to Death among Christians and Unbelievers in Eighteenth-century France* (Oxford UP, 1985) 172［邦訳ジョン・マクマナーズ『死と啓蒙――十八世紀フランスにおける死生観の変遷』小西嘉幸，中原章雄，鈴木田研二訳，平凡社，1989年］.

▼14　Kselman 125-31, 134-5, 140-3, 150-2.

▼15　Tadié, *Marcel Proust I* 151-4, 359-61.

▽16　4つの段階があった，とプルーストは述べているが，実際には3段階しか書かれていない（IV 139）。

▼17　Victor Hugo, 'À Villequier', *Les Contemplations, Œuvres poétiques II*, édition établie et annotée par Pierre Albouy, Bibliothèque de la Pléiade (Gallimard, 1967)［邦訳辻昶，稲垣直樹，小潟昭夫訳『ヴィクトル・ユゴー文学館　第1巻　詩集』潮出版社，2000年］.

▼18　*Portrait* 112.

▽19　『失われた時を求めて』は一応完結しているが，プルーストは小説後半部の大幅な組み替えを意図していたものの果たせぬまま亡くなったとの有力な説があり，その意味では未完であった。和田章男「プルースト草稿研究の基礎と実践」，田口紀子，吉川一義編『文学作品が生まれるとき――生成のフランス文学』京都大学学術出版会，2010年，404。

結論

▽1　Philippe Ariès, *Essais sur l'histoire de la mort en Occident* (Éditions du Seuil, 1975), 65［邦訳フィリップ・アリエス『死と歴史――西欧中世から現代へ』伊藤晃，成瀬駒男訳，みすず書房，1983年］. この一節は，アリエス自身が述べているように，イギリスの社会学者Geoffrey Gorerが論文'The Pornography of Death', *Encounter*, October, 1955 (Geoffrey Gorer, *Death, Brief, and Mourning in Contemporary Britain* (London: The Cresset Press, 1965) 169-75［邦訳G. ゴーラー『死と悲しみの社会学』宇都宮輝夫訳，ヨルダン社，1986年］に補遺として再録）で主張したことの要約である。

▼2　Philippe Ariès, *L'homme devant la mort, 2. La mort ensauvagée* (Éditions du Seuil, 1977) 324［邦訳フィリップ・アリエス『死を前にした

書房，2001年］. Thomas A. Kselman, *Death and the Afterlife in Modern France*（Princeton UP, 1993）133-5, 138.

▼2　Tadié *Marcel Proust I* 45-6, 85.

▼3　鈴木道彦『マルセル・プルーストの誕生』藤原書店，2013年，245-64, 362-92. 和田惠里「ユダヤ性というプリズムが映し出す世界――プルーストとユダヤ問題」『思想』岩波書店，2013年第11号（第1075号）10-32。フィリップ・ミシェル＝チリエ『事典プルースト博物館』保苅瑞穂監修，湯沢英彦，中野知律，横山裕人訳，筑摩書房，2002年，182。

▼4　吉田城『『失われた時を求めて』草稿研究』平凡社，1993年，187。

▼5　Marcel Proust, *Correspondance*, texte établi, présenté et annoté par Philip Kolb, Tome V（Plon, 1979）348-9［邦訳『プルースト全集16　書簡I』岩崎力他訳，筑摩書房，1989年］.

▼6　Tadié, *Marcel Proust I* 467-9. 井上究一郎『かくも長い時にわたって』筑摩書房，1991年，57-9。*Correspondance*, Tome II, 137. Marcel Proust, *Jean Santeuil précédé de Les Plaisirs et les jours*, édition établie par Pierre Clarac avec la collaboration d'Yves Sandre, Bibliothèque de la Pléiade（Gallimard, 1971）360［邦訳『プルースト全集12　ジャン・サントゥイユII』鈴木道彦，保苅瑞穂訳，筑摩書房，1985年］.

▼7　'Journées de lecture', *Contre Sainte-Beuve précédé de Pastiches et mélanges et suivi de Essais et articles*, édition établie par Pierre Clarac avec la collaboration d'Yves Sandre, Bibliothèque de la Pléiade（Gallimard, 1971）528-9［邦訳「読書の日々」宮原信訳，『プルースト全集15　文芸評論他』筑摩書房，1996年］.

▼8　松平千秋訳『オデュッセイア　上』286。Virgil, *Eclogues, Georgics, Aeneid I-VI.*

▼9　井上究一郎『かくも長い時にわたって』68。Tadié, *Marcel Proust I* 195. *À la recherche du temps perdu*, vol. III 1225-28. 吉田199，209，425-26。

▼10　松平千秋訳『オデュッセイア　上』278, 281, 284, 287。吉田209。Tadié, *Marcel Proust I*, 780-1.

▼11　James Joyce, *Ulysses*, 10. 1068-76, 15. 4157-245.

▼12　Kselman 72, 82-4, 86. James Joyce, *A Portrait of the Artist as a Young Man*, 108-35.

娘が姿を現すのは，河床に宝石が敷かれ，ガラス越しの光線のように輝く川の向こう，まばゆいばかりの水晶の断崖の下で，ルーディーが出現した「夜の街」の暗い壁の前とは対照的だ。だがルーディーはガラスの靴をはき，ダイヤモンドとルビーのボタンをつけている。ルーディー（Rudy）という名前もルビー（ruby）とダイヤモンド（diamond）に関係しているだろう。『真珠』では娘の名前は明らかにされないが，「私の真珠」(12)，「大切な真珠」(36）と呼ばれ，姿を現したときはたくさんの真珠を身にまとっている。ルーディーが象牙のステッキを持っているのに対し，娘の顔は「みがかれた象牙」(178）にたとえられている。またルーディーのポケットからは白い子羊が顔をのぞかせているが，『真珠』において，最後に登場する天国の行列では，キリストたる子羊が純白の衣装をまとって先頭に立っている（1133)。

このように『真珠』は，ブルームとルーディーの出会いの場面のサブテクストとしてかなり一致点が多いと言える。両者を比較すると，中世宗教文学の作品である『真珠』の物語は，夢のなかの出来事だが，そこで「私」が見たことは「真実」である。「私」は地上楽園で亡き娘に出会って，来世のしくみを教わり，天国の様子を目の当たりにする。一方，現代人のブルームは夢幻の世界で亡きルーディーと思われる少年を見るが，ルーディーはブルームのことをはっきり認識しておらず，コミュニケーションは成立しないという違いがあると言えよう。

▼14　Williams 128.

第八章

『失われた時を求めて』はMarcel Proust, *À la recherche du temps perdu*, sous la direction de Jean-Yves Tadié, Bibliothèque de la Pléiade, 4 vols. (Gallimard, 1987-9）に拠る。引用や言及に際して巻数と頁数のみを本文中に示した。引用の訳出にあたっては鈴木道彦訳『失われた時を求めて』全12巻，集英社文庫，2006-7年，井上究一郎訳『失われた時を求めて』全10巻，ちくま文庫，1992-3年，吉川一義訳『失われた時を求めて』全14巻，岩波文庫，2010年–刊行中を参考にした。

▼1　Jean-Yves Tadié, *Marcel Proust: Biographie I* (Gallimard, 1996) 67, 70［邦訳ジャン＝イヴ・ダディエ『評伝プルースト　上』吉川一義訳，筑摩

Cambridge: Da Capo Press, 2003) 82［邦訳スタニスロース・ジョイス『兄の番人』宮田恭子訳，みすず書房，1993年］.

▼7　Don Gifford, *Joyce Annotated* 222.

▼8　Ellmann, *James Joyce* 129, 136.

▼9　『ユリシーズ』Ⅲ，345の註参照。

▼10　C. H. Spurgeon, 'Heaven and Hell, A Sermon Delivered on Tuesday Evening, September 4, 1855, in a field, King Edward's Road, Hackney', *The Spurgeon Archive*，2015年3月19日現在〈http://www.spurgeon.org/sermons/0039.htm〉.

▼11　Tara Williams, 'A Polysymbolic Character', *Joyce through the Ages*, ed. Michael Patrick Gillespie（Florida UP, 1999）121.

▼12　Don Gifford with Robert J. Seidman, *Ulysses Annotated*（California UP, 1988）529.

▽13　Williams 123-5. Cheryl Herr, *Joyce's Anatomy of Culture*（Illinois UP, 1986）173-9. ルーディーの表象に関し，出典として特定のひとつのテクストを挙げて，類似性を指摘した論考は見当たらない。しかし，亡きわが子との再会，というモチーフから出典を探すと，ジョイスがここで踏まえていると思われるテクストとして，本書第三章で扱った『真珠』（*Pearl*）を挙げることができよう。この14世紀の詩は，1891年，ゴランツにより現代語訳とともにロンドンで出版され，97年に改訂版，1921年に新版が出ている（1906年には別の編者により，ボストンとロンドンで出版されている）。ジョイスは『ユリシーズ』第十四挿話で過去のさまざまな文体を模倣する実験を行っており，そのなかには散文ではあるが中英語の作品がいくつか含まれている。*Joyce's Trieste Library*（ジョイスが1920年6月パリに転居するときにトリエステに残していった蔵書の目録，Richard Ellmann, *The Consciousness of Joyce*〔Oxford UP, 1977〕に収録）に*Pearl*は含まれていないので、ジョイスが読んだという確証はないが，中英語の代表的な詩であるこの作品を知っていた可能性は充分にあるだろう。この詩では，幼いわが子を亡くした語り手の「私」が，夢で地上楽園に行き，美しい女性に成長した娘に思いがけず出会って動転する。ブルームもルーディーの出現に茫然としている。『真珠』の娘が来世でキリストの花嫁となっているのとは事情は異なるが，ルーディーの場合も成長している点は共通している。その一方，

に示した。また『ダブリンの市民』はJames Joyce, *Dubliners*, ed. Robert Scholes and A. Walton Litz, The Viking Critical Library（Penguin, 1996）に拠る。引用の訳出にあたって，丸谷才一訳『若い藝術家の肖像』，集英社，2009年，永川玲二訳「若い芸術家の肖像」『新集世界の文学30　ジョイス』，中央公論社，1972年，丸谷才一，永川玲二，高松雄一訳『ユリシーズ』全3巻，集英社，1996-7年を参考にした。

▼1　Frye 257-8. Luis de Granada, *Of Prayer and Meditation* 181.
▽2　スレインはジョイスがピナモンティを典拠としたことを指摘し，1868年にダブリンで出た英訳と『肖像』の類似性を検証した。これに対し，ドアティーは，同じ出版社から1889年に出たと推定される*Duffy's Standard Library of Catholic Divinity*に収められた改訳がより『肖像』に近いことを指摘した。James R. Thrane, 'Joyce's Sermon on Hell', *A James Joyce Miscellany*, 3rd Series, ed. Marvin Magalaner（Southern Illinois UP , 1962）34-52. James Doherty, 'Joyce and "Hell Opened to Christians": The Edition He used for His "Hell Sermons"', *Modern Philology*, vol. 61, no. 2（Chicago UP, November 1963）110-9.
▼3　Thrane 56,
▽4　Mary Lowe-Evans, *Catholic Nostalgia in Joyce and Company*（Florida UP, 2008）28, 30, 32, 38. Darrell Jodock, 'Introduction I', *Catholicism Contending with Modernity*, ed. Darrell Jodock（Cambridge UP, 2000）8-10.「近代主義」，『キリスト教大事典』，教文館。「恩寵」には，ヴァチカン公会議で，教皇が不可謬説を教会の教理となす，という宣言をした途端に，それまで反対の立場だったマクヘイル大司教が立ち上がって「我信ズ」と叫んだ，という話が出てくる。実際にはマクヘイル大司教は，公会議を境に立場を変えたが，公会議自体には出席していなかった。*Dubliners* 169-70. Don Gifford, *Joyce Annotated*（California UP, 1982）107-8.
▼5　*Stephen Hero*（London: Jonathan Cape, 1956）238.
▼6　Kevin Sullivan, *Joyce Among the Jesuits*（1958; Westport: Greenwood Press, 1985）133. Richard Ellmann, *James Joyce*（Oxford UP, 1983）48-9［邦訳リチャード・エルマン『ジェイムズ・ジョイス伝』全2巻，宮田恭子訳，みすず書房，1996年］. Stanislaus Joyce, *My Brother's Keeper*（1958;

▼11　Lee 129.

▼12　*Moments of Being* 84.

▼13　*The Old Curiosity Shop*, ed. Elizabeth M. Brennan, Oxford World's Classics（Oxford UP, 1998）539-40.

▼14　Jalland 43, 59.

▼15　Schlicke 424. Jalland 24. 'Memoir of the Late Mrs. Ann Lloyd', *The Evangelical Magazine and Missionary Chronicle*, vol. XV（London: Thomas Ward and Co., January 1837）参照。

▼16　*The Old Curiosity Shop* 553-4.

▽17　Jalland 271. ジャランドによる日記や書簡の研究は，中流・上流階級に限られてはいるが，19世紀から20世紀初めにかけてのイギリス人の死生観を知る上でとても有益である。ただ，留意すべきは，特に他人に宛てた手紙の場合，その内容がそれを書いた人の本心であるかどうかは定かではないということである。作家が読者を意識する以上に手紙の差出人は相手を意識する。また個人的な日記の場合でも本心を偽ることは十分にありうる。

▼18　Jalland 52-3, 273, 275-6.

▼19　Jalland 276.

▼20　Leslie Stephen, *Sir Leslie Stephen's Mausoleum Book*, ed. Alan Bell（Oxford: Clarendon Press, 1977）40. Annan 77.

▼21　*Moments of Being* 90.

▼22　Lee 93-4.

▼23　Vanessa Bell, *Selected Letters of Vanessa Bell*, ed. Regina Marler（1993; Wakefield Rhode Island & London: Moyer Bell, 1998）317.

▼24　Jalland 372.

▼25　Jalland 380-1, 357.

第七章

『若い芸術家の肖像』は*A Portrait of the Artist as a Young Man*, ed. Chester G. Anderson, The Viking Critical Library（Penguin, 1968）に拠り，引用や言及に際して頁数をかっこに入れて本文中に示した。『ユリシーズ』は *Ulysses*, ed. Hans Walter Gabler et al.（London: The Bodley Head, 1986）に拠り，引用や言及に際して挿話のナンバーと行数をかっこに入れて本文中

1974) 483-4.

▼36 *Letters*, vol. 4, 195-7.

▼37 Ackroyd 228.

第六章

『灯台へ』はVirginia Woolf *To the Lighthouse*, ed. David Bradshaw, Oxford World's Classics (1992; Oxford UP, 2006) に拠り，引用や言及に際して章の番号とともに頁数をかっこに入れて本文中に示した。引用の訳出にあたって，中村佐喜子訳『燈台へ』，新潮文庫，1955年，御輿哲也訳『灯台へ』岩波文庫，2004年，および鴻巣友季子訳「灯台へ」，池澤夏樹編『世界文学全集Ⅱ-01 灯台へ・サルガッソーの広い海』河出書房新社，2009年を参考にした。

▼1 'A Sketch of the Past', *Moments of Being*, ed. Jeanne Schulkind, 2nd ed. (San Diego, New York, London: Harcourt Brace & Company, 1985) 91.

▼2 Noel Annan, *Leslie Stephen: The Godless Victorian* (Chicago UP, 1986) 16.

▼3 Mitchell Leaska, *Granite and Rainbow: The Hidden Life of Virginia Woolf* (London: Picador, 1998) 23.

▼4 Annan 240.

▼5 Annan 71-2, 240-1. Leslie Stephen, *An Agnostic's Apology and Other Essays*, 2nd ed. (London: Smith, Elder & CO., 1903) 91-2.

▼6 Annan 77-81.

▼7 *Moments of Being* 94-5. Hermione Lee, *Virginia Woolf* (London: Vintage, Random House, 1997) 132-3.

▼8 Pat Jalland, *Death in the Victorian Family* (Oxford UP, 1996) 339, 127-42, 343-50, 54-7.

▼9 *The Diary of Virginia Woolf*, ed. Anne Oliver Bell, vol. III (London: The Hogarth Press, 1980) 18-9.

▼10 William Cowper, 'The Castaway', *Cowper Poetical Works*, ed. H. S. Milford, 4th ed. (Oxford UP, 1967) [邦訳「漂流者」，『ウィリアム・クーパー詩集：『課題』と短編詩』林瑛二訳，慶應義塾大学法学研究会，1992年].

▼16 Parker 38, 48, 65.

▼17 Irving, 'Christmas Eve', *The Legend of Sleepy Hollow and Other Stories* 159.

▼18 *A Christmas Carol*, ed. Richard Kelly (Ontario: Broadview Press, 2003) 21.

▼19 Hearn lvii.

▼20 Hearn 159.

▼21 *The Picwick Papers*, ed. James Kinsley, Oxford World's Classics (Oxford UP, 1988) 360.

▼22 *The Picwick Papers* 360.

▼23 Hearn 62.

▼24 Schlicke 273-4.

▼25 Perer Ackroyd, *Dickens* (1990; New York: Harper Perennial, 1992) 226-7.

▼26 'What Christmas Is, As We Grow Older', Slater 250-1.

▼27 *The Picwick Papers* 335.

▼28 Hearn 86.

▼29 Hearn 43.

▼30 Schlicke 375. Ackroyd 243-6.

▼31 Fred Kaplan, *Dickens and Mesmerism* (Princeton UP, 1975) 16-7. Jung-Stilling, *Theory of Pneumatology*, trans. Samuel Jackson (1834; New York: J. S. Redfield, Clinton Hall, 1851) 46-9, 228-9.

▼32 Jung-Stilling 137.

▼33 Ackroyd 358. Kaplan 4. Samuel Hibbert, *Sketches of the Philosophy of Apparitions* (Edinburgh: Oliver & Boyd; London: G. & W. B. Whittaker, 1824). Robert Dale Owen, *Footfalls on the Boundary of Another World* (1860; Philadelphia: J. B. Lippincott & Co., 1868). Catherine Crowe, *The Night Side of Nature or Ghosts and Ghost Seers* (London: George Routledge and Sons; Kessinger Publishing, 2003).

▼34 Crowe 106.

▼35 *The Letters of Charles Dickens, the Pilgrim Edition*, ed. Madeline House, Graham Storey, Kathleen Tilotson, vol. 3 (Oxford: Clarendon Press,

▼11　'A Christmas Tree', Slater 242-6. Washington Irving, 'The Christmas Dinner', *The Legend of Sleepy Hollow and Other Stories [The Sketch Book of Geoffrey Crayon, Gent.]*, ed. William L. Hedges (Penguin, 1999) 188.

▼12　David Parker, *Christmas and Charles Dickens* (New York: AMS, 2005) 104-5, 181. Hearn liv.

▽13　『クリスマス・キャロル』の亡霊の評判は必ずしも良くはなかった。詩人エリザベス・バレット・ブラウニングは，この作品の発表直後，作家メアリー・ラッセル・ミットフォードへの手紙で，「寓意と亡霊の類が絡み合ったあの仕掛けが好きではない」けれど，事務員のボブ・クラチットとその末息子のティムについての場面がすばらしく，心から作者に感謝すると言っている。ミットフォードはその一年半後，アイルランド在住の女性に宛てた手紙で，「私もディケンズの『クリスマス・キャロル』が大好き——もちろん亡霊のところじゃありません，あそこは全然良くないわ，でも事務員の家族の場面はとってもよくて感動的です」と言う。二人とも亡霊を作品の欠点とする一方，強い絆で結ばれたボブ・クラチットとその家族の場面を評価していた。この場面に代表されるように，スクルージがクリスマスの霊たちに見せられる幻影はほとんどすべて現世の出来事である（現在のクリスマスの霊が最後に見せる，『無知』という名の男の子と『欠乏』という名の女の子だけが例外である。この二人は全く寓意的で，中世の道徳劇やバニヤンの『天路歴程』の登場人物を思わせる）。ヴィクトリア時代の文筆家で教養ある読者であったこの二人の女性は，『クリスマス・キャロル』に描かれた生身の人々に惹かれ，寓意的な亡霊はまやかしととらえたようだ。*The Brownings' Correspondence*, ed. Philp Kelley and Ronald Hudson, vol. 8 (Winfield, Kans: Wedgestone Press, 1990) 113. 'To Miss Jephson, Castle Martye, Ireland', [about July, 1845], *The Life of Mary Russell Mitford: told by herself in letters to her friends*, ed. Rev. A. G. K. L'Estrange, vol. II (New York: Harper & Brothers, 1870) 286.

▼14　Hearn lxxxvii. *The Works of John Ruskin*, ed. E. T. Cook and Alexander Wedderburn, vol. 37 (London: George Allen, 1909) 7.

▼15　J. M. Golby & A. W. Purdue, *The Making of the Modern Christmas* (1986; Phoenix Mill: Sutton Publishing, 2000) 20-4.

Upside Down (1972; Penguin, 1991) 203-5. Paul Chambers, *The Cock Lane Ghost* (Phoenix Mill; Sutton Publishing, 2006) 49.『キリスト教大事典』教文館，改訂新版第12版，2000年。

▼2　Chambers 27-9, 60-7, 70-4, 133, 140, 143-5, 151, 156-63, 169, 182, 201-4, 217-8.

▼3　E. J. Clery, *The Rise of Supernatural Fiction 1762-1800* (Cambridge UP, 1995) 13-32.

▼4　Terry Castle, *The Female Thermometer* (Oxford UP, 1995) 151.

▼5　Handley 49-79.

▽6　*Accounts of the Apparition of Mrs. Veal by Daniel Defoe and Others*, ed. Manuel Schonhorn, Augustan Reprint Society, 115 (1965; New York: AMS, 1999) 2［邦訳平井呈一編『こわい話気味のわるい話①　ミセス・ヴィールの幽霊』，沖積舎，2011年］. Clery 23. Handley 95. デフォーはのちに『亡霊の歴史と実在についての試論』という本において，亡霊は死者の霊ではなく神の使いである，との見解を述べている。'An Essay on the History and Reality of Apparitions' (1727), ed. G. A. Starr, *Satire, Fantasy and Writings on the Supernatural by Daniel Defoe*, vol. 8 (London: Pickering & Chatto, 2005) 81.

▼7　Chambers 143-5.

▽8　Horace Walpole, 'The Castle of Otranto', *Three Gothic Novels*, ed. Peter Fairclough (Penguin, 1968) 39-40, 43［邦訳ホレス・ウォルポール『オトラントの城』井出弘之訳，国書刊行会，1983年］. だが，同時に，わざわざ内容が荒唐無稽であると断っているということは，自分の作品が亡霊への迷信をかき立てる可能性があると危惧していたとも考えられる。Handley 199-201.

▼9　S. T. Coleridge, *Biographia Literaria*, vol. II, ch. XIV 6.

▼10　Alain René Le Sage, *The Devil upon Crutches*, trans. Tobias Smollett, ed. O M Brack, Jr. and Leslie A. Chilton (Athens and London: Georgia UP, 2005) 56-8［邦訳ル・サージュ「悪魔アスモデ」中川信訳『集英社版　世界文学全集6　悪漢小説集』，1979年］. Paul Schlicke, ed., *Oxford Reader's Companion to Dickens* (Oxford UP, 1999) 322. Michael Patrick Hearn, ed., *The Annotated Christmas Carol* (New York: Norton, 1976) 86.

▼23　Martz 6, Prosser 223.

▼24　Prosser 221, Roland Frye, *The Renaissance Hamlet*（Princeton UP, 1984）252.

▼25　Luis de Granada 193-4, 205-6.

▼26　Frye 257-8. Luis de Granada 181.

▼27　Greenblatt, *Will in the World*（London: Pimlico, 2005）31-2［邦訳スティーヴン・グリーンブラット『シェイクスピアの驚異の成功物語 Will in the World』河合祥一郎訳，白水社，2006］.

▼28　'The Castle Of Perseverance', *The Macro Plays*, ed. Mark Eccles, The Early English Text Society（Oxford UP, 1969）［邦訳『堅忍の城』，『イギリス道徳劇集』鳥居忠信，山田耕士，磯野守彦訳，リーベル出版，1991年］.

▼29　Theodore Spencer, *Death and Elizabethan Tragedy*（Harvard UP, 1936）232.

▼30　Greenblatt, *Will in the World* 318.

▼31　Greenblatt, *Hamlet in Purgatory* 244-7.

▼32　Marshall 310-1.

▼33　Greenblatt, *Will in the World* 320-2.

第五章

『クリスマス・キャロル』はCharles Dickens, *A Christmas Carol and Other Christmas Writings*, ed. Michael Slater（Penguin, 2003）に拠り，*A Christmas Carol*への言及および引用は本文中に頁数のみをかっこに入れて記した。このテクストにある*A Christmas Carol* 以外の作品への言及は，以下の註にSlaterとして記した。引用の訳出にあたって，村岡花子訳『クリスマス・キャロル』新潮文庫，2011年，脇明子訳『クリスマス・キャロル』岩波少年文庫，2001年，池央耿訳『クリスマス・キャロル』光文社古典新訳文庫，2006年を参考にした。

▼1　Sasha Handley, *Visions of an Unseen World: Ghost Beliefs and Ghost Stories in Eighteenth-Century England*（London: Pickering & Chatto, 2007）16-7, 25-6, 29, 42-3, 45-6, 149-51, 166-70. Christopher Hill, *The World Turned*

▼9　Marshall 222-4. Hardwick, 'Appendix Ⅲ' 348. Norman T. Burns, *Christian Mortalism from Tyndale to Milton*（Harvard UP, 1972）116-8.

▼10　Marshall 234-52.

▼11　'Owayne Miles, Auchinleck Version', 78 stanza, *St. Patrick's Purgatory*, ed. Robert Easting 15.

▼12　*Hamlet*, ed. Harold Jenkins, The Arden Edition（London and New York: Methuen, 1982）453.

▼13　Greenblatt, *Hamlet in Purgatory* 233-4.

▼14　John Dover Wilson, *What Happens in Hamlet*（Cambridge UP, 1935）83-5. Robert H. West, 'King Hamlet's Ambiguious Ghost', *PMLA*, 70（1955）1107-17. Eleanor Prosser, *Hamlet and Revenge*, 2nd ed.（Stanford UP, 1971）97-143.

▼15　Greenblatt, *Hamlet in Purgatory* 237-54, 195. Christopher Marlowe, *Doctor Faustus*, ed. David Scott Kastan（New York and London: Norton, 2005）B-text, III. ii. 80-2［邦訳クリストファー・マーロウ『フォースタス博士の悲劇』平井正穂訳，『エリザベス朝演劇集』小津次郎，小田島雄志編，筑摩書房，1974年］.

▼16　*Hamlet*, ed. Harold Jankins 82-3.

▼17　Wilson 55-60. Prosser 259-64.

▽18　文学作品を読んだり，芝居を観たりする上で，読者や観客が超自然的な出来事や登場人物の実在性についての疑問を留保すること。コウルリッジのことば。S. T. Coleridge, *Biographia Literaria*, ed. James Engell and W. Jackson Bate, vol. II,（Princeton UP, 1983）ch. XIV, 6［邦訳コウルリッジ『文学的自叙伝』東京コウルリッジ研究会訳，法政大学出版局，2013年］.

▼19　Luis de Granada, *Of Prayer and Meditation*, ed. D. M. Rogers, English Recusant Literature 1558-1640（Menston: Scolar Press, 1971）193, 182.

▼20　Henry Bullinger, *The Decades, the Fourth Decade*, trans. H. I., ed. Thomas Harding（1851; New York: Johnson Reprint Corporation, 1968）402.

▼21　Louis L. Martz, *The Poetry of Meditation*（Yale UP, 1962）4-6.

▼22　Luis de Granada 192, 201-3, 184-5.

ト』白水Uブックス，1983年，松岡和子訳『ハムレット』ちくま文庫，1996年，野島秀勝訳『ハムレット』岩波文庫，2002年，高橋康也，河合祥一郎編註『大修館シェイクスピア双書　ハムレット』2001年，河合祥一郎訳『新訳ハムレット』角川書店，2003年，大場建治編註訳『研究社シェイクスピア選集8　ハムレット』2004年，を参考にした。

▼1　T. S. Eliot, 'Hamlet'（1919）, *Selected Essays*（London: Faber and Faber, 1932）141-6［邦訳エリオット「ハムレット」工藤好美訳『筑摩世界文学大系68　イェイツ　エリオット　オーデン』1979年］.

▼2　Peter Marshall, *Beliefs and the Dead in Reformation England*（Oxford UP, 2002）7-33. Stephen Greenblatt, *Hamlet in Purgatory*（Princeton UP, 2001）21, 230.

▼3　ル・ゴッフ，288，294，298。*St. Patrick's Purgatory*, ed. Robert Easting, The Early English Text Society（Oxford UP, 1991）xvii［邦訳『西洋中世奇譚集成　聖パトリックの煉獄』千葉敏之訳，講談社学術文庫，2010年］. *Saint Patrick's Purgatory*, trans. Jean-Michel Picard（Dublin: Four Courts Press, 1985）9.

▼4　*Works of Martin Luther*, trans. & ed. Adolph Spaeth, L. D. Reed, Henry Eyster Jacobs, et al., vol. 1（Philadelphia: A. J. Holman Company, 1915）29-38. Marshall 47-8.

▼5　Simon Fish, *A Supplication for the Beggers*, ed. Frederick J. Furnivall, The Early English Text Society（Woodbridge: Boydell & Brewer, 2001）1, 10-1［邦訳サイモン・フィッシュ「乞食のための請願」戸村潔訳，『宗教改革著作集　第11巻　イングランド宗教改革Ⅰ』教文館，1984年］. Marshall 55.

▼6　『宗教改革著作集　第11巻　イングランド宗教改革Ⅰ』333-4。

▼7　Charles Hardwick 'Appendix I', *A History of the Articles of Religion*, 3rd ed.（London: George Bell & Sons, 1876）254-5［邦訳「十箇条」木下量熙訳，『宗教改革著作集　第14巻　信仰告白・信仰問答』教文館，1994年］.

▼8　八代崇『宗教改革著作集　第11巻　イングランド宗教改革Ⅰ』解説，376。Hardwick, 'Appendix Ⅲ' 319-21［邦訳「イングランドの教会の三十九箇条」木下量熙訳，『宗教改革著作集　第14巻　信仰告白・信仰問答』］.

Trattatello in Laude di Dante, Prose Latine, Epistole, a cura di Pier Giorgio Ricci（Milano, Napoli: Riccardo Ricciardi, 1965）に拠る。このテクストへの言及およびここからの引用は，本文中に頁数のみをかっこに入れて記した。『真珠』は*Pearl*, ed. E. V. Gordon（Oxford: Clarendon Press, 1953, 1980）に拠り，引用の訳出にあたって成瀬正幾『中世英詩「真珠」の研究』神戸商科大学学術研究会，1981年，を参考にした。

▼1　*Opere* 634. Baccaccio, *Life of Dante*, trans. Philip Wicksteed（1904; Richmond: One World Classics LTD, 2009）74. 本のタイトルとして*La Divina Comedia*になったのは，1555年のヴェネチア版が最初である。*'Commedia'*, *The Dante Encyclopedia*, ed. Richard Lansing（New York & London: Garland Publishing, 2000）.
▼2　Sir Israel Gollancz, ed., *Pearl, an Engilsh Poem of the XIVth Century*（New York: Cooper Square, 1966）254-7. Janet Levarie Smarr, trans., *Eclogues*, by Giovanni Boccaccio（New York & London: Garland Publishing, 1987）251.
▼3　'Olympia', Buccolicum Carmen XIV, Boccaccio, *Opere* 672-91.
▼4　Smarr 254.
▼5　Patch 137, 142, 154.
▼6　Gollancz, xxviii. Gordon, xxxv. P. M. Kean, *The Pearl: An Interpretation*（London: Routledge & Kegan Paul, 1967）120. *The Poems of the Pearl Manuscript*, ed. Malcolm Andrew and Ronald Waldron（1978; Exeter UP, 1987）62.
▼7　Morgan, *Dante and the Medieval Other World* 170.
▼8　Carol Zaleski, *Other World Journeys*（Oxford UP, 1987）73. Takami Matsuda, *Death and Purgatory in Middle English Didactic Poetry*（Cambridge: D. S. Brewer, 1997）59.

第四章

『ハムレット』はWilliam Shakespeare, *Hamlet*, ed. Ann Thompson and Neil Taylor, The Arden Shakespeare, Third Series（London: Thomson Learning, 2006）に拠り，引用の訳出にあたって，小田島雄志訳『ハムレッ

東西南北それぞれ3つずつの門があるという。城壁の土台は12段あり，各段がそれぞれ別種の宝石で飾られている。終日閉ざされることのない12の門はそれぞれ1つの真珠で造られ，都の大通りは，すきとおったガラスのような純金でできている。この大通りの中央を，水晶のように輝く命の水の川が流れる。川の両側に命の木があり，年12回，毎月実を実らせる。神と子羊（キリスト）が都を照らすので，夜はなく，太陽や月は必要ない。諸国の民は都の光の中を歩き，地上の王たちは自分たちの栄光を携えて都に来る。神と子羊の御座は都の中にあり，しもべたちは礼拝し御顔を仰ぎ見る（21の1―22の5）。

▽23　同様の宇宙観はキケローの「スキピオの夢」(『国家について』前1世紀）に見られる。スキピオは夢で，祖父にあたる亡き大アフリカヌスに出会う。いつのまにかスキピオは天に昇っており，巨大な星々を間近に見，遠くに小さな地球を見る。大アフリカヌスの説明によれば，今いる天界は宇宙の一番外側の天球で，この中に恒星の軌道があり，さらに土星，木星，火星，太陽，金星，水星，月の天球があって中心に地球がある。また地球には，神々によって人類に与えられた魂を除いて，滅びやすく死すべきものしかないが，月より上はすべてが不滅であるという。'Somnium Scipionis', *De Re Publica*, VI. IX-XXVI, Cicero, *De Re Publica, De Legibus*, Loeb Classical Library（Harvard UP, 1928）［邦訳『キケロー選集8』岡道男訳，岩波書店，1999年］.

このような宇宙観は幻視文学にも見られる。トゥールのグレゴリウスが『フランク史』（6世紀）で紹介している「サルウィウスの幻視」では，瀕死のサルウィウスが二人の天使に最高天に引き上げられ，足下に太陽，月，雲，星々を見る。「アルベリクスの幻視」（12世紀）では，アルベリクスが月天から各惑星の天を順番に昇り，神の御座がある七番目の土星天に達する。Gregory of Tours, *The History of the Franks*, trans. Lewis Thorpe（Penguin, 1974）386-8. Alison Morgan, *Dante and the Medieval Other World*（Cambridge UP, 1990）176.

▼24　Patch 154.

第三章

ボッカッチョの作品はGiovanni Boccaccio, *Opere in Versi, Corbaccio,*

ド・ラング『天国の歴史』大熊昭信訳，大修館書店，1993年］. トマス・アクィナス『神學大全　第23冊』稲垣良典，片山寛訳，創文社，2001年，第2―2部，第181問題，第4項。『神學大全 第9冊』高田三郎，村上武子訳，創文社，1996年，第2―1部，第3問題，第4，5，8項，第4問題，第8項。聖書には，エデンの園の場合と異なり，天国についての明確な記述がない。新約聖書の「マタイによる福音書」には「天の国」という言葉が出てくるが，これは他の福音書の「神の国」と同義であり，来世の天国ではなく，この世界の終末後に到来する新しい世界を指す。聖書の中心思想は終末論であって，来世はあまり重視されていないのである。ただ死んですぐに行くところとして，イエスのたとえ話の中に「アブラハムのふところ」（「ルカによる福音書」16の22）と呼ばれる場所が出てくる。ここにラザロという貧乏人が送られた。一方，生前ぜいたくに遊び暮らした金持ちは，死後黄泉《よみ》に送られる。炎の中で苦しみながら，はるかに見えるラザロをうらやみアブラハムに慈悲を乞うが，拒絶される。ここでの「アブラハムのふところ」が，地獄を連想する黄泉とは全く異なるところであることは確かだが，具体的にどんなところかははっきりせず，天国を指す（アウグスティヌス）とも，義人が終末まで滞在する中間的蘇生の地（テルトゥリアヌス2，3世紀）とも解せられた（ジャック・ル・ゴッフ『煉獄の誕生』渡辺香根夫，内田洋訳，法政大学出版局，1988年，73，108）。

パウロは「コリントの信徒への手紙二」で，「十四年前に第三の天にまで引き上げられた」ひとりの人を知っていると述べている。それが「体のままか，体を離れてか」はわからないが，その人は「パラダイスに引き上げられ，人が口にするのを許されない，言い表しえない言葉を耳にした」と言う（12の1－4）。パウロはこれを他人のこととして語っているが，のちにはパウロ自身が天国に行った経験があると一般に信じられるようになった。しかし，この第三の天・パラダイスについても具体的な記述はない。

一方「ヨハネの黙示録」では，「聖なる都，新しいエルサレム」が「神のもとを離れて，天から下って来るのを」見たとヨハネが言い，その様子を語っている。それは，神がヨハネに，黙示によって終末後に訪れる新しい世界をあらわしたものである。だが中世には，終末以前にも「天のエルサレム」なるものが存在し，それが死後世界としての天国であると考えられることが多かった。ヨハネによれば，聖都エルサレムは正方形で，高い城壁で囲まれ，炎の壁で取り巻かれているという。中世神学の権威，フランチェスコ会のボナヴェントゥラ（1221-74年）とドミニコ会のトマス・アクィナス（1225年頃-74年）も，地上楽園の実在を認めている。5世紀ごろより，地上楽園は地上と天国との中間的な性質をもつことから山の上にあるとする考えがでてくるが，ボナヴェントゥラも空気の澄んだ高い場所にあるとしている。ただし彼は，ロンバルドゥス（12世紀）らが唱えた説——とても高い山の上にあって月の世界にまで達しているとの考え方は否定した。アクィナスは地上楽園を，死者の魂が通過するところであるとしている。

地上楽園についは，おびただしい数の文献に言及があるが，12世紀ごろにはほぼ共通の理解ができあがり，また地図にも載るようになった。一般的な特徴を述べると，まず場所としては東の方角，特にアジア，インド，あるいは地球の反対側に位置し，高い山の上にあったり，海のかなたの島であったり，炎の壁に取り巻かれたりしているとされた。神はアダムとイヴを追放したのち楽園を移動し，まわりに越えがたい障壁を設けたと考えられていたのである。一方楽園の中では木々が生い茂り，果実が実り，花が咲き乱れている。それらは枯れたり朽ちたりせず，薬効を持っている場合もあった。また命の木，泉，4つの川があり，宝石がとれ，鳥や動物がいることもある。さらに空気は澄んで，常春であるとされた。また楽園を叙述する上で，冬もなく，歳をとることもなく……と否定辞を重ねる修辞法がよく用いられた。そして永遠性を特徴とするがゆえに，地上のどこかにありながら死後の世界であるとする見方が生じた。さらに寓意的な解釈を施す例，特に4つの川を4つの枢要徳（知恵，勇気，節制，正義）を表すとしているものが多い。Patch, 136-54.

▼20　Robert Hollander, *The Inferno*, Introduction, xxxii-xxxiii.

▼21　Singleton, 'Two Kinds of Allegory'（1954）, *Dante: Modern Critical Views*, ed. Harold Bloom（New York: Chelsea House, 1986）. Douglas Biow, 'From Ingorance to Knowledge: The Marvelous in *Inferno* 13', *The Poetry of Allusion* 51-3. Teodolinda Barolini, *The Undivine Comedy*（Princeton UP, 1992）13. Christian Moevs, 'Is Dante Telling the Truth?'（1996）, *Dante: The Critical Complex*, vol. 6, 106.

▽22　Colleen McDannell & Bernhard Lang, *Heaven: A History*, 2nd ed.（Yale UP, 2001）84-92, 98［邦訳コリーン・マクダネル，バーンハー

▼14　Erich Auerbach, 'Figura', trans. Ralph Manheim, *Scenes from the Drama of European Literature*（Gloucester, Mass: Peter Smith, 1973）73-4.
▽15　ダンテが書いた詩では，愛神が布をまとって眠る女性を腕に抱き，燃えるダンテの心臓を食べさせたことが述べられ，その女性がベアトリーチェであることや，彼女が布しか身にまとっていなかったことは明示されていない。『新生』はダンテが書いた詩を散文でつなげた作品で，ダンテは実際にこの詩を書いて友人たちに送っている。友人たちの返答は，三通が現存している。チーノ・ダ・ピストーイアは，この詩（幻影）を，自分の恋心を相手に知らせたいという願望を表すものと解釈した。『新生』の本文にも名前の挙がっているグイード・カヴァルカンティは，死に瀕した愛する女性に，自分の心臓を食べさせるという無償の愛の行為を示すものと解した。一方ダンテ・ダ・マイヤーノは，エロチックな妄想と断じている。浦一章『ダンテ研究Ｉ』東信堂，1994年，136-47。浦は，ダンテがこれら友人たちの解釈を取り入れて散文部分を書いたと推測する。
▼16　米川良夫「序にかえて」vii，松嶌富美代「ベアトリーチェ――離れゆく救済仲介者」140-61，『ダンテと現代』米川良夫編著，沖積舎，2006年，参照。
▼17　Ovid. *Ovid III, Metamorphoses I*, trans. Frank Justus Miller, Loeb Classical Library, 3rd ed.（Harvard UP, 1977）.
▽18　旧約聖書は現在，全39巻だが，ダンテが読んだラテン語訳聖書の訳者聖ヒエロニムスは旧約聖書を24巻と数えて，黙示録4の4に登場する24人の長老と対応させた。
▽19　古代後期から中世にかけては，ギリシア・ローマ神話とそれに基づく文学の影響もあって，「創世記」の地上楽園の記述にさまざまな意味やイメージが付与されていった。1世紀のユダヤ人哲学者フィロンのように，創世記に述べられた地上楽園は全く寓意的なものであって実在しないと考える者もいたが，一般に西欧キリスト教世界では，18世紀初め頃まで，地上楽園は地球上のどこかに実在すると信じられていた。セビリアのイシドルス（6, 7世紀）は，地上楽園を東洋にあるとしている。それは喜びの園で，命の木を初めとするあらゆる種類の木が生え，あらゆる果実が実っている。寒さや老齢といったものはなく，穏やかな気候が支配している。中央に泉があって森を潤《うるお》し，4つの川に分かれている。また，天にも達するばかりの高い

▼8　Singleton, *The Divine Comedy, Inferno 2: Commentary* 79, 83. Robert & Jean Hollander, *Inferno*（New York: Anchor Books, 2002）105.

▽9　Giuseppe Vandelli, *La Divina Commedia*（Milano: Ulrico Hoepli, 1989）495.『第四牧歌』6行目は「今や乙女（Virgo）が帰り来て、サトゥルヌスの王国がもどってくる」とあり、「乙女」とは正義の女神アストライアー、「サトゥルヌスの王国」は黄金時代を指す。だが中世には「乙女」は聖母マリアを指すと一般に解された。これに対しダンテは『帝政論』第1巻第11章の冒頭で、この1行に言及し、「乙女」は「正義を意味し、アストライアーとも呼ばれる」と述べている。そして『神曲』では「乙女」を直訳せず、わざわざ「正義」と訳している。Singleton, *The Divine Comedy, Purgatorio 2: Commentary*（1973）528. 政争に巻き込まれてフィレンツェを追われたダンテは、『帝政論』で正義の重要性を説き、『第四牧歌』の本来の解釈を述べた。彼岸の世界を描いた『神曲』でも彼は世俗への関心を失わず、正義の実現を強く願っており、引用するにあたって、Virgoの解釈を明確にすべく、「乙女」を「正義」と言い換えたと考えられる。ホランダーは、堕落する以前の「原初の時」には「正義・公正」が人間の基本的条件であったので、ウェルギリウスの「予言」がキリスト教的に解釈されていることに変わりはない、と述べている。*Monarcia*, a cura di Bruno Nardi, Dante Alighieri, *Opere Minori*, tomo II（Milano, Napoli: Riccardo Ricciardi, 1979）[邦訳『ダンテ全集8』中山昌樹訳，復刻版，日本図書センター，1995年]. Hollander, *Purgatorio*（2004）502.

▼10　Robert Hollander, ‘Tragedy in Dante's Comedy’, *Dante: The Critical Complex*, ed. Richard Lansing, vol. 2（New York and London: Routledge, 2003）47-8.

▼11　聖書の引用は，基本的に新共同訳に拠るが，文脈に応じて，日本聖書協会の口語訳の訳語を用いた。またラテン語訳聖書からの引用は，原文に即した訳文にした。

▼12　*Vita Nuova*, a cure di Domenico De Robertis, Dante Alighieri, *Opere Minori*, tomo I, parte I（Milano, Napoli: Riccardo Ricciardi, 1984）.

▼13　Peter S. Hawkins, ‘Dido, Beatrice, and the Signs of Ancient Love’, *The Poetry of Allusion*, eds. Rachel Jacoff and Jeffrey T. Schnapp（Stanford UP, 1991）114-5.

▼11　Austin 275-7. Williams, *Virgil, Aeneid I-VI* 516-7. Lee Fratantuono, 'Escatology', Richard Tarrant, 'Gates of Sleep', *The Virgil Encyclopedia*, ed. Richard F. Thomas and Jan M. Ziolkowski, 3 vols.（Chichester: John Wiley & Sons, Ltd, 2014）.

第二章

『神曲』はDante Alighieri, *La Commedia secondo l'antica vulgata*, a cura di G. Petrocchi, 4 vols.（Firenze: Le lettere, 1994）. に拠り，引用の訳出にあたって平川祐弘訳『神曲』河出書房新社，1992年，寿岳文章訳『神曲』全3巻，集英社，1987年，三浦逸雄訳『神曲』全3巻，1970-2年，角川ソフィア文庫，2013年，原基晶訳『神曲』全3巻，講談社学術文庫，2014年を参考にした。

▼1　幻視文学についてはEileen Gardiner, *Medieval Visions of Heaven and Hell: A Sourcebook*（New York & London: Garland Publishing, 1993）およびHoward Rollin Patch, *The Other World*（1950; New York: Octagon Books, 1980）80-133を参照。

▽2　『アエネーイス』ではカロンが渡し守を務める川はステュクス（第6巻385行）だったが，Austinも指摘するように（124），アケロン，コキュートスも合流していて区別がはっきりしない（第6巻295行以下）。ダンテはカロンのいる川をアケロンとし，ステュクスは地獄の第5圏の泥沼（「地獄篇」第7歌），コキュートスは第9圏にある凍った沼（「地獄篇」第32歌）としている。

▼3　Charles S. Singleton, *The Divine Comedy, Inferno 2: Commentary*（Princeton UP, 1970）65.

▽4　Austin 157. ウェルギリウスの『第四農耕詩』480行で，同じ表現が死者一般に対して使われている。

▽5　その一方，来世では肉体をもたないはずなのに，『神曲』では自殺者には血がかよっていることになる。ただ一般に地獄の刑罰は肉体的苦痛を与えるものとして描かれ，それは『神曲』に限ったものではない。

▼6　「詩聖ダンテ」『現代日本文學全集58　土井晩翠，薄田泣菫，上田敏，蒲原有明集』筑摩書房，1957年，209-21。

▼7　Singleton, *The Divine Comedy, Inferno 2: Commentary* 84.

▽5　Sourvinou-Inwood 17-18, 38-39, 51-55. 第11巻のハデスにおいても，カストルとポリュデウケスの二人は，地下にありながら一日おきに代わる代わる生きては死ぬという特権をゼウスから与えられているとされ（300-4行），人は皆，死をまぬがれないという原則と矛盾している。これも新しく入り込んだ考え方と言える。一方，ヘラクレスに関し，ハデスには彼の幻影だけがあって，当人は不死の神々と宴を楽しんでいるとの記述が見られるが（602-4行），これは後世（前6世紀）の加筆であると考えられている。Sourvinou-Inwood 18, 86.

▼6　Sourvinou-Inwood 103-6.

▽7　ギリシア神話では，イクシーオンはヘラ女神を襲おうとした罪で回る火焔輪に縛り付けられているとされる。またピリトウスとテーセウスは，冥界の王妃ペルセポネイアを奪ってピリトウスの妻にしようと冥界へ行き，そこで二人とも忘却の椅子に坐らされ，大蛇によって巻かれた。のちにテーセウスはヘラクレスによって助け出されたとも言われる（「イクシーオン」，「ペイリトオス」，「テーセウス」，高津春繁『ギリシア・ローマ神話辞典』岩波書店，1960年）。ここで述べられるイクシーオンとピリトウスへの罰は『オデュッセイア』にもあるように，通常タンタロスに課せられているものである。ウェルギリウスは，あまり一般的でない説に従ったか，意図的に変化をつけたものと思われる。R. D. Williams ed., *Virgil, Aeneid I-VI*（1972; Bristol Classical Press, 1996）496-7.

▼8　Williams, ‘The Sixth Book of the *Aeneid*’, *Oxford Readings in Vergil's Aeneid*, ed. S. J. Harrison（Oxford UP, 1990）192. Williams, *Virgil, Aeneid I-VI*, 502. R. G. Austin, *P. Vergili Maronis: Aeneidos Liber Sextvs*（Oxford: Clarendon Press, 1986）220. Suanna Morton Braund, ‘Virgil and the cosmos: religious and philosophical ideas’, *The Cambridge Companion to Virgil*, ed. Charles Martindale（Cambridge UP, 1997）216-7. 小川正廣『ウェルギリウス『アエネーイス』神話が語るヨーロッパ世界の原点』岩波書店，2009年，157。

▽9　小川正廣『ウェルギリウス研究――ローマ詩人の創造』京都大学学術出版会，1994年，221。Williamsは，罪を完全に浄めた霊は，地下にあるエリュシオンを離れて天国に行くと解釈している *Oxford Readings* 200-1。

▼10　Williams, *Oxford Readings* 193-4.

巻かれた干し草の梱《こり》が、牧草地に静かに立っていて、
後から生えた草がその中にまではびこるのを見て
彼はいま何を思っているのだろうと憐れんだ。
彼が思うのは、あの晩のこと。あのとき、
現実のものを影のように思い続けてきた
長年の習慣を断ち切って、
弟の腕で姉を抱きとめることができたのにと。

第一章

『オデュッセイア』の訳は松平千秋訳『オデュッセイア』全2巻，岩波文庫，1994年に基づくが，高津春繁訳「オデュッセイア」筑摩世界文学大系2『ホメーロス』1971年，およびHomer, *The Odyssey*, trans. A. T. Murry, rev. George E. Dimock, vol 1, Loeb Classical Library, 2nd ed.（Harvard UP, 1995）の英訳も参照し若干手を加えた。『アエネーイス』はVirgil, *Eclogues, Georgics, Aeneid I-VI*, trans. H. R. Fairclough, Loeb Classical Library, rev. ed.（Harvard UP, 1935）に拠り，引用の訳出にあたって岡道男，高橋宏幸訳『ウェルギリウス　アエネーイス』西洋古典叢書，京都大学学術出版会，2001年，を参考にした。

▼1　Christiane Sourvinou-Inwood, *'Reading' Greek Death: To the End of the Classical Period*（Oxford: Clarendon Press, 1995）11-2.
▽2　当時のギリシアでは，一般には冥界は地下にあると考えられていた。ホメロスはこれをオケアノスのかなたに位置づけたが，カストルとポリュデウケスに関する記述（▽5参照）のように，冥界が地下にあることを示唆する表現も見られ，判然としない。Sourvinou-Inwood 59-60.
▽3　死者の霊は肉体を持たないはずなのに，この三人は明らかに肉体を備えた存在として描かれている。そもそも肉体を持たないためにオデュッセウスが抱けなかったアンティクレイアの霊も，オデュッセウスに話しかける前に生け贄の羊の血を飲んでいて，肉体性を感じさせる。この矛盾は後の作品にも現れ，特にダンテの『神曲』「地獄篇」に顕著である。
▼4　Sourvinou-Inwood 66-70.

註

序

▽1　Bernard O'Donoghue, *'Ter Conatus', Here Nor There* (London: Chatto & Windus, 1999).

三たび試みて

姉と弟、ほとんど六十年間
共に百姓をしたが、手をふれ合うことは一度もなかった。
最近、姉は背中に痛みを抱えるようになり、
だんだんそれが
牛乳缶を搾乳台の上に持ち上げることから
時々くる熱っぽい痛みとは
違うものだとわかってきた。

姉は医者に行くべきか迷った。ようやく
重い腰を上げて行ったときにはすでに手遅れで
化学療法を施すにも遅すぎた。それでも
彼女は弟に話を切り出せずにいた。
ただある晩、テレビを見ていると、
あんまり痛いので、あえぎ、なんとか立ち上がって、
腰を抱え込んだ。「手を貸そうか」そう言って

弟は一歩あゆみよった。「だいじょうぶ」
姉は答えて、階段を手探りした。
三たび、そんなふうに、弟は手を差し伸べようとした。
だけど、そんなしぐさに慣れていなかったので、
三たびとも手は下ろされて元の位置に戻り、
そのまま脇から動かなかった。葬式のあと、
彼は何もしなくなった。近所の人々は

【る】

【れ】

【ろ】

【わ】

【ま】

【み】

【む】

【め】

【へ】

【ほ】

【ひ】

【ふ】

【ち】

【つ】

【て】

【せ】

【そ】

【た】

【す】

【お】

【か】

索引

【著者略歴】

道家英穂（どうけ・ひでお）

1958年生まれ。早稲田大学第一文学部卒。東京大学大学院博士課程単位取得退学。現在：専修大学文学部教授。専門：英文学。共著書に，『想像力の変容——イギリス文学の諸相』（高松雄一編），『逸脱の系譜』（高橋康成編，以上研究社），『岩波講座文学12——モダンとポストモダン』（小森陽一，富山太佳夫他編，岩波書店），『ダンテと現代』（米川良夫編著，沖積舎），*Voyages of Conception: Essays in English Romanticism*（Japan Association of English Romanticism），『揺るぎなき信念——イギリス・ロマン派論集』（新見肇子，鈴木雅之編著，彩流社）など，共訳書にルイ・マクニース『秋の日記』，『ルイ・マクニース詩集』（以上思潮社）などがある。

【装画】

フラ・アンジェリコ「最後の審判」（部分）。1431年頃，サン・マルコ美術館。

死者との邂逅

西欧文学は〈死〉をどうとらえたか

2015年5月25日初版第1刷印刷
2015年5月30日初版第1刷発行

著　者　道家英穂
発行者　和田肇
発行所　株式会社作品社
〒102-0072　東京都千代田区飯田橋2-7-4
TEL.03-3262-9753　FAX.03-3262-9757
http://www.sakuhinsha.com
振替口座00160-3-27183

編集担当　青木誠也
装　幀　水崎真奈美（BOTANICA）
本文組版　前田奈々
印刷・製本　シナノ印刷株式会社

ISBN978-4-86182-533-0 C0098

【作品社の本】

逆さの十字架

マルコス・アギニス著　八重樫克彦、八重樫由貴子訳

アルゼンチン軍事独裁政権下で警察権力の暴虐と教会の硬直化を激しく批判して発禁処分、しかしスペインでラテンアメリカ出身作家として初めてプラネータ賞を受賞。欧州・南米を震撼させた、アルゼンチン現代文学の巨人のデビュー作にして最大のベストセラー！

ISBN978-4-86182-332-9

天啓を受けた者ども

マルコス・アギニス著　八重樫克彦、八重樫由貴子訳

合衆国南部のキリスト教原理主義組織と、中南米一円にはびこる麻薬ビジネスの陰謀。アメリカ政府と手を結んだ、南米軍事政権の恐怖。アルゼンチン現代文学の巨人の圧倒的大長篇。野谷文昭氏激賞！

ISBN978-4-86182-272-8

マラーノの武勲

マルコス・アギニス著　八重樫克彦、八重樫由貴子訳

「感動を呼び起こす自由への賛歌」——マリオ・バルガス＝リョサ絶賛！　16～17世紀、南米大陸におけるあまりにも苛烈なキリスト教会の異端審問と、命を賭してそれに抗したあるユダヤ教徒の生涯を、壮大無比のスケールで描き出す。アルゼンチン現代文学の巨匠の大長篇！

ISBN978-4-86182-233-9

失われた時のカフェで

パトリック・モディアノ著　平中悠一訳

ルキ、それは美しい謎。現代フランス文学最高峰にしてベストセラー……。ヴェールに包まれた名匠の絶妙のナラション（語り）を、いまやわらかな日本語で——。あなたは彼女の謎を解けますか？　併録「『失われた時のカフェで』とパトリック・モディアノの世界」。ページを開けば、そこは、パリ。【2014年ノーベル文学賞受賞！】

ISBN978-4-86182-326-8

人生は短く、欲望は果てなし

パトリック・ラペイル著　東浦弘樹、オリヴィエ・ビルマン訳

妻を持つ身でありながら、不羈奔放なノーラに恋するフランス人翻訳家・ブレリオ。やはり同様にノーラに惹かれる、ロンドンで暮らすアメリカ人証券マン・マーフィー。英仏海峡をまたいでふたりの男の間を揺れ動く、運命の女《ファム・ファタール》。奇妙で魅力的な長篇恋愛譚。フェミナ賞受賞作！

ISBN978-4-86182-404-3

【作品社の本】

海の光のクレア

エドウィージ・ダンティカ著　佐川愛子訳

七歳の誕生日の夜、煌々と輝く満月の中、父の漁師小屋から消えた少女クレアは、どこへ行ったのか――。海辺の村のある一日の風景から、その土地に生きる人びとの記憶を織物のように描き出す。全米が注目するハイチ系気鋭女性作家による、最新にして最良の長篇小説。

ISBN978-4-86182-519-4

地震以前の私たち、地震以後の私たち　それぞれの記憶よ、語れ

エドウィージ・ダンティカ著　佐川愛子訳

ハイチに生を享け、アメリカに暮らす気鋭の女性作家が語る、母国への思い、芸術家の仕事の意義、ディアスポラとして生きる人々、そして、ハイチ大地震のこと――。生命と魂と創造についての根源的な省察。カリブ文学OCMボーカス賞受賞作。

ISBN978-4-86182-450-0

骨狩りのとき

エドウィージ・ダンティカ著　佐川愛子訳

1937年、ドミニカ。姉妹同様に育った女主人には双子が産まれ、愛する男との結婚も間近。ささやかな充足に包まれて日々を暮らす彼女に訪れた、運命のとき。全米注目のハイチ系気鋭女性作家による傑作長篇。アメリカン・ブックアワード受賞作！

ISBN978-4-86182-308-4

愛するものたちへ、別れのとき

エドウィージ・ダンティカ著　佐川愛子訳

アメリカの、ハイチ系気鋭作家が語る、母国の貧困と圧政に翻弄された少女時代。愛する父と伯父の生と死。そして、新しい生命の誕生。感動の家族愛の物語。全米批評家協会賞受賞作！

ISBN978-4-86182-268-1

ランペドゥーザ全小説　附・スタンダール論

ジュゼッペ・トマージ・ディ・ランペドゥーザ著　脇功、武谷なおみ訳

戦後イタリア文学にセンセーションを巻きおこしたシチリアの貴族作家、初の集大成！　ストレーガ賞受賞長編『山猫』、傑作短編「セイレーン」、回想録「幼年時代の想い出」等に加え、著者が敬愛するスタンダールへのオマージュを収録。

ISBN978-4-86182-487-6

【作品社の本】

孤児列車

クリスティナ・ベイカー・クライン著　田栗美奈子訳

91歳の老婦人が、17歳の不良少女に語った、あまりにも数奇な人生の物語。火事による一家の死、孤児としての過酷な少女時代、ようやく見つけた自分の居場所、長いあいだ想いつづけた相手との奇跡的な再会、そしてその結末……。すべてを知ったとき、少女モリーが老婦人ヴィヴィアンのために取った行動とは——。感動の輪が世界中に広がりつづけている、全米100万部突破の大ベストセラー小説！

ISBN978-4-86182-520-0

名もなき人たちのテーブル

マイケル・オンダーチェ著　田栗美奈子訳

11歳の少年の、故国からイギリスへの3週間の船旅。それは彼らの人生を、大きく変えるものだった。仲間たちや個性豊かな同船客との交わり、従姉への淡い恋心、そして波瀾に満ちた航海の終わりを不穏に彩る謎の事件。映画『イングリッシュ・ペイシェント』原作作家が描き出す、せつなくも美しい冒険譚。

ISBN978-4-86182-449-4

蝶たちの時代

フリア・アルバレス著　青柳伸子訳

ドミニカ共和国反政府運動の象徴、ミラバル姉妹の生涯！　時の独裁者トルヒーリョへの抵抗運動の中心となり、命を落とした長女パトリア、三女ミネルバ、四女マリア・テレサと、ただひとり生き残った次女デデの四姉妹それぞれの視点から、その生い立ち、家族の絆、恋愛と結婚、そして闘いの行方までを濃密に描き出す、傑作長篇小説。全米批評家協会賞候補作、アメリカ国立芸術基金全国読書推進プログラム作品。

ISBN978-4-86182-405-0

老首長の国　ドリス・レッシング アフリカ小説集

ドリス・レッシング著　青柳伸子訳

自らが五歳から三十歳までを過ごしたアフリカの大地を舞台に、入植者と現地人との葛藤、古い入植者と新しい入植者の相克、巨大な自然を前にした人間の無力を、重厚な筆致で濃密に描き出す。ノーベル文学賞受賞作家の傑作小説集！

ISBN978-4-86182-180-6

幽霊

イーディス・ウォートン著　薗田美和子、山田晴子訳

アメリカを代表する女性作家イーディス・ウォートンによる、すべての「幽霊を感じる人《ゴースト・フィーラー》」のための、珠玉のゴースト・ストーリーズ。静謐で優美な、そして恐怖を湛えた極上の世界。

ISBN978-4-86182-133-2

【作品社の本】

ストーナー
ジョン・ウィリアムズ著　東江一紀訳

「これはただ、ひとりの男が大学に進んで教師になる物語にすぎない。しかし、これほど魅力にあふれた作品は誰も読んだことがないだろう」――トム・ハンクス。半世紀前に刊行された小説が、いま、世界中に静かな熱狂を巻き起こしている。名翻訳家が命を賭して最期に訳した、“完璧に美しい小説”【第1回日本翻訳大賞「読者賞」受賞！】

ISBN978-4-86182-500-2

黄泉《よみ》の河にて
ピーター・マシーセン著　東江一紀訳

「マシーセンの十の面が光る、十の周密な短編」――青山南氏推薦！「われらが最高の書き手による名人芸の逸品」――ドン・デリーロ氏激賞！　半世紀余にわたりアメリカ文学を牽引した作家／ナチュラリストによる、唯一の自選ベスト作品集。

ISBN978-4-86182-491-3

ノワール
ロバート・クーヴァー著　上岡伸雄訳

“夜を連れて”現われたベール姿の魔性の女《ファム・ファタール》「未亡人」とは何者か!?　彼女に調査を依頼された街の大立者「ミスター・ビッグ」の正体は!?　そして「君」と名指される探偵フィリップ・M・ノワールの運命やいかに!?　ポストモダン文学の巨人による、フィルム・ノワール／ハードボイルド探偵小説の、アイロニカルで周到なパロディ！

ISBN978-4-86182-499-9

老ピノッキオ、ヴェネツィアに帰る
ロバート・クーヴァー著　斎藤兆史、上岡伸雄訳

晴れて人間となり、学問を修めて老境を迎えたピノッキオが、故郷ヴェネツィアでまたしても巻き起こす大騒動！　原作のオールスター・キャストでポストモダン文学の巨人が放つ、諧謔と知的刺激に満ち満ちた傑作長篇パロディ小説！

ISBN978-4-86182-399-2

話の終わり
リディア・デイヴィス著　岸本佐知子訳

年下の男との失われた愛の記憶を呼びさまし、それを小説に綴ろうとする女の情念を精緻きわまりない文章で描く。「アメリカ文学の静かな巨人」による傑作。『ほとんど記憶のない女』で日本の読者に衝撃をあたえたリディア・デイヴィス、待望の長編！

ISBN978-4-86182-305-3